一个人的国家地理

朱千华 著

海天出版社（中国·深圳）

图书在版编目（CIP）数据

　一个人的国家地理 / 朱千华著. —深圳：海天出
版社, 2014.5
　（行走文丛）
　ISBN 978-7-5507-1022-1

　Ⅰ. ①一… Ⅱ. ①朱… Ⅲ. ①随笔—作品集—中国—
当代 Ⅳ. ①I267.1

　中国版本图书馆CIP数据核字(2014)第043554号

一个人的国家地理
YIGEREN DE GUOJIA DILI

出 品 人　陈新亮
策划编辑　于志斌
责任编辑　曾韬荔
责任技编　蔡梅琴
封面设计　得　意

出版发行　海天出版社
地　　址　深圳市彩田南路海天综合大厦（518033）
网　　址　www.htph.com.cn
订购电话　0755-83460293（批发）　 83460397（邮购）
设计制作　深圳市龙墨文化传播有限公司（0755-83461000）
印　　刷　深圳市新联美术印刷有限公司
开　　本　787mm×1092mm　1/16
印　　张　15
字　　数　220千
版　　次　2014年5月第1版
印　　次　2014年5月第1次
定　　价　39.80元

山苍苍，水茫茫

七年前，我毅然辞去了工作，结束了长期以来朝九晚五的刻板生活。

2006年6月6日，我离开了长期生活的维扬古城，来到陌生的岭南大地。这些年来，我一直行走在岭南山水之间。对我而言，那种深居简出闭门造车的书写时代已经过去，我把写作的笔触转向了"人文地理"、"田野"、"民间"、"行走"等领域，我称之为田野笔记写作。而这样田野笔记风格的文字，很受《中国国家地理》杂志的欢迎，并一直得到杂志总编辑单之蔷老师的鼓励与支持。

由《中国国家地理》杂志提供资助，我有了行走山南水北的机会，并找到了让我的写作绵延下去的新气息。生活环境也发生了根本的变化。唯一没有改变的，是我与山水自然的因缘。

在维扬时，我每天从古运河上的徐凝门桥经过，而现在，旅居邕城，则日日倾听邕江不息的涛声。我常常一个人站在清川大桥上眺望滚滚东去的江水——岭南的阳光有着赤裸裸的光芒，那种在水面上的炽热映照，泛起热流，像纺纱时飘忽的纱线，丝丝缕缕地袅上天空；江面上的阳光反射到身上，一触到皮肤就往肉里钻。这时，我就知道一个炎热而灼人的夏日开始了。

邕江之水，向东之后谓之西江，成为珠江的上游。很多次，我沿着邕江顺流而下，前往广东，常常在深夜里还能听到江水的浪涛。有时，我循着它的声音到远处的山坡下寻找，几乎找不到，所见的只是林木葱茏之间弥漫的水雾，有时也在矗立的山岩上看见一两处飞溅的水花，我不知道它流经了附近的多少山谷。它诱惑着我，在将近七年的时间里，我变得忙碌，频繁地穿越两广腹地，一直在寻找蛮烟瘴雨中的岭南。

通常情况下，只要有机会我都要进入邕水中畅游一番，无论是西江、韩江，还是北江、东江。我天性喜欢水，我觉得水的温柔如同春风的抚摸。只有在水中我才感觉到生活的真实，因为身体和自然之间的关系是最具体的。最近一次与水的亲密接触，是在梧州的西江。七巧节那天，梧州人半夜就下水游泳，并取了江心之水回家，说也奇怪，这水可清热解毒，贮藏一年都不变质，甚是奇异。我好久没有如此畅游过了，西江之水像春天的阳光，从我的脊背上一寸一寸地漾过。

岭南之水也不像中原江河那样单一，而是奔流而下，河道断续，秀水潆洄，两岸奇峰峻峦，村屯错落，时而穿山入地，时而汪洋激荡。著名的巴马盘阳河100多公里的流程中，五进五出于地下溶洞。湖泊呢，有时消失得无影无踪——如果不是亲眼所见，你根本无法相信，一个面积有400多亩的美丽湖泊，一下子从人间蒸发，不留一滴水——仿佛从来就没有在世间存在过一样。

那是我来岭南后遇到的最离奇的事件之一。那个柔美旖旎、鱼虾成群的淡水湖，俊秀明媚得像个山村少女。但是在2007年3月9日傍晚，随着一声神秘的惊天巨响，那个鲜活的湖泊就像一个轻梦，一缕青烟，瞬息飘散，说没就没了。

岭南对我而言是个未开垦的处女地，这是我一直旅居南方的原因之一。七年的时间里，我只回过扬州两次。因为我还在当地考察，一是扶绥县岜盆乡的白头叶猴，二是完成南方巫蛊文化的调查报告。

有时我真羡慕那些生活在岭南的百越人。他们恪守着造物主所赋予的原始而坚韧的秉性，热爱自己的家园，从不迁移，悄无声息地扎根在岭南的千山万水之间。他们的血液里充满了花香、风声、河流、密林、阳光，还有大自然的和谐与神秘。每每想到这些，我的内心总是充满欣喜，充满对于岭南山水的无比热爱与向往，并让我在一种静谧的心境下观察、沉思和记录。

目 录

第一章　无定河——一条河的信天游

　　读过中国古代史的人对于无定河的印象，更多的是它的苍凉与悲壮。"可怜无定河边骨，犹是春闺梦里人"这两句诗太有名，意象太凄美了。在灿若星河的唐代诗人中，陈陶并不有名，但他在诗中把人世的这种悲剧写到极致。生与死决然峙立，却又浑然统一在相同的时空里，产生一种撼人心魄的力量。无定河边已是白骨累累，那个可怜的江南女子还在闺中望穿秋水。若有一天她醒来得知梦中人已化为白骨，她该如何绝望？

　　但无定河从不是一条简单的河流，它在很多时候碧水澄澈，一派塞北江南的景色。两岸红柳金沙，碧水蓝天，五彩缤纷，苏东坡曾写下"应知无定河边柳，得其江南雪絮春"的名诗。

　　更重要的是，我们在嘘唏感叹的同时，恰恰忽视了无定河那种神秘莫测的魔幻意味。河流的所有特征都能在它身上找到，只是你无法确定它在什么时候会显露。无定河在很久以前有个很形象的名字，叫作晃忽都河，即恍惚，模糊不清，难以捉摸。恍惚首先表现在它的河道经过毛乌素沙地时常常改变，这种改变与黄河改道有很大的区别：黄河是泥沙淤积河床抬高改道，而无定河常常断流，它忽然就在沙地里不见了，去向哪里也不知道。有时到第二年春天，它又在别处汩汩流淌，这就是"无定"二字的主要由来：河道无定、浅深无定、季节无定、水量无定、清浊无定等等。

　　无定河跨越长城内外出入沙漠，是一条著名的"北方之河"，是塞北文化的

⊖　荒漠里的绿洲奇景——无定河

发祥地之一。这条动荡不定的河，给整个塞北边陲带来旷日持久的动荡，同时也带来了农耕与游牧文化的相互融合。无论无定河怎么变幻无定，那都是一片空阔无垠的荒寒野水。真正永恒的，是苍茫天穹下风吹草低、无定如带，是永远无法改变的北方山河。

◎ 无定河，为什么改道？

2010年秋天，我和杨摄影师行走在陕北榆林——那是我第一次和无定河的亲密接触。我们打开地图一遍又一遍地寻找着无定河的源头、走向以及它所经过的土地，可以很清楚地看到无定河像一条完美的弓背向着北方。"弓"的寓意在这里特别明显，似乎在诉说着"车辚辚，马萧萧，行人弓箭各在腰"的三千年边塞烽火。"可怜无定河边骨，犹是春闺梦里人。"从秦汉开始，直到宋明时期，这里一直是中原汉族与北方大漠游牧民族反复争夺的热土。古老的氐、羌、鲜卑、匈奴等民族在这里留下了征战的痕迹，每个行走于无定河边的人都能感到远古的战马嘶鸣、鼓声如雷，喊杀声震耳欲聋。

摄影师说，无定河也像一道完美的彩虹。尽管把无定河满是风沙弥漫、丘壑纵横的荒漠景象与彩虹联系在一起又有些牵强，事实上这里曾经是彩虹满天的地方。秦汉时期，无定河一带沃野千里、仓稼殷实、水草丰美、群羊塞道，是个丰饶的农牧业区，在这青山碧水的自然环境中，孕育出了秦汉辉煌的农业文明。如今的无定河也有了一片广阔的湿地，良田苇丛交接，野鸭天鹅翩跹。你无法相信塞外大漠有如此生动的水泽风光，如果此际天边升起一道彩虹，一定是绝美的景致。

但是，饱经沧桑的无定河更像一位年迈的母亲，她佝偻着腰在大漠里行走，越过风沙滩涂、河源深涧、丘陵沟壑等荒凉之地。她用自己的躯体年复一年地阻挡着鄂尔多斯高原凛冽的寒风和毛乌素大漠的沙尘。

无定河是黄土高原的主要河流，发源于陕北定边、吴旗、靖边三县交界的白于山，在唐代以前叫"奢延水"。白于山是陕北几条大河的发源地，洛河和延河都向东南流去，唯有无定河由南向北，将自己的身影淌进北方大漠。

气候干燥，沙漠中的河流容易蒸发，渗漏。秋冬季节，水浅流缓，没办法把泥沙带走，河床逐渐堵塞，升高，有的地方甚至高过河岸。到来年春末，上游水又卷带着泥沙冲刷而下，河床就不得不改道。这样年复一年，河流不断地在地面上变更着主河道。旧河床堵了，新河床又产生，以致没有固定河床，没有一定流向，也因之被称为无定河。

无定河曲折迂回，在大漠里画了一个弧形，绕过一个又一个的山头梁峁，经榆林地区，最终在清涧县与奔腾的黄河交汇。

◎ 无定河的水从何而来？

根据《陕西省志·水利》记载：唐代，无定河下游沿用"奢延水"之名，上中游改名"无定河"；宋代通称"无定河"。干流源于定边县东南白于山北面的长春梁东麓，有多条河发源于白于山。如此说来，白于山一定是个森林茂盛的风水宝，抑或是个山水相依的桃花源世界了。

可恰恰相反。白于山区，山大沟深，交通闭塞，土地贫瘠，干旱少雨，是

⊖ 无定河蛇曲地貌

个自然环境非常恶劣的地方。《定边县志》记载："乡村水少，而味甚卤，即凿井，亦十无一甘，家各置窖，贮夏雨冬雪，其中虽杂污秽，而舍此无可为水。"

麻湾乡塘坝渠村位于陕北白于山区，山高沟深，降水稀少，俗称"四十里火焰山"，地表水和浅部地下水极为贫乏。长期以来，群众生活用水依赖于水窖集取雨雪，或到20公里以外的地方拉水、买水，生活极其艰难，所以连羊也不敢养。要在白于山区生存，全靠老天爷。政府帮村民修建了集雨窖，改善吃水条件。但因为降雨太少，还是水贵如油。定边县樊学镇白狼岔村村民侯生堂说："我们那些在外打工的娃娃回来说，在外面三天两天可以洗个澡，而我们这里，三年两年也洗不上几回澡。"

五月正是白于山区播种的关键季节，但上百万亩耕地因为旱情严重而无法入种。当地一位村民说，这里耕种一般要耕到五寸，但现在地里挖下五寸依旧全是干土层，不能耕种。不但耕种成问题，连人畜饮水也很困难。因为一直没下雨，没储存水，只能到外面买水，近处一方二十六元，远处都四五十元，能维持个十天八天。

如此恶劣的自然环境，陕西政府已将白于山区判定为"不适宜人类居住"的地方，唯一的办法就是移民。从2011年开始，陕西启动了中国规模最大的移民工程。

如此干旱缺水的白于山区，又何来滚滚的无定河呢？

白于山海拔高，外表环境恶劣，看起来干旱少雨缺水，人类已无法生存，但在白于山的地下深处，却有着丰富的地下水资源。这是黄土高原的一个特点：黄土疏松，地下水丰富，河床下切又深，常有水渗出流入峡谷，最终形成河流。

无定河就是这样形成的。除了白于山渗出的地下水，沿途又有地下水补给，积少成多，汇成了无定河的滔滔水流。

无定河离开白于山，向北跨过长城，就进入了内蒙古的毛乌素沙地。沙漠里最缺的就是水。但无定河进入干旱的沙漠，无数次"死里逃生"，其秘诀就是行踪"无定"，不停地改变河道，无定河名字的真正所指，就是指沙漠中的这一段。

好在毛乌素沙地降水量较多，东南部可达400～440毫米，故地表水和地下水都比较丰富。在毛乌素沙地还可经常见到由沙区泉水汇集而形成的小溪流，这些泉水从沙丘下面流出，成为无定河旱季水源的主要补给者。

◎ 沙漠峡谷·大沟湾村·河套人

在毛乌素沙海里，无定河像一条蜿蜒盘旋的巨龙，坚忍不拔地在沙地里穿行。这是一个奇迹。无定河从白于山奔流而下，跨过长城，越过靖边金鸡沙水库，浩浩荡荡地向毛乌素大沙漠挺进。无定河流经内蒙古的这一段，在鄂尔多斯市的乌审旗境内。蒙语称此段河为"萨拉乌苏河"，意思是黄水。

无定河在沙漠里闯出一条活路实在不易。河水奔流，河道迂回曲折，天长日久就在土质松散的沙漠上冲刷出一道道罕见的峡谷。在苍茫无垠的毛乌素沙地里，远远看到一个天然形成的巨大"Ω"形，这就是著名的大沟湾。走近看，湾壁陡峭，直上直下，深数百丈，宽十余里，远望看不到边。

这条峡谷从靖边西北部起，至内蒙古乌审旗巴图湾水库的坝口止，全程约百里，横穿毛乌素沙地南缘。峡谷两岸沙山连绵，峡谷内崖陡壁立。整个峡谷弯曲众多，远非"九曲十八弯"所能形容。峡谷水湾蜿蜒跌宕，河水清澈碧绿，沿岸蜿蜒迂回，绿树葱葱。登高远望，漫漫黄沙与碧波蓝天交相辉映，既有北方辽阔之壮美，又有江南水乡之静谧。

无定河在这里形成了大大小小的弯弯河谷，有清水沟湾、滴哨沟湾、杨树沟湾、大沟湾、范家沟湾、杨四沟湾、米浪沟湾、三岔沟湾等八大湾。其中大沟湾长15公里，沟深达70米。极目远眺，沟内有良田美景，农家掩映，牛羊成群，鸡犬相闻，怒放的柠条花儿散发出阵阵花香，恍若塞上桃源，被誉为中国最大的沙漠峡谷。

无定河峡谷两岸，长着高高的红柳。红柳耐旱、耐热，尤对沙漠地区的干旱和高温有很强的适应力。很奇怪的是，在有水的地方，红柳可以长得很高大，成为乔木；而在条件严酷的地方，几乎匍匐在地生长，完全是小灌木的形态。真是——两岸红柳全依水，一路黄沙直到山。所以这一段的无定河，靖边县称为"红柳河"。

大沟湾因无定河的曲折前行，形成了壮观的北方沟川地貌和水波萦绕的南方水乡风光，两者在毛乌素沙漠边缘完美结合，绘就了一幅独特而神奇的自然风情。这是无定河上最迷人的一段，曾经是古老灿烂的鄂尔多斯文明的发祥地。

上世纪20年代，法国科学家在这片大沟湾发现了"河套人"（鄂尔多斯人）的文化遗址。这是中国乃至远东地区发现的第一件有准确出土地点和地层记录的人类化石，也是第一批有可靠年代学依据的旧石器时代古人类遗存。经考古者发掘研究，已将这里河套古人类的出现时间，上推到至少7万年以前。这个结论为人类多地区起源说提供了有力的佐证。

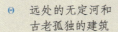

⊖ 远处的无定河和古老孤独的建筑

◎ 统万城为什么建在沙漠里？

在鄂尔多斯高原南端的毛乌素沙地，保存着一座奇特的古城遗迹，一边是长途跋涉奔涌而来的无定河，一边是滚滚沙漠，这就是魏晋南北朝时期匈奴后裔赫连勃勃所建的大夏国都城：统万城。由于生态恶化，曾经庞大威严的大夏国都，如今早已变为了沙漠中的废墟，它就像一艘巨舰沉没在茫茫沙海之中。

但在1500多年前，这里还是一片丰饶之地。当年赫连勃勃来到这里，面朝美丽宽广的无定河，发出了由衷的感叹："美哉斯阜，行广泽而带清流，吾行地多矣，未见若斯之美。"

赫连勃勃饮马无定河，看到野草丰美，大小湖泊星罗棋布，既有辽阔的草原，又有大片的沃土，赫连勃勃决定将都城建于此处。尽管现在黄沙弥天，但我们仍有理由相信——1500年之前，这里定然是风光旖旎的世界。后来，北魏攻占了统万城，从城中获得的马匹达30多万，其繁华富庶由此可见一斑。

统万城是中国少数民族修建的最完整最壮观的都城之一，也是匈奴留下的唯一一座都城。它在建成后的500多年里，一直是鄂尔多斯高原南部的政治经济以及军事中心，也是草原丝绸之路上东西交通的重镇。

由于连年征战，植被破坏，从唐代起，这里开始受到风沙的侵扰。著名边塞诗人李益来到当时称为夏州的统万城，写了"风沙满眼堪断魂"的句子。茫茫沙漠广，渐远赫连台。毛乌素沙漠的蚕食与强悍的扩张，使坚不可摧的统万城最终坍塌了。广泽清流、牛羊成群的自然环境，已经一去不复返了。

⊙ 昔日辉煌的
   统万城遗址

◎ 无定河畔，白天鹅驱赶羊群

无定河从毛乌素沙地继续向东，进入横山县。这里属无定河中游，以无定河为分界线，横山湿地北靠广袤的毛乌素沙地，南接沟壑纵横的黄土丘陵，横亘在两大自然地理区的分界线上。无定河广阔的河流湿地，成为锁住毛乌素沙海南移的天然屏障。湿地全长70多公里，河道最宽，滩涂面积最大，河流两侧地形最为开阔，形成了香蒲沼泽、芦苇沼泽、柽柳灌丛、稻田、河道漫滩等湿地的特征。

每年的春秋季节，成千上万迁徙的白天鹅在无定河湿地自由嬉戏；山鸡、狐狸等一些飞禽走兽在千山万水间重现踪迹。在大漠与黄土高原之间能看到成群的白天鹅是件多么激动人心的事，这群白天鹅即将飞往西伯利亚。横山无定河畔生态环境良好，河面广阔，水草肥美，食物充足，是白天鹅理想的中转站。每年春季聚集于此的水鸟数量达5万多只，其中包括国家一级重点保护野生动物遗鸥、黑鹳、白肩雕等。昔日灾害频仍的无定河，如今已经成为一条风光旖旎的沙漠清流，这里已成为各种鸟类栖息的天堂。

横山县为了保护这片宝贵的湿地，在沙区和黄土丘陵地带推广种植柠条、紫穗槐等灌丛，并在无定河边广植水稻，营造人工湿地，同时，对名扬天下的横山羊进行圈养。

在横山，羊肉已成为一种民俗文化。谚云："六月六，新麦子馍馍熬羊肉"；"九月九、家家有，荞面羊汤信天游"。冬至时，家家要熬羊骨架，吃羊头，又叫熬冬；腊八吃焖饭，也叫羊肉钉钉饭；每到春节，大摆羊宴，一直吃到元宵。

天下最好吃的羊肉在陕北，陕北最好吃的羊肉数横山。横山人历来招待客人最好的方式就是做上一锅炖羊肉，凡来横山的客人也都要品尝一下羊肉才算不虚此行。横山羊肉特别好吃，为什么？

原来，横山羊都在无定河边放养。无定河边生长了几种很特殊的草，如地椒草、多根葱、铁杆蒿、沙葱、沙蒜、香艾等。这些野草皆可入药，尤其是地椒草，耐踩踏，香味浓，有"百里香"的美名。横山羊即以这些中药为食，当地人说："横山羊拉的都是六味地黄丸。"横山羊吃的是具有滋阴壮阳功能的中草药，所以横山羊肉就变得与众不同了，常常供不应求。

于是，横山人家家户户养羊种草。无定河边的地椒草漫山遍野都是，当地人每天能采摘两斤多，收入可达百元。

◎ 一条河流引发的战争

北方游牧民族的生活特点是随畜牧而转移，逐水草而迁徙，有河流才能有丰美的牧草。他们世居塞外荒漠，河流变幻无定，这才有了"逐"，哪儿有水就往哪儿迁。中原农耕民族对河流同样不可或缺，各种农作物都离不开河流灌溉。有了河流，即丰收在望；没有水，则四处逃荒。

无定河是这两个民族的水源。但无定河与众不同，它是一条变幻无定的河，它不断地改变河道，这样就造成了南北两个民族随着无定河不停地迁徙动荡。北方的游牧民族是主动地逐水而居，而农耕民族则被动地沿河而居。河道的动荡不定造成了地域的纷争，直接导致了两个民族为河流为土地而进行旷日持久的征战与融合。其中，汉、唐时期在无定河边发生的大规模战争，以及各民族在无定河两岸逐水而居的生活，形成了独特的河套文化。

我们翻开史书，映入眼帘的，就是无定河边无休止的征战。这片边陲之地一直不得安宁，汉民族和游牧民族常年在此兵戎相见、烽火连天。古代戏剧中尽忠报国的感人场景，都是以这片荒漠之地为背景，尤其是脍炙人口的杨家将故事，就发生在无定河边。

历史上发生在无定河边的战争无以计数。秦始皇统一六国后不久，派大将蒙恬率三十万大军北逐匈奴，在秦军的打击下"胡人不敢南下而牧马"；继秦以后，西汉王朝对于匈奴人的侵扰，也多次采取了军事行动，其中规模最大的是在汉武帝时期，大将卫青、霍去病率兵讨伐北河套地区，逐匈奴于数千里之外。

无定河畔浪花四溅，荒寒大

⊖ 受已经"固定"的无定河之惠，陕北红枣大丰收

漠战马嘶鸣。边关将士万里赴戎机，在满天怒号的寒风中奋勇杀敌，那是多么慷慨悲壮的一幕。汉代贾捐之《议罢珠崖疏》："父战死于前，子斗伤于后，女子乘亭鄣，孤儿号于道，老母、寡妻饮泣巷哭，遥设虚祭，想魂乎万里之外。"我们很难想象那种孤儿寡母盼望儿子、丈夫归来的强烈心情——在漫长的等待之后，盼望变成了绝望，哀号无助的凄惨情景，那又是一种怎样万箭穿心的刺痛！秦时有孟姜女哭倒长城，而苦寒的无定河水，一定是这些老母寡妻流淌的眼泪。

在无定河边发生的诸多战争中，最惨烈的一次，是宋代的永乐之战。为防止西夏人南侵，宋神宗命大臣徐禧等来到塞北——筑永乐城（今陕西米脂西北马湖峪）。徐禧不懂军事，在选址上犯了个致命的错误。有人反对：此地无水泉，若失水，城里断绝水源，必陷绝境。可徐禧不听。

西夏人不甘心让宋军在此立足，就集结了三十万人马，准备大规模出击。徐禧得到情报，却不以为然。值得一提的是，著名科学家沈括此时也带兵驻扎塞上。徐禧怕沈括抢功，就命他去守米脂城。

西夏人派精锐骑兵抢渡无定河，将永乐城团团围困。永乐城被困七昼夜，缺粮断水，临时掘井也无法得到水，许多将士因此被渴死。

西夏人在攻城的同时，还派兵袭扰米脂城，使沈括无法前去救援。

一日半夜，大雨倾注，西夏人发起总攻，永乐城破。两军在雨水泥泞中混战，宋军战斗力虚弱，全军覆没。徐禧等将官二百多人、士兵夫役两万余人喋血永乐。

此战是北宋历史上较大的惨败之一。整个宋廷为之震惊，宋神宗大怒，启动问责。此战中，沈括虽非首罪，但他毕竟负有领导责任，加之在战役中救援不力，因此被贬为均州（今湖北省均县）团练副使，随州安置，从此形同流放，政治生命宣告完结，安心写他的《梦溪笔谈》去了。

◎ 见个面容易拉话话难

羊肚子手巾哟三道道蓝，咱们见个面面容易拉话话难。

一个在那山上哟，一个在那沟，咱拉不上话哟，招一招手。

这就奇怪了，为什么见面容易说话难呢？无定河以一种散漫的方式流过毛乌素沙地，进入米脂县向南弯曲。开始暴雨频发，降水无常，河岸崩塌严重，形成跌水，宽谷狭谷交替，狭窄处仅10多米。岸高谷深，河道曲折，河床稳定，多急流险滩。

无定河在黄土高原上的这种特殊性造成了一种奇怪的现象：我在这山头，能看到你在那山头，但是却不能讲话。因为隔了一条河，讲话听不到，只好招一招手。

米脂县过去流传一个故事：一个外甥和舅舅在对面的半山腰上种地。两个人虽然只隔了一条大沟，可以听见对方说话，却难以见面。外甥有事早上从沟对面出发，一直走到太阳快下山了，才好不容易走到了舅舅家。

由此可见，无定河两岸的百姓要见上一次面，是相当的难。以前无定河上没有桥，两岸百姓自古靠羊皮筏和木船摆渡，交通极为不便。"隔河如隔天，渡河如渡险"就是那时的真实写照。几千年来，两岸百姓在无定河上开辟了大大小小的渡口，著名的有河神庙、石崖底、五里沟、绥德渡等古渡口。春夏秋季，当地人在河上横拦一条固定在两岸的绳索，用木船将人畜货物摆渡到对岸；冬季则在河谷中用石块垒成桥墩，用木料、高粱秆搭成便桥，供人畜通行。

因无定河水流湍急，险滩众多，渡口经常发生事故。1959年8月18日，石崖底悬空寺庙会，赶庙会的群众所乘的渡船在无定河渡口沉没，淹死了数十人。

现在的无定河今非昔比，因为沿河的各地政府加强了生态建设，对于毛乌素沙地的南侵实施了有效的控制，无定河频繁改道的历史已久未出现了，由"无定"变成了"固定"。这样，一座座大桥如雨后春笋般出现在了无定河上。

无定河最后在清涧县河口村奔涌入黄河。此时的无定河更像一棵硕大的枣树，根在白于山，累累的大红枣压弯枝头，垂挂在清涧县。清涧是著名的红枣之乡，密密匝匝的枣树布满无定河的两岸。秋收之后，日光一天天地淡然，挂满枝头的红枣却一时红过一时，色泽鲜艳诱人。霜降前后，秋收结束，一年一度的打枣节开始了。人们先是抱着枣树摇晃，然后，打枣杆与树枝的碰撞在红枣"咚咚"的落地声中很快达到高潮。

第二章

下马关——一个人的长城

◎ 下马关的断垣残壁

　　在宁夏腹地行走，常能看到一些地名，仍然沿用了古代的头营、二营、三营、七营等军事地名。如今这些地名已是宁夏各地的重要村镇。从布局上看，一字排开，贯穿宁夏南北。我们的越野车像矫健的野马，在这些古老的军营中穿行。除了猎猎的寒风，偶尔在脑海里也闪过远古的厮杀与鼓角相闻。我来到同心县的下马关镇时，正是赶集的日子。

　　下马关的大街上塞满了人，叫卖声此起彼伏。在这寒冷的冬天，这样的集市，真让人感觉一种日子的温暖。可是我跑遍所有街道，却一直未见下马关长城。下车询问，有人说不知，有人很陌生，也有人说往左转往右拐。我仍不知所云。最后一个说，就是他们放羊的地方。春天了，长城的土墙边长出了青草，羊群簇拥而来。长城只是他们放羊的地方。

　　下马关，是宁夏固原内边上的重镇。所谓固原内边，《皇明九边考》记载：固原"内边一条，自饶阳界起，西至徐斌水三百余里，系固原地界。自徐斌水起，西至靖虏花儿岔止，长六百余里，亦各修筑……屹然为关中重险"。这道长城，东起陕西定边姬原乡的饶阳水堡，经甘肃环县甜水堡、宁夏同心县下马关、徐冰水、红古城，海原县西安州、干盐池，甘肃靖远县打拉赤、青砂岘，抵达该县黄河东岸的花儿岔，全长千里。位于明代第一边防线延绥长城和宁夏河东长城之南，为该地区的第二道防线，属固原镇管辖，故称固原内边。

固原内边，因是第二道防线，修筑质量就较差些。至今内边城墙保存完好的，只有同心县下马关乡境内的30多华里夯土墙。古城依龟形而建，取金龟探水之意。城池固若金汤，有固镇第一关之美誉。后因三边巡视边防者必下马于此休息，故得名"下马关"。300年后，下马关古城为清代平原县治所。清政府在此设立平远县，首任知县陈日新，于此励精图治六年，完成了同心历史上的第一部县志——《平远县志》。此城功莫大焉。

最后，还是宁夏摄影师陶克图前来迎接我。我们在下马关的镇子里拐弯抹角，终于看到了古长城蜿蜒的身影，我迫不及待地先沿着古城墙走了一圈。下

⊖ 如今，下马关长城唯一保存完好的就是杨国兴家住的这座城门了，其他城墙都被人扒光了城墙砖，只剩下夯土的墙体裸露在外

马关长城，西起下马关城，东止老爷山顶，约30多华里。城墙夯土，坍塌较为严重。里外墙砖几乎全被人为拆散，但城墙内部的夯土墙却还在，存高仍有八至十米左右。我站在裸露的夯土墙上极目眺望，脚下虽然坑洼不平，却有一种亲密接触的真实感。

今下马关城仍存城门楼。开有南北两座城门，南门及瓮城的城门尚存。瓮城门东开，门额之上嵌有石匾，今仅有半块残存，刻有"橐钥"二字，并署有"万历九年十二月"等字，据载此匾应为"橐钥全秦"四字。南门门额之上，亦嵌有一石匾，刻有"重门设险"四个大字，匾头题"万历十年二月吉旦"，匾尾署"固原兵备右参将解学礼上"。

我用手摸了摸那坚硬的、被日月剥落的断垣残壁，激动不已，这是明代遗存。这些留有文字的明代遗存，在我们一路的过往中，也只此一处可见。四处的城墙砖已剥落得一干二净，下马关的这座城门楼何以尚可完整保存呢？这与住在城墙里的一户人家有关。下马关的村民杨国兴一家，几十年来，一直住在城墙的窑洞里，守护着这座400多年的古城楼，同时也固守着自家的清贫。如果不是他们一家，固原内边仅有的这座保存完好的明代城楼，很有可能早就荡然无存了。

◎ 住在长城里的人

这里是下马关城的南城门。下马关城已只剩下了一圈轮廓，只有这座南城门还保留着高大森严的气势。杨国兴家筑了一道围墙，把整个南城门包围在了自家的院子里。除非进入他家的院子，否则任何人都无法进入城门。城墙上有一口窑洞，杨国兴一家就住在里面——也就是说，他们一家是住在城墙里的。这是多么奇特的一家，实在不可思议。外面有广阔的大好天地，他们何以至今还住在城墙里呢？

我们走进杨国兴的家。进入窑洞后，光线变暗，面积约有20多平方米，四周的墙壁上，布满了岁月烟熏火燎的痕迹。整个窑洞里却很整洁干净，地上也铺了砖。灶台上，锅碗瓢盆整齐地排放着，火炕占据了房间近一半的地方。这就是杨国兴一家栖息的长城窑洞。杨国兴有两个女儿，长得非常可爱，都在镇上上小学。放学后，她们跳着蹦着回来了，见窑洞里一下子来了这么多人，非常惊奇，也不认生，盯着我们看个不停。她俩在炕上不停地爬上爬下，非常欢乐。

杨国兴的二女儿，漂亮极了，我们都叫她长城公主。同行的马宏杰老师说要收她为干女儿。我就逗她："小公主，跟我回家好吗？"她往母亲怀里一缩，说："不，你们家有什么好？"我说："我们家住楼房啊，又宽敞又明亮。"她说："那有什么好，我们家住长城呢。"

所有人都愣了。"我们家住长城呢"，多大的口气！如果不是来到下马关，谁也不会相信这是一个一年级的小女孩说的。她说的没错，她的家就住在长城里面。可是，把那样高贵的话说得如此轻描淡写，也只有长城公主了。

杨国兴的妻子叫李永红，见到我们到来，又紧张，又有点茫无头绪，不知做什么好。我问她，住这窑洞里习惯吗。说早就习惯了。问有没有打算搬出去住。说咋不想，外面多好。又说，国兴不让搬。

杨国兴年迈的母亲，总是忙前忙后。她把藏在柜子里的油饼拿出来给我们吃。在我们的水杯里，每个都放了几块冰糖。她说这里的水没糖就很苦，没法喝。她用极其温暖和蔼的目光看着我们忙碌。在她眼里，我们都是些无家可归的人，这么冷的天还在四处奔走。她不停地要我们吃油饼，喝茶。我们对于长城的热情，在她看来，就是对她家的无比赞美。为此，她表示出无比的骄傲与感激。

平时，杨国兴外出打工，家里的两个孩子由妻子照看，年迈的母亲住在窑洞附近的一间平房里。家里所有的生活来源，都维系在杨国兴身上。他平常外出打工，考虑到家里没一

⊖ 杨国兴的母亲是位虔诚的穆斯林，她做礼拜时，常常躲开别人，然后诵经，跪坐，祈祷

个男人，又不敢跑得很远。最远的时候，去过内蒙古。目前，在离下马关镇不远的一个公司里做零工。

听说我们要来，杨国兴特地向工头请了假。要知道，零工请假是相当不容易的，弄不好，再回去就没工作了。我问杨国兴，长城的墙体上开窑洞，无论如何都是不允许的，这孔窑洞是谁开凿的呢？杨国兴说，这孔窑洞，也是历史的遗迹，是上个世纪50年代的事了。

◎ 守城

20世纪50年代，这座下马关城楼，是同心县粮食局的办公室。杨国兴的父亲杨青录，出生于1930年，是粮食局里面的职工。因是外地人，无居所，粮食局就在城墙上打了一孔窑洞，让其栖身。就这样，杨氏一家就一直住在城墙里。那时，下马关的外来人口逐渐增多，有人就到城墙边扒城墙砖，运回去造房子。

一块块城墙砖被剥落，一堵堵夯实的土墙体裸露了出来。杨青录心痛不已，却又无力阻止，向文管部门反映，也无人过问。尽管如此，杨青录还是尽己所能，阻止那些扒长城砖的村民。为此，他成了村里人憎恨的对象。为了避免与村民产生矛盾，粮食局的领导决定在同心城里分给杨青录一套住房。这是许多人求之不得的好事。可是，在搬到新房还不满两个月后，杨青录做了个令所有人都感到不可思议的决定：回下马关住窑洞。

杨青录带着一家人又回到了下马关，还住在那孔窑洞里。城墙的砖多数已被剥光，杨青录所能做的，就是把城楼围绕起来。如果再不保护，这座珍贵的明代古迹就会彻底消失。杨青录如此放心不下这座城楼，还有一个重要的原因：那就是这座城楼，曾经是红十五军军团长徐海东将军的办公室；并且，徐海东在这座城楼上，接受了美国记者斯诺的专访。

斯诺在日记中这样写道："（1936年8月26日）徐海东和他的参谋人员在有三层楼的城楼前迎接我们，这里就是为我们准备的住处，城楼下有一个防空洞。在城楼的最高一层，徐海东为我们准备了两间一套的住房，室内非常干净，我们睡的床都是用木板门搭成的。桌子上摆有苹果、糖和咖啡。从城楼平台上，可以看到该城的每个角落，这里空气清新，视线可达几英里之外。"

1936年8月26日，应徐海东军团长的邀请，斯诺前往驻下马关的红十五军团采访。斯诺和马海德骑着战马，经过5个小时的驰骋来到下马关，受到了红十五军团的热烈欢迎。下马关城楼上，红旗飘扬，军号齐鸣，欢迎场面十分热烈。斯诺一行在欢迎声中来到了这座古老的城楼前，徐海东等上前迎接。8月27日，就在这座城楼上，斯诺与徐海东军团长谈了一整天。后来，斯诺在《西行漫记》中专门写了一章《红色窑工徐海东》。

一代开国大将与一个外国著名记者在这座古城楼上促膝谈心，并被载入史册，这座城楼就有着非同一般的价值了。可是这样一处珍贵的历史遗迹，没有人来保护，是多么令人痛心的事。杨青录决定自己来保护，他把城楼的周围圈起来。这样，最起码没有人来扒城门的墙砖了。事实上，这样做起到了极好的保护作用。一些想来扒城门砖的人，都知道这个倔强的老头不好惹，也就不敢来扒砖了。

◎ 子承父业，再守城

杨青录有五个子女，都在城外成家立业。年迈的杨青录在临终之前，把小儿子杨国兴叫来，告诉他，要守住这座城门，任何人来扒砖，都不要答应。就这样，杨国兴承担起了看守城楼的任务。我问杨国兴，你父亲告诉过你，为什么要坚守城门吗？杨国兴说，这些古长城，在历史上无数次保护了我们的祖先，每个中国人都应报以感激和尊重。现在这座城门就像一个风烛残年的老人，身上伤痕累累，你去扒一块砖，就是去揭他的一块伤疤。

下马关古城的城墙砖，基本上都被扒光了，只剩下夯土的墙体裸露在外面。唯一保存完好的，就是杨国兴家住的这座城门。杨国兴带着我走上城楼，顿时四野开阔，古城的轮廓依稀可见。城池内原是同心县粮库所在地，另外还住了四五户人家。杨国兴说，这些人都是外来户，他们造房子就是用的城墙砖。杨国兴说，他和这些人之间，和村子里的多数人之间，基本上都已断绝了往来，原因就是不让他们扒砖。我问，为什么大家都喜欢用城墙砖呢？杨国兴说，不要钱谁都喜欢啊，而且，城墙砖又厚又结实，像石头一样坚硬。

⊕ 杨国兴家筑了一道围墙，把整个南城门包围在自家的院子里。除非进入他家的院子，任何人都无法进入城门

　　我们所站之处，正是当年徐海东与斯诺谈话的地方。只是城门之上的高大城楼已不复存在。我看到城门顶上，有的地方种了一大片草。杨国兴说，那个叫"芨芨草"，是他种上去的。城门虽然有了保护，但很多地方的城墙砖已自然脱落。种点芨芨草，可以固定墙体，挡住日益严重的墙体风化。

　　我问杨国兴："你平常外出打工，只有你妻子和母亲在家，村里人来扒砖，那怎么办？"杨国兴说："一块砖也不准动！我为此放弃了很多机会，现在这种老城砖越来越值钱，有人花大价钱来买砖，我没答应，那事不能做。"

◎ 长城手稿

　　杨国兴与村民们之间，已经隔了一堵墙。因为要搬运一些东西，我们需要一些村民帮忙，就让杨国兴去叫几个人来。杨国兴面露难色，咬咬牙走出去。不一会儿，又垂头丧气地跑回来了。村里人开门一看是杨国兴，话也不说，"砰"地就把门关上了。杨国兴在村里一个人都叫不动。最后还是杨国兴的母亲出面，才找来了几个人。

坐在炕上的杨国兴非常沮丧。过了一会儿，他说，这不算什么，有一次还差点跟人打起来。村里有个小伙，一直想用城墙砖做墙基，开着蹦蹦车来到杨国兴家，并提出能给些报酬。杨国兴没答应，那人就想强行闯入，杨国兴不让进。那人说，你凭什么不让我用砖？这砖是你家的吗？一句话，问得杨国兴哑口无言。但是，不管有理没理，就是不让动一块砖，这是杨国兴的原则。

杨国兴文化程度不高，只有初中水平，但他却很喜欢看书。他把省吃俭用的钱，用来买了那些昂贵的书籍。有《西行漫记》，有《宁夏历史文化地理》之类的文史书，他想弄明白这座古城的来龙去脉。不光看书，他还有个计划，想写一本书，来介绍这座古城。他说，这样一座完好的城门，政府不会不管的，总有一天会来修复，那时，说不定还是个旅游热点呢。于是，他萌发了写一部书的计划。

杨国兴把打工之余的休息时间，都用在了学习和查找资料上，有时还要到同心城的图书馆里借阅。由于没什么文化，要啃懂那些文言文的古代地方志，其难度可想而知。功夫不负有心人，杨国兴的计划还在如期进行。他很谦虚地把他的手稿《明代"固原内边"》给我看，要我提意见。他说刚写了几万字。

这时，我看到了杨国兴的手。这是一双粗糙宽大的手，可以看得出，这双手一直在干体力活。我翻看杨国兴的手稿，字迹工整、认真，一笔一画，看得出写字时的用心。很难想象，这样认真的字，是那双粗糙的手写出来的。

我看到手稿的下面，写着说明"资料来源"：

1. 《固原师专学报》
2. 《平远县志·城池》（清光绪五年刻本，卷3第12页）
3. 斯诺《西行漫记》（部分日记）
4. 《同心县志》

从这四处史料的出处就能断定，杨国兴的文字是可靠的。事实上也是这样，这本手稿，已被很多人借去复印传阅，包括我在内。

◎ 一个人的长城

目前的下马关古城，除了杨国兴家住的城门外，其他的基本上属于无人管理的状态，没有任何提示或警示标志。也曾有县上的文物工作者来过，提出要修复城楼，只是有心无力——下马关镇拿不出钱，国家级的贫困县同心县也拿不出资金。多么无奈的事。

杨国兴拎了一只铁皮桶，要我们跟他出去一下。我们很奇怪，铁皮桶里装的是石灰水，有刷子。我们问他这是做什么用的？他说，去刷墙。后来我们才知道，杨国兴所说的刷墙，就是去写标语。我们就看他在墙上写下"热爱下马关，保护古长城"、"保护文物，人人有责"等等标语。石灰水看起来很淡，阳光一晒，就白了。他说每次打工回来，都要出来写上几句。

我问他，你写标语多少年了？他说有十来年了。不知是不是写标语的原因，杨国兴的书法写得很好。我在他母亲的房间里，见过他写的一幅书法作品，贴在墙上。那是一首毛泽东的《清平乐·六盘山》，字体洒脱舒展。我说为什么只有这一幅字呢？杨国兴说，写得不好，不敢拿出来。

我问杨国兴以后有什么打算。他说，住在城墙里，常常感到孤独、冷漠和索然无味。他正在努力打工赚钱。他说有朝一日，一定会离开窑洞，搬到外面去生活，和大家一样，住上宽敞的平房。我很奇怪，我们谈话时，他的爱人一直默不出声。后来打听才知道，一家四口人，挤在一张炕上，很不方便。她早就抱怨至今还住在窑洞了，而且她还说，下辈子坚决不会嫁给他。

就这样，杨国兴一家至今还住在下马关长城的城墙里。面对两个渐渐长大的女儿，城墙上的这孔窑洞显得太小了。如果两个女儿再大一些，这里显然不能再当容身之处了。杨国兴明显感到了长城与他的生活越来越陌生。宁夏境内还有许多古老的长城，各个朝代的都有。冬天的古长城，显示出苍凉与悲壮。这些长城曾阻挡过千军万马的进攻，而如今，为何连塞北的朔风也难以抵御？有一簇衰草，正在裸露的墙垛口瑟瑟抖动，多像当年伏在城墙边嚎哭的孟姜女的一绺长发。

第

章

千年窑火——广西宋代
古瓷秘录

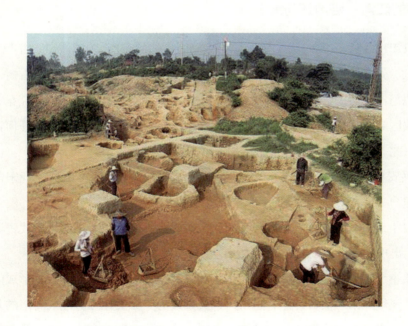

广西，唐属岭南道。宋至道三年（997年），定天下为十五路，岭南设广南东路和广南西路。广南西路包括今日的广西全境，以及雷州半岛和海南岛等地。广西之称由此而来。

◎ 瓷器的江河：洛清江与北流江

2011年12月8日，我们从兴安西去，寻找古严关。抵达严关镇才知，古严关并不在镇上。就在我们撤出严关镇时却意外发现，马路边有一石碑，旁有古树，观其模样似与古迹有关。这是激活我们灵感的线索，大家忍不住下车一探究竟。原来这是块区文物保护碑，上书"严关宋窑遗址"。环顾四野，周围未见任何古窑遗迹，只此一碑。碑文依稀可辨，记载宋窑的发现经过。

《兴安县志》记载：1962年……是年，在严关杉树、同志两村发现宋窑遗址，面积约一平方公里，这是广西发现的第一处宋窑遗址。

1962年，在严关镇意外地发现了宋代窑群，废窑累累，大批珍贵宋代瓷器重见天日，出现在尘埃与阳光之下。尘封的历史被掀开了一角。

秦始皇为控制岭南，下令开凿灵渠。高耸的南岭被打通，岭南自古形成的地理屏障"蛮烟瘴雨"被打开了一道缺口，灵渠成为中原文化强势侵入岭南的几条古道之一。水运是古代经济的大动脉，灵渠堪称古代的湘桂高速公路，繁荣了将近两千年。

洛清江位于广西东北部的柳州、桂林境内，由北而南，由洛江和清江汇合得名。秦始皇统一岭南后，设三郡：桂林郡、象郡、南海郡，"以谪徙民戍五岭"。汉代，中原王朝对岭南这片热土更加重视，建立了严密的统治秩序。大批中原人迁徙岭南与越人杂处，成为岭南新移民——客家人。

大宋王朝派狄青平定岭南侬智高之后，南方经济开始渐渐恢复。而北方，仍然受到辽、金、西夏的威胁。宋室南渡，大批北方的人口因躲避战火而纷纷南迁。南迁的中原人带来了先进的生产技术，例如制瓷技术。岭南大地开始了前所未有的农耕革命，其中，手工业脱离农业，独立兴起，以岭南窑场为代表。

北宋初期曾采取措施发展经济，设市舶司鼓励海外贸易，这为近海的广西陶瓷业提供了极好的机遇。无论是桂南还是桂北，所作瓷器都能以最短的路程、在第一时间远销海外。

⊖ 灵渠，湘漓分流处

整个宋代，广西出现了岭南瓷器史上的繁荣期。广西属于石灰岩地区，许多地方有天然瓷土，为制瓷业提供了充足的原料和釉料；原始森林密布，为制瓷业提供了丰富的燃料；河流众多、水网纵横，又为制瓷业提供了便利的运输条件。

灵渠沟通了湘江和漓江之后，汉代，桂门关凿通（桂门关又名鬼门关，位于玉林市博白县浪平乡，距博白县城九公里），陆路沟通北流江与南流江。中原地区的丝绸、茶叶、瓷器等商品，从长江、湘江，进入漓江，再经北流江、南流江水路到达合浦，然后漂洋过海。这条通道，被誉为桂南的"丝绸之路"。

桂南窑口群的崛起，主要依赖于北流江。北流江发源于莽莽苍苍的云开大山，具体位于北流市平政镇上梯村的双子峰，流经容县和藤县，汇入浔江。北流江蜿蜒五百余里，在北流市境内称"圭江"，在容县境内称为"绣江"。

五百里的北流江舟楫穿梭，千帆竞放；两岸陶舍重重，倚岸而开。江中舟帆如云，好一片繁盛景象。

北流江除交通便捷，还有着丰富的瓷土和取之不尽的燃料。如果说灵渠贯通之后，诞生了桂北窑口群，那么桂门关的打通，则诞生了北流江流域的桂南窑口群。无论是洛清江还是北流江，河流两岸山峦起伏，森林茂密，盛产烧瓷用的燃料——松柴。瓷窑选址可靠近山坡和溪流，除水上运输外，制瓷原料还可依赖廉价的水碓粉碎并加工。

目前广西共发现宋代古窑址约30多处，而每一处又有数量众多的龙窑。一时间，整个广南西路火龙腾飞，此起彼落。熊熊的窑火灿烂地燃烧，映红了岭南的天空。这是广西文化史上一次空前的燃烧。对广西而言，这是一个辉煌的朝代：千年窑火，万丈光芒。

广西的宋瓷分为青瓷和青白瓷。青瓷主要以桂北灵渠为运输通道，集中在湘江上游、漓江、洛清江、柳江流域，除兴安严关窑之外，桂北的青瓷窑群尚有全州的永岁窑、永福的田岭窑等，属耀州窑青瓷系统。

青白瓷以北流江为主要运输通道，集中在北流江流域的容县、藤县、北流、岑溪，和郁江流域。主要窑址为桂南北流两岸窑口群，如藤县中和窑、北流岭峒窑、容县城关窑等，尤其是中和窑瓷，可与同期的景德镇瓷器媲美，从而成为广西宋代瓷器的主要代表。

几年来我行走在洛清江与北流江，每到一处窑场都会看到那些堆积如山的碎瓷片，那可是真正的宋瓷啊。官窑有官窑的精致，汝、官、哥、定、钧瓷对普通人而言就像个梦。而八桂大地上出现的宋代民窑，却让人觉得瓷就是普通人的生活。直至如今，那些在宋窑遗址周围生活的村民，把那些宋瓷片纳入屋基、嵌入墙体。阳光下的墙体反射出斑驳陆离的光线，碎瓷片上各色各式的花鸟虫草，凝聚着世俗的情感。他们是奢侈的，住在这样的房子里，仿佛进入了宋朝烟雨梨花的春天，里里外外都能感觉到鸟语花香。

◎ 严关古窑

灵渠里的船队往来如梭，浩浩荡荡地经过严关。严关一带高质量的瓷土迅速被人发现，这里地势平坦，交通便捷，使严关成为宋代岭南的窑都变成了可能。从宋徽宗大观元年（1107年）起，一直到宋宁宗嘉定十七年（1224年）止的百余年间，在今严关镇一带，先后建有数百座瓷窑。很难想象那样广阔浩大的作瓷场面，即使今天来看，规模如此庞大的窑群仍然令人震撼。

严关窑毕竟是湘桂走廊的产物，其制作工艺无可避免地吸收了中原文化的元素。由于地理位置的原因，以景德镇瓷与吉州瓷影响为最大。现在的兴安乃至灵川，数以万计的人寻根问祖，发现自己的祖先来自江西，这不能不让人联想到严关的宋窑。

严关宋窑以烧青瓷为主，兼有月白、黑釉等品种，滑如凝脂，如冰似玉，大量烧制日用品瓷器，如碗、盏、碟、壶、瓶、钵、炉等。纹饰方法有印花、划刻、手书。图案以中原百姓喜闻乐见的"双鱼戏水"、"婴戏图"、"姊妹花"、"富贵平安"、"寿山福海"等民间元素，与岭南神灵、图腾、奇花、河流、山脉、异兽以及千变万化的云彩融为一体，置于熊熊窑火；将对生活的向往化为瓷器上的诗情画意，经过千度以上的烈焰炙烤，经久不散，我们至今仍能感到传递了千年的温暖。

严关窑所处的地理位置长满了灌木丛与藤萝，岭南的阳光下，满面尘灰、挥汗如雨的窑工正在搬运烧好的瓷器；而年轻女子手中刚制成的陶罐，在古老的阳光下闪着迷人的色彩，一个个温润如玉的青瓷，将从她们手中诞生。

青瓷与青花瓷是两个概念。青瓷的"青"指的是其釉色，约为深绿色，这个色彩属于阳光下的岭南，它能让人看到南方绿色丛林的丰茂与妖娆；而青花瓷的"青"指的是靛蓝色，是白瓷白釉下画的青花色，这是中原的传统色。就我个人而言，我极喜欢青瓷，它让人想到"翠玉"两字。翠玉色，就是青瓷的风格，瓷质温润如冰，宛若翠玉。

20世纪60年代初，兴安县文化馆干部下乡至严关，于马头山下发现了一些古瓷残片，虽不辨年代，却也知是古物，立即上报。自治区派来黄增庆等三位专家，到严关查勘试掘，挖出古窑一处，其中有完整碗碟，碗底烧有"嘉定"年号，确定为宋窑。

后来，区文物考古队在严关附近发掘出一座宋窑，窑的制作形式为龙窑，依山而建，长度约40米。在窑址中发现一具保存完整的"海水双鱼纹"制碗印模

⊖ 兴安古严关遗址

（此印模现藏于自治区博物馆，这是广西最早发现的完整印模之一，属国家一级文物藏品）。后经大规模发掘，发现这一带系宋代古瓷窑群，少说也有几十口，分布在四五里的地带范围内。古窑中，有完整的碗碟，有废弃的瓷器和烧制的土坯，还有模具。虽属民窑，其工艺亦颇精巧。有棕色、黄色、绿色、青色各种彩釉，图案多以各种水波纹和双鲤鱼为主，姿态可爱，栩栩如生。

令人遗憾的是，这些代表着岭南宋瓷文化的严关古窑遗址，在学大寨修水利等一个又一个的运动中破碎，熄灭。

如今在严关镇，除了那块写有"严关古窑遗址"的石碑，我于周围逡巡半日也未找到一块宋瓷碎片。附近有住宅楼，一幢连一幢。原来，有很多人都住在千年窑火之上，真担心他们有一天被烤熟。

◎ 永福田岭窑

永福的田岭窑，分布于洛清江两岸的坡地，绵延约7公里，是宋代南方青瓷烧造的中心。田岭窑较多地吸收了耀州瓷的制作工艺，并着意表现传统的地方纹饰，如采用耀州窑青瓷折枝花卉纹与八桂地方器物中常用的水波纹组合，形成自己的特色。

宋代大诗人范成大曾在桂林为官，他写过笔记作品《桂海虞衡志》。其中记载了当地人作瓷的情景："花腔腰鼓，出临桂职田乡。其土特宜鼓腔，村人专作窑烧之。油画红花纹以为饰。"

岭南地区一直流行傩戏与师公法会，花腔腰鼓为其法器之一。从永福窑发掘的腰鼓残片可以看出，宋代腰鼓已大量生产。如今在永福县的一些乡村，仍可看到腰鼓，主要为师公戏，用以驱鬼、招魂等民间仪式。

花腔腰鼓的形状为空心细腰，灰胎，胎中部较厚，表面施青釉，鼓身绘釉下褐彩花纹，釉层稍薄。一头为圆球状，一头为喇叭筒状，在圆球一端蒙皮敲击，喇叭口就能把声音传得很远。此腰鼓具有鲜明的岭南民俗风格，是瓷器中不可多得的精品。

在永福宋窑遗址，我们至今仍能看到被发掘的几条龙窑。龙窑就是长龙形的瓷窑，倚斜坡，由低至高处，一路向上。一条龙窑约45米长，2至3米宽。每隔四五米设有燃烧室，窑工不断向里投柴禾加温，以保证全窑有足够的温度。一般来说，从窑头到窑尾，温差不等，窑头烧精品瓷器，窑尾只能烧些陶罐花盆类器皿。

永福窑瓷的特点是胎薄、釉薄，质地清澈透明，以青釉为主，亦有酱釉、黑釉、花瓷等。尤其是青釉瓷，釉色层次丰富，光泽亮丽，像翡翠。

在永福窑的发掘现场，曾出土了多个纪年印模，上面清楚地刻着"崇宁四年"（1105年）、"崇宁五年"（1106年）字样。这是货真价实的年代印记，明白无误地告诉我们，此窑为北宋年间所有。

永福窑的精品之作，是在窑址发现的铜红釉瓷，系一次高温烧制成功，且数量较多，釉色纯正，代表了永福窑场的最高技术。

铜红釉是在青釉料中加铜，在1400℃高温以上方才烧出红色。这种能烧制高温铜红釉的窑场，在宋代极其少见。

铜红釉对窑内温度十分敏感，稍一偏离就得不到正常的红色了。而许多瓷器艺术的诞生，往往是这种"偏离"造成的。偏离，技术上称为"窑变"。正是这种"窑变"，带来了我们意想不到的如同魔幻般的艺术效果，这与钧瓷"入窑一色出窑万彩"的神奇窑变十分相似。釉中的流纹形如流云，图案如湖光山色、彩霞满天。

◎ 容县城关古窑

容县古称"容州"，位于广西东南部，与广东西部毗邻，是云、贵、川、湘等省区陆路通往广东沿海的必经之地。特殊的地理位置，使容县成为桂东南的瓷器重镇。

容县古窑场出土最多的文物是青白瓷。青白瓷胎质洁白细腻，坚薄轻巧。有的轻薄如纸，有透光感，釉色晶莹透亮，光洁润滑，白中微微闪青。在厚釉处，则闪出湖水般的青绿色，显得特别清新秀丽，温润如玉。

从20世纪60年代中期起，各级文物部门在容县境内的瓷器窑址达30多处，其中以县城城区周围的城关窑场规模为最大、产品最为丰富，是容县宋瓷的代表。

城关窑址分布在县城的东郊、西郊、南郊和绣江两岸六七公里的范围内，分为东郊下琅、缸瓦窑、西郊下沙、南郊上南街村等四个窑区。

这些窑场所生产的瓷器品种多、质量高、花色美，并具有比较鲜明的地方特色，品种多为日用品；釉色光润雅洁，以青白釉为主，亦有酱釉、黑釉、翠绿釉、红釉等；纹饰上多以唐宋间盛行的印花、刻花、划花以及堆花等手法；内容以莲花纹、荷花纹、缠枝纹、卷草纹和水波纹、游鱼纹等。

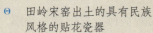

⊖ 田岭宋窑出土的具有民族风格的贴花瓷器

容县至今发现了两处宋代瓷窑：一处在县城以西，烧青白瓷，器形中碗最多，装饰方法采用刻、划，有刻菊瓣、莲瓣纹碗、杯、炉等器物；另一处则在县城以东，烧绿釉器，这类器物主要为薄胎小碗、盘，从造型到纹饰与陕西耀州窑青釉印花小碗相似，不同在于胎白而薄。

容县城关的古窑址逶迤10多公里，遗留下来的窑具和碎片比比皆是。这里，宋代生产的绿釉瓷可与耀州瓷媲美。除绿釉瓷外，容县窑址还发现了红釉瓷。很多的印花瓷模上留下了宝贵的年号，如"绍兴二年"、"宣和三年"、"乾道六年"等。

但令人困惑的是，如此大规模的容县窑，其产量定然可观，可如此众多的瓷器都销到哪里去了？至今，研究人员在国内外都找不到完整的容县窑实物。

目前仅在容县博物馆内藏有一件完整的原件。

1992年9月，在上海召开的古陶瓷科学技术国际研讨会上，确定了容县是世界上最早在瓷器上烧制铜绿釉和铜红釉的地区之一。容县博物馆藏有这些罕见的绿釉和红釉瓷片。

这是一种与众不同的以氧化铜为着色剂的铜绿釉，它由一次性高温烧成，釉色多数青翠碧绿，十分美观。由于受烧成温度的影响，有的青绿中闪黄，有的青中泛紫，有的变成了咖啡色，色彩斑斓，令人惊叹。

◎ 岭峒窑址

从北流市区乘车往南，溯圭江而上，到平政镇三江桥头，再行走连绵不绝、绿荫如盖的山路10多里，可见一个开阔的小盆地，此为岭峒村。村中淌一小溪，清澈明亮，水面横卧石桥一座。过桥，岸边不远的山坡上，即为岭峒窑址。

谁也无法想象，几乎与世隔绝的岭峒小村，竟掩藏着一座鲜为人知的大窑场。

岭峒窑的发现，很有一些意外。对当地村民来说，遍地碎瓷片，皆习以为常。20世纪90年代，岭峒村民林宝在一座古瓷窑旁，发现一只有"开禧丁卯腊月陵水何绍先掘工"字样的瓷器印模；1995年6月，一个夏天的傍晚，岭峒有个小学生，在岭峒圩头河岸捡到一只有"南宋嘉定元年李五郎制"字样的精美雕花纹碗模。

种种迹象表明，岭峒有着非同寻常的秘密。不久，广西文物部门派出专家在岭峒进行考古发掘，前后长达三个月。这次挖掘，有了惊人的发现：岭峒原是个庞大的窑场，并挖掘出了数千件宋朝至民国各个时期生产的瓷器、数件弥足珍贵的陶瓷模具。尤其是南宋中后期生产的影青瓷器的大量发现，在全国实属罕见。

岭峒窑址范围很广，涉及圩头岭等近10个山岭或山坡，约3平方公里。整个山坡都是窑，遍地都是瓷片。当地的老窑工一直传说，从宋朝开始，这里有99条窑同时烧瓷。有个奇异的现象是：在岭峒每建一条新窑，就必会伴随着一条老窑的坍塌。

岭峒窑是广西历史最悠久的窑场，从宋朝到民国各个时期都有烧制。一直到20世纪50年代，当地山林燃料殆尽，国家封山育林，岭峒窑方才熄火。

◎ 藤县中和窑

中和窑是广西几十处宋代窑址中最神秘的一座。说它神秘，是因为如此庞大的窑场，史书或地方志中均未发现有所记载。而且，在中和窑热火朝天生产了100多年后，却突然销声匿迹了。那么多年，那么多窑烧制的产品均不知去向何方，亦不知所终。

中和窑重见天日之后，完整的藏品极稀有罕见。广西博物馆找遍各地，也只藏有两件：宋广西中和窑影青葵口席地缠枝菊印花碗、藤县中和窑影青印花摩羯水波纹碗，其价至今无法估量。另外，藤县文物馆藏有一只"海兽闹海"小海碗，上有汹涌波涛，海水中有一只怪兽，其势张扬，栩栩如生。

中和窑位于今藤县藤州镇中和村。和广西许多宋代瓷窑发现的情形相似，中和窑在一个偶然的机会下出现在了偏僻的小山村。其实也不算偶然，因为当地百姓很早就发现这里有堆积如山的碎瓷片。他们不可能知晓这是宋代古窑，只知道此地原来可能是什么倒闭的瓷作坊，不然哪来那么多的碎瓷片。村民们就把这些碎瓷片加入到土墙中，砌墙造屋。

大约是1963年夏秋之交，中和村遭遇了连日不断的暴雨，继而引发了秋洪，河水暴涨，导致四野一片泽国。北流江两岸，很多房屋被冲毁。灾后，梧州地区干部来藤县灾区视察灾情，发现这里有大量的碎瓷片，觉得不可思议。因为从没听说过这里有什么瓷器作坊，那一定是古物了，立即将此情况向上汇报。

1964年9月中旬，自治区文物管理委员会、区博物馆和梧州地区文物工作者组成了考古队，来到藤县北流江边的中和村，在两平方公里范围内满是陶瓷匣钵碎片堆积的村庄里，试掘了一处烧造青白瓷的古代窑址。

当自治区考古专家来到中和村时，他们一下子就被眼前如此精美的瓷片和数

Θ 藤县中和村农民建房时用
陶瓷匣钵做墙基

量众多的作瓷模具惊呆了。他们意识到这不是一般的小作坊，很有可能是一处鲜为人知且规模庞大的瓷场。中和村内，碎瓷片堆积如山，当地百姓造房，用的是烧制瓷器的模具，墙体竟有三四米高，学校围墙、农舍、猪栏等都是用烧瓷模具来建筑的。

北京故宫博物院陈列室主任李炳辉等于1981年、1983年两次前来考察发掘，所以，故宫博物院馆藏有中和窑的瓷器。故宫专家将一些瓷器初步复原，其轻巧精美的造型、清丽高雅的品质让人惊叹不已，显示出极为高超的水准。一种风华绝代的稀世珍品已初露芳容。

废弃的瓷窑遗址几乎把当今的中和街包围。遥想千年以前，这里一定是窑炉林立，烟火袅袅，一派"昼则白烟蔽日，夜则红光冲天"的忙碌景观。

中和窑出土的瓷器以影青釉为主，白釉次之，胎薄釉匀，细致莹润。

影青瓷是宋元时期一种釉色介于青白之间的薄胎瓷器，乍看起来几乎就是白色，但它与牙白色和乳白色不同，是在素白釉中泛出一种青色，故称为影青瓷。它是江西景德镇在北宋时期新创造的一种产品。从出土的瓷器中可以看到，中和窑在原料的淘炼精选、制作精工和窑炉还原气色的掌握等方面，都达到了相当娴熟的地步。

中和窑已确切断定为宋代瓷窑，前后生产跨越140多年。虽然在藤县史籍中无相关记载，但在窑址中出土了数十枚宋代铜钱。更重要的是，考古过程中发现了一只对窑址年代断定起关键作用的印花模具，上面刻着飞鸟花卉纹，还刻有"嘉熙二年戊戌岁春季龙念叁造目"字款。这是迄今为止唯一能为中和窑断代的铁证。

中和窑址目前已发现有龙窑11条，有20多处地方的瓷器废片堆积如山。那么多瓷器最后去向哪里，至今仍是个谜，但从残片中仍可找到其令人不可思议的蛛丝马迹。比如，中和窑瓷上有不少波涛、海浪等纹饰，这是东南亚一带常见的瓷器纹饰；中和窑中还出现了摩羯纹印花模和青白釉摩羯印花盏，因国内未见用此图形，故此表明，中和窑瓷器多为出口产品。

中和窑遗址从发现至今，已逾半个世纪，可我们对中和窑的确切情况仍是一知半解。其高超的技艺，以及为何窑毁湮灭，迄今仍是一个历史悬案。

◎ 忻城红渡古窑

传说红水河畔曾有一座古城，名"芝州"。芝州因产优质瓷土，外加水运便利，出现过大规模的瓷场。忽有一日，红水河泛滥，淹没了整个芝州城。那些正在烧制的窑火被洪水冲灭，巨大的泥石流横冲直撞，芝州城大大小小的窑场连同那些精美的瓷器都瞬间被湮没。

史料记载，今忻城县古称"芝州"，唐贞观中置，属岭南道，辖境为今忻城县、都安县东部等地。宋初改为"羁縻州"，属广南西路。

传说中的那个古窑场是在1981年发现的，正式命名为"红渡古窑址"。从湮没地下到重见天日，已过了千年之久。

红渡镇地处山区，红水河由西北马山县入境，横穿全镇。

1981年，忻城县文物工作者在红渡镇渡江村北巷屯进行文物普查。村里百姓说，屯边的一个小山坡上，到处散落着碎瓷片。文物工作者立即前往查看。

这是一处并不太高的山坡，各种各样的碎瓷片散落一地。忻城的文物人员意识到，这里可能是一处古窑，他们迅速采集了标本向上级汇报。后同自治区文物考古人员研究，判断该地为传说已久的宋代古窑址，奇怪的是地方史籍均无记载。

1987年8月，国家文物鉴定委员会副主任史树青先生到忻城考察土司衙署，听说红渡发现古窑，即亲临现场查看。史老从地表采集的陶瓷标片判断，认定该窑场为宋代遗址，具有重要的考古价值。

史树青亲临名不见经传的红渡窑考察，也是忻城文化史上的一段佳话。由于经费等原因，忻城县没有能力对红渡古窑址进行发掘，只将它当作一个文物点进行了保护。

红水河由云南沾益县南盘江而来，两岸陡峻，河水奔腾于深山险谷之中，气势磅礴，一泻千里，具有丰富的水资源。红水河上共有10个梯级水电站，来宾桥巩水电站即其一。

2008年，来宾桥巩水电站即将建成蓄水。蓄水后，可能会淹没红渡古窑址。2008年3月14日，广西文物考古研究所、柳州市博物馆、忻城县博物馆联合对红渡古窑进行抢救性考古发掘。

窑址位于红渡镇红水河大桥东侧，河水弯道外侧的丘陵地带，分布面积约0.5平方公里。在此范围内，清晰可辨古窑址约10座。各类青瓷器物残片以及窑具器物残片俯拾皆是。

古窑型均为龙窑，依坡而筑，面临红水河，因年代久远及河道变迁，窑址受损严重。窑中残存废品堆积，其厚度在30至90厘米不等。

窑中发现的瓷器主要是民用粗瓷，有碗、碟、盏、杯、罐、壶、梅瓶、擂钵、熏炉、药碾、魂瓶、多角罐等20余种，以青釉瓷、绿瓷为主，器物均以当地黏土制胎，颜色呈灰白、灰黑、红等，形制较粗糙。釉色多为青黄、青灰、黄、褐、酱等，且涂抹不均。部分器物上刻印有铭文和图案。

出土文物中，有两件作品引人注目。其一是壮族地区百姓常用的乐器"腰鼓"，还有一件是岭南地区少见的宋代梅瓶。梅瓶腹部较长，带有纹状，颈部较短，瓶口较小，制作虽不精致，却是宋代在北方较常见的一种酒瓶，此次在南方古窑出现，实属不易。

红渡古窑在考古发掘过程中，除出土大量陶瓷残片外，还有很多烧制工具、制陶工具、窑床窑砖等。令人惊奇的是，在一件制陶工具执柄上，发现刻有"元丰四年四月二十四日洗且记者"的纪年铭文，元丰四年（1081年）为北宋神宗年号，距今已有900多年。

根据陶器铭文，发现有一韦姓窑工曾在此劳作，根据姓氏分布的地域特征，他应该是本地的土著僮人。他在令人窒息的烈日下挥汗如雨进出窑洞，一缕缕青烟在窑上沉浮。眼看一窑瓷器即将烧成，一场突如其来的山洪瞬息而至，将他和所有龙窑吞没。

◎ 上林九龙窑

九龙窑址位于上林县明亮镇九龙村。九龙村盛产荔枝，谁也没想到那些茂密的荔枝林下隐藏着一个千年的秘密，一座古宋窑在道路施工中被发现。"明亮镇"也是个动人的地名，让人心里亮敞。九龙村之名是否与宋代古窑有关不得而知，但目前在黎赵屯内已发现了8条宋代龙窑，分布面积约2平方公里。

2007年12月，从忻城至上林再至宾阳的近百公里的二级公路在上林县开工。一个规模庞大的宋窑场重见天日，此系宋代青瓷民窑。

九龙村的村民一直不明白，这里的土地与其他村不同，经常看到成堆的破碎瓷片。那些瓷片对村民而言毫无用处，谁也没在意，没想到原来地下藏着那么大的古窑。至于古到什么程度，宋代是什么概念，千年又是多久，村民们无法知晓，他们所能感觉到的只是个梦。

经考古发掘，九龙村窑址出土的瓷器主要有碗、盘、碟、盏、瓶、罐、钵等20多种类型，以碗、碟、盏为大宗，其他少量，釉色以青、酱为主。

器皿纹饰丰富繁多，有团菊、叶脉、莲瓣、钱纹、文字等。从目前已发掘八处龙窑所见，皆为宋代耀州瓷窑系，成为罕见的桂南古窑标本。

九龙村一号窑址依山坡而建，由下往上，窑身形如卧龙栖息于山坡，为典型的龙窑。可惜的是，这条龙已被公路截断。但仍能看到大部分窑床，观其形状，若游龙隐现，窑壁、投柴孔历历在目。进入窑体，可见一隧道形如窑炉，残存长度40多米，窑壁残高为半米左右，窑床宽约1.8米。

在一些被发现的瓷器底部，刻着"景德通宝"、"祥符元宝"、"太平通宝"、"绍兴元宝"等钱纹，"景德"是北宋真宗年号，"绍兴"则是南宋高宗年号。此为窑址年代提供了确切的断代依据。

九龙村一带能成为窑址，在很大程度上与这里丰富的瓷土资源有关。经过挖掘，至今仍能发现地下一米深处分布着丰富的制瓷良土，而且范围大，从上林县城到巷贤镇方向绵延10多公里均见分布。这些尘封已久的优质瓷土随着九龙村古窑的发掘，期待着重见天日。

◎ 广西宋窑湮没之谜

如果不是窑址的频繁发现，很难想象宋代的广南西路会有那么多的瓷场。但令人不解的是，许多大规模的窑场并无相关记载。我们只能通过发掘的一些残片的年号款识去确认，那就是宋代。宋末元初之际，广南西路的大部分窑场的熊熊烈火，说灭就灭了。我一直想解开这个谜团。

首先想到的是燃料。古代作瓷，非常耗费自然资源，有好的瓷土、釉料还不行，还得有充足的燃料。瓷器对于温度的要求很高，一般都要求在1200℃~1300℃之间，要保持如此高的温度，需要耗费相当数量的燃料。

中国古代烧造陶瓷器主要以柴木做燃料，北宋中期以后，北方的一些瓷窑才开始以煤为燃料。

南方的广西没有煤炭，但森林密布，各大窑场皆以松柴为燃料，这就注定了广西窑在燃料这一环节的先天性不足。当一座窑场渐渐形成规模，或作瓷工艺、品牌等日趋成熟的时候，它无可避免地开始走向没落——周围的林木砍伐殆尽，燃料难以为继。

广南西路的窑场多为龙窑结构，因依山坡或土堆倾斜筑建，形似长龙，故称"龙窑"。沿窑床方向在两侧开有若干投柴孔，燃料为松柴。早期龙窑一般有十几到二十几米长，到了宋代龙窑的长度可达五六十米，个别地方甚至长达百米，一次可装烧两万件瓷器，需要约10万公斤松柴做燃料。

一株中龄松柴以200公斤计，一次烧成至少需要500株松树，以每月出窑一次计算，每年每窑要烧去约6000株树木。

每个窑场少则几座，多者数十座龙窑，如永福田岭窑，目前已知约为30座龙窑，光这一个窑场，一年就要消耗约18万株松柴。就算你窑场周围森林密布，又能经得起燃烧几年？

广南西路宋代制瓷业的辉煌，与广州市舶司的建立密不可分。开宝四年（971年），宋统一岭南数月后，在广州设立市舶司，专门管理海外贸易。这就是当时的海关，商人如需出口货物，必须到市舶司办理出海的手续，也可以获得很多重要的海外市场信息。这样，一些窑场开始向市舶司所在地靠拢，他们在临近市舶司、富于瓷土资源的地区，纷纷开设窑场。著名的有潮州笔架山窑、广州西村窑等，都是宋代著名的生产出口瓷器的窑场。

广南西路离市舶司不是太远，依靠西江便利，生产的瓷器可顺江而下直抵广州。所以，西江流域的漓江、洛清江、柳江、郁江、北流江等流域，出现了一大批以外销为主的窑场，这在与北方窑场的竞争中具有明显的地理优势。广西窑场因为在海外贸易中占得一席之地，在南宋时达到了鼎盛。

元祐二年（1087年），泉州设立市舶司，第二年，又在密州成立市舶司。海外贸易中心在南宋晚期开始北移，这对中原的制瓷业是一个强有力的刺激，一些地方原来制瓷业就很发达，有了新的政策之后，迅速成为制瓷业的中心。

这样一来，广西大多数窑场原来所具有的运输价格优势开始丧失，这是广西各大窑场在南宋末年渐渐衰落的原因之一。

北宋之前，中原窑场因生产技术先进，所产瓷器精美，一直受到海外市场的欢迎。广西的窑场迅速发展之后，更多的是仿烧中原窑场的一些畅销产品，如永福窑模仿耀州窑，兴安严关窑仿耀、钧瓷等。各窑之间亦竞相模仿，工艺、饰纹类似，停留在一种低档次的层面上。

仿制总是受人制约的，如果没有自己的知识产权，在市场上便毫无竞争力。除了中原强大的技术与文化让广西窑场面临严酷的竞争外，广南西路范围内的各地窑场也存在着激烈的竞争，如洛清江流域的窑场与北流江流域的窑场的竞争。

各个窑场缺乏独特的拳头产品，技术的改进也比较迟缓。发展到南宋晚期，胎体趋于厚重，制作粗糙。到元初，广西窑场不仅丧失海外市场，就连本地市场也被外地的景德镇瓷器代替了。

宋末元初，元军从滇东侵入广西。1279年，南宋灭亡。元军在占领过程中，拔城必屠。对广南西路各地的社会生产力造成了极大的破坏，窑场人员或死或逃。社会动荡不安，伴随而来的是制瓷业的凋零。

但是，在整个宋代，无比辉煌的广南西路瓷器业，仍是广西文化长河中令人骄傲的史诗传奇。那些破碎的宋瓷至今还沉睡在我们的脚下，这样也好，让我们行走在八桂大地上，就会时时感受到一种来自千年窑火的温暖。

洛清江碧波荡漾，北流江涛声依旧，宽阔的江面上帆影蔽天，舟楫穿梭。村庄里满是忙碌的女人和瓷器，天上的太阳像件古陶。这是瓷器的江河，是水火交融的动人世界。

第四章

帕米尔高原——中国西极的冷峻与绚丽

◎ 天边的乌恰

中国最西部的一个县是乌恰。乌恰很遥远，远得就像一朵飘浮在天边的白云般遥不可及，那是中国每天最后送别落日的地方。为看望远在天边的老乡——吴登云，2001年8月2日，我从扬州出发，沿古丝绸之路西行，越千山万水，行程万里，终于登上了古老神秘、充满异域风情的帕米尔高原。当我背着行囊风尘仆仆地站在小城宁静的街头时，已是夜里十点多了。但我无比新奇地看见，落日还悬在天边，温暖的阳光正柔和地映照着我。

乌恰是汉唐丝绸之路上的重要驿站，有过商贾不绝于道的繁荣。来乌恰旅游的人不是很多，但地理位置的特殊性使乌恰成为一些探险者必到的地方。大漠孤烟，长河落日，都是中国西部的壮景。在乌恰看落日，感受却是特别的不同，因为你站在被誉为世界屋脊的地方。乌恰地形西高东低，四周群山环绕，呈马蹄形。看落日，可选一处四周开阔的山坡。当你站在高处，看见霞光满天，一轮红日渐欲西沉的时候，你这才想起故乡扬州早已进入梦境。你心中蓦然升起一股对光明的特殊留恋，你想伸手紧紧拽住那一缕即将消失的阳光。夕阳向你投来最后的一瞥，猛一转身，便落入了西边的深谷。

落日把最后的辉煌留给了乌恰，使得这片奇异的土地变得风情万种。各种自

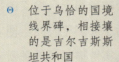
位于乌恰的国境
线界碑，相接壤
的是吉尔吉斯斯
坦共和国

然地貌，如草地、岩石、沙漠、戈壁、峡谷、河谷、雪山、冰川、盆地等等，在乌恰均可看见。乌恰处在天山南麓和昆仑山北麓两大山系的结合部，地质结构复杂，地震、雪灾、洪水、冰雹等自然灾害的发生，在乌恰极其频繁。这个边陲小城第一次引起全国亿万人瞩目的，就是一场噩梦般的惊天悲剧。1985年8月23日，乌恰发生了一次7.4级强烈地震，几秒钟内，整个乌恰县城被夷为一片废墟。我在乌恰医院采访时，老乡吴登云给我讲述了那一幕可怖的情景。

那天傍晚，乌恰突然发生剧烈摇晃，阴风怒号，地声轰鸣，大地开裂，泥沙井喷。人们惊恐地看到，城南山脚下有白色烟雾和阴冷的蓝光冲天而上，有一团黑而混浊的尘土，令人窒息地笼罩在乌恰的上空。

我现在走过的乌恰县城，是1986年开始重建的一座新城，位于老城东北6公里的地方。街道宽阔，布局整齐，一座座高楼，一排排民宅，让人很难想象这里曾是戈壁荒滩。城中心有座很大的街心花园，里面矗立着一座由王震题写的乌恰抗震纪念碑。在乌恰四周静静的群山之中，在乌恰宁静的街头，纪念碑愈加显得庄严肃穆。

乌恰的历史早已翻开了新的一页，这个边陲小城再次成为世人瞩目的地方。

乌恰与吉尔吉斯斯坦共和国接壤，乌恰境内设有两个口岸：吐尔尕特口岸、伊尔克什坦口岸。这里是我国连接中亚的咽喉要地，也是乌恰经济贸易的金三角。经济发展了，乌恰人的精神面貌也发生了根本变化。就在这个西域小城，诞生了一位白求恩式的好大夫，他就是被当地牧民誉为"白衣圣人"的乌恰医院院长吴登云。这是乌恰的光荣，也是扬州的骄傲。吴登云年轻时从美丽的扬州来乌恰支援边疆，他带着妻子女儿在乌恰扎下了根。如今他在乌恰已生活了30多年时间。他的事迹，被搬上了银幕，电影《真心》（鲍国安演吴登云）真实地描写了吴登云扎根边疆的感人事迹。我此次南疆之行，荣幸地采访了吴登云院长。

我在乌恰的时候，吴院长带我去了玉其塔什草原。不远处巍峨的雪山，高高地屹立在帕米尔高原上。

◎ 玉其塔什草原

帕米尔高原最令我神往的地方，当然是名扬天下的穆士塔格雪峰、公格尔峰、乔戈里峰等雪山。但是这些地方太圣洁，路又太远，我修行还不够，只能站在远处仰望注目。但是对于草原，我还能策马扬鞭。终于，在吴登云院长的带领下，我来到了玉其塔什草原。

帕米尔高原的北部边缘有一个辽阔的缓冲带，朝西南方向可进入乌恰县，此地正好是帕米尔高原与天山南脉的夹角。吴院长告诉我，乌恰，是柯尔克孜语，全称为乌鲁克恰提，意思是大山沟的分岔口。

克孜勒苏河自西向东贯穿整个县境，北岸地块以色彩缤纷的山体和岩质引人注目，其中最奇特的地貌有雅丹和泉华，这里被誉为"地质博物馆"。南岸是一片平阔地，有60平方公里，这就是著名的玉其塔什草原。在整个天山以南的草原牧场中，以玉其塔什草原为最美，周边荒山戈壁，形成最鲜明的对比。

帕米尔高原朝向东方敞开了怀抱。踏进盖孜峡口就能听到盖孜河日夜不停的喧嚣，我惊奇地看到戈壁荒滩之中如蛛网般的河流组成的水系。从喀什平原进入盖孜峡口之后，不到一小时，海拔高度急骤上升，达1000米。在这里可以很清楚地看到帕米尔高原与平原之间的巨大落差。

　　这是著名的地理奇观，高原与平原。汽车跃上高原之后，盘旋而上，两旁山体和岩壁显示出尖锐与锋利，山色深褐，道路紧贴着岩壁向上攀升。喧嚣的盖孜河水急速奔流。

　　玉其塔什草原是新疆南部海拔最高、面积最大的牧场。七月是玉其塔什放牧的黄金季节，这时，气候温和，阳光明媚，来自各乡的牧民赶着自己的牲口聚到这片牧场，随处可见热情的柯尔克孜牧民和他们的毡房。这些牧民见吴院长到来，纷纷邀请院长进去喝奶茶、吃奶酪。吴院长也不客气，邀我一起进去喝奶茶，他说，进入高原后，多喝些奶茶，可以抗高原反应。我第一次进入了柯尔克孜人的毡房，也是第一次品尝了柯尔克孜人的奶茶。

　　说实话，我不太习惯，但看到吴院长大口喝奶茶，美不可言，又想到他说喝奶茶可以抗高原反应，我只得硬着头皮，喝完了。

Θ　游牧在帕米尔高原的柯尔克孜人

心中油然而生一种大而高远的胸襟，仿佛刹那间胸中豁然开朗，变得坦然。你感觉到自己眼界开阔，思维敏捷而活跃，如同沐浴在那片明媚的阳光下，你心里一片明朗，一片纯净。一切是非恩怨、斤斤计较，都随风而逝。而心中只有一轮温暖的太阳，它照亮了你心里的那些阴暗角落，扫去你心中的阴霾。

经过蔚蓝天空的漂洗，每一缕阳光都圣洁明亮。我是那样贪恋乌恰的空气和阳光，也许是因为我的身心被世俗熏染得厉害，我深深地呼吸着，要把乌恰的纯净和明亮融入躯体。一缕晚风吹醒了我飘拂的思绪，当乌恰山头的那一轮落日渐渐隐没的时候，我这才想起故乡扬州早已进入梦境，心中蓦然升起一股对光明特别的留恋——我想伸手紧紧拽住那一缕即将消失的阳光。夕阳投来最后的一瞥，悄然转身，毅然迈入西边的深谷。落日把最后的壮美和辉煌留给了乌恰。

到乌恰看落日吧。那里有空旷无人的野谷，有纯净的天空和明媚的阳光。

◎ 铁荷记

2001年8月14日，我来到了西部边陲重镇喀什。

我在喀什国际汽车站买了车票，前往边城乌恰看望老乡吴登云。汽车在世界屋脊上奔驰，路边荒原莽莽，不见人影。一个蒙着红纱巾的牧羊女，躲在戈壁稀疏的沙枣林里很新奇地张望。在托帕，身背冲锋枪的边防战士要求每个乘客出示证件。我拿出身份证，不行，又递上作协会员证，还不行。哨兵告诉我，到乌恰去必须持有边境通行证。我一下子茫然不知所措，眼看汽车就要离我而去，我灵机一动对哨兵说，我是去乌恰看望老乡吴登云的。这招果然奏效，哨兵对我微微一笑，说向吴院长问好，一挥手，就让我过去。后来我把这事讲给老吴听，他笑着说，不奇怪，乌恰就这么多人，大家天天见面，哪有不认识的。

我是在当天下午到达乌恰的，并开始有高原反应，浑身不适，头痛欲裂。我立即打电话到吴登云家里。他是高原的白衣圣人，定有妙方解我痛苦。老吴不在家，他爱人告诉我，高邮来了五个人，老吴陪他们去了喀什。她十分关切地要我立即去医院治疗，我在剧烈的高原反应中拖着疲惫的身子直奔乌恰医院。

我刚进医院大门，便见到了一池绿荷，正开得亭亭茂盛；池中有白求恩半身像，汉白玉雕；池底流水，汩汩有声。想到自己孤身漂泊，在荒凉的异域高原忽见故乡风情万种的荷花，怎不让我惊喜万分。一股温馨和亲切霎时涌上心头。

我在荷池边临风而坐。鲜碧的绿叶，娇艳的荷花让我产生无比的愉悦，乌恰清爽纯净的气息，也让我如释重负，轻松许多，我甚至无法想象刚才是那样的狼狈。但这一池荷花，怎么可以在这荒寒的帕米尔高原上生长呢？我心头充满了困惑。明天见到老吴时，定要问个明白。

当天晚上，我住在乌恰宾馆。我脑海中老是想到乌恰医院的荷花，想着想着就做了梦——一个清香四溢的关于荷花的梦。我仿佛回到了水乡扬州，操着篙，撑一叶扁舟采莲；身边碧绿清幽，花洁如玉。我从未做过如此雅洁的好梦。不知是夜间几点钟，一阵淅沥的雨声，由轻而重，又把我带回了乌恰。我忽然想到，乌恰医院的那一池绿荷，是否经得起高原寒意和这暴雨袭击？

第二天清早，我迫不及待地去看荷花。令我欣慰的是，荷叶上只多了无数晶亮的雨珠。还是那样的碧绿，还是那样的娇羞容颜。

当天上午，我见到了扬州老乡吴登云院长。他已在乌恰生活了30多年。老吴见来了家乡人，非常高兴，久久地握着我的手。闲谈时，我就问起那一池荷花。老吴笑着说，那是上了漆的铁荷，他亲自设计的，他要让他和他的同事们每天都能看到荷花。

水陆草木之花繁多，老吴何以只种铁荷？我想问他，可终究没有问出口。其实很简单，老吴的故乡在水乡高邮，高邮湖那望无边际的荷花无一日不映在他的梦中，浓浓的思乡之情，或可借此抚慰吧。

老吴的事迹轰动全国，后来拍成了电影《真心》。我的向导王海丽，向我讲述了老吴最感人的一段事迹。

乌恰县波斯坦铁列克乡的牧民买买提，他永远难忘吴登云为他儿子植皮的一幕。1971年12月1日，买买提两岁的儿子全身50%以上的皮肤被烧焦。吴登云一连10多天，全身心地投入抢救，幼儿终于度过了休克关、感染关。接下来是创面愈合的难关，此时幼儿完好的皮肤所剩无几。吴登云决定从自己身上取皮。他一共从腿上取下13块邮票大小的皮肤，植到幼儿身上——幼儿终于得救了。

王海丽告诉我，老吴的这些事迹太多了，三天三夜都讲不完。

　　王海丽是新疆水利学校99运行（2）班的学生。我们相识于喀什国际汽车站。当时我租了一辆桑塔纳去乌恰，一个比水更朴素的小姑娘走了过来，问能不能捎上她，她是乌恰人，就这样我们认识了。到乌恰后，她带我去见了吴登云院长。在乌恰的日子里，是她陪着我去参观哨所、看乌恰落日。我在乌恰的照片，都是她拍的。现在，我没有她的一点消息，不知道她是否还在乌恰。

◎ 托云的雅丹与泉华

　　这个标题，多数人不理解。托云，雅丹，泉华，组成了一个诗意盎然的世界。

　　托云是个地名，是乌恰县的一个边境乡。雅丹与泉华，都是地质名词，极具诗意。更令人想不到的是，那么美丽的地质世界，位于人迹罕至的国境线上。

❸ 与中国相邻的吉尔吉斯斯坦共和国的军人

托云乡位于帕米尔高原深处，与吉尔吉斯斯坦接壤，由吐尔尕特口岸通吉尔吉斯。就在过托云乡政府1500米处，有一岔路，若一直往口岸方向，大约行驶10多公里，便可看到雅丹地貌；若在岔路口向左，过托萨依克河桥，沿苏约克河前行，就可以看到三处令人惊异的泉华地貌了。

雅丹与泉华之间，相距不足50公里。

因为地理位置偏僻，托云的雅丹地貌鲜为人知，至今也没有任何文字记载。随着边境旅游的开放，这一处地质奇观才逐渐被人发现，前来观看的人也渐渐增多。

我们多数人所熟知的雅丹奇观，以克拉玛依魔鬼城最为著名。所谓雅丹地貌，是指一种风蚀地貌，又称"风蚀垄槽"。"雅丹"原是我国维吾尔族语，意为"陡峭的土丘"。在极干旱地区的一些干涸的湖底，常因干涸裂开，风沿着这些裂隙吹蚀，裂隙愈来愈大，使原来平坦的地面发育成了许多不规则的沟槽，这种支离破碎的地面成为雅丹地貌。在中国塔里木盆地的罗布泊区域，有些雅丹地形的沟深度可达十余米，长度由数十米到数百米不等，走向与主风向一致，沟槽内常有沙子堆积。

克拉玛依魔鬼城地处干旱多风地区，历经亿万年的风削雨蚀，水刷日照，形成了与风向平行、相间排列的高大土墩，如古堡遗迹，突兀于戈壁。土墩间的风蚀凹地，若八川分流，蜿蜒于荒漠。

新疆是世界上雅丹地貌孕育最丰富的地区，2005年由《中国国家地理》杂志评选出的中国最美的三大雅丹地貌均在新疆，它们分别是：最瑰丽的岩石雅丹——克拉玛依魔鬼城、最神秘的雅丹——罗布泊白龙堆、最壮观的雅丹——玉门与罗布泊间的三垄沙。这些雅丹地貌鬼斧神工的神奇景观，我们只能叹为观止。但是托云雅丹与其他地方迥然不同。

托云雅丹地貌距喀什约150公里，当地的柯尔克孜族牧民称雅丹地貌为克孜勒龙库尔，意为红山洞窟。

托云雅丹面积约为20平方公里，与其他雅丹地貌不同的是，其他地方雅丹地貌的神奇与险怪，在这里都能找到，这里的雅丹地貌却不是孤立的，在托云几十条大小不同的山沟里，布满了形态各异又令人眼花缭乱的雅丹景观。有与山峦齐高的城郭、宫殿、塔楼、动物等，形状各异。最令人惊叹者，是一狮身人面像，惟妙惟肖。周围山崖又有香花满坡，那十里通透的阳光中，你分不清是远古还是现代——错落有致的山峦，巍峨的雪峰，天际下的飞鸟，不染一丝纤尘，空气像水一样明亮。

泉华，这是一个诗意的名字。我至今没有找到关于泉华命名的相关资料，但我一直认为，用"泉华"二字命名这片地质奇观的人是个天才。很诗意，也很形象。

如果雅丹是风蚀地貌的话，泉华就是水蚀地貌。

泉华地貌是石灰岩地貌的一种特殊形式，含有大量碳酸钙的泉水溢出地面后，在岩石表面发生氧化，在地表的岩石上形成五彩缤纷的结晶体，有的从山坡上溢出，顺着岩石向下流渗，形成五颜六色、奇形怪状的钟乳石。乌恰县托云乡苏约克一带，主要有两处泉华地貌：一为阿依浪苏河床泉华，一为克姆孜苏河岸山坡片状泉华群。

阿依浪苏位于乌恰县托云乡西北部28公里处，为苏约克河的支流，柯尔克孜语意为"酸奶子河"，因河水为乳白色，如同酸奶子一般而得名。涛涛的乳白色河水，在卵石河滩中涓涓而流，在石上留下了一层乳白色的结晶体，晶莹剔透，如雪倾覆，如冰河之冻。

河上游的岩石河床上，有泉华数眼流溢而出。其中最大者，从一块巨石上溢出，泉口脸盆大小，状如石盆。清澈透明的泉水从石盆中的泉眼涌出，顺岩石流入河中，从泉水口到河中的巨石上，凡水流过处，皆留下以鲜红色为主的五彩斑斓的结晶体。

克姆孜苏为苏约克河的又一支流，与阿依浪苏相邻不过10公里。"克姆孜苏"，柯尔克孜语意为"马奶子河"，因河水为青白色，酷似马奶子而得名。

在克姆孜苏上游的河岸边，有一片面积约500平方米的五彩山坡。远远望去，鹅黄色的山坡上，一条条鲜红色的水纹，如一条条殷红血管从山脊的主动脉上分流而出，近看那鲜红的"血管"之中，流淌的却是清澈透明的无色清泉。

如果我们在中国南方旅行，一定体验过石灰岩地貌的神奇，比如各类喀斯特溶洞。溶洞由现代化的五彩灯光进行装饰，所以，我们在南方看到的溶洞都是五颜六色的，但那是人工装饰的效果。

泉华地貌与此相反。钟乳石形成于河岸边，且为天然的五颜六色，色彩十分丰富、艳丽。举目所见，山水相连，起伏逶迤，泉水淙淙，所过之处如云似霓。无色透明的泉水，却能结晶为五颜六色的钟乳石。循着流淌的泉水逆流而上，乱石中的水渐渐由乳白色变黄变红，就连水底岸边那些不起眼的山石也被泉水浸润得像唐三彩，像色彩斑斓的玛瑙。抬眼远眺，隐约看见半山腰上一座赤黄色的山丘格外醒目，顺势流下的山泉把整个山坡浇筑得像瀑布跌宕。这是乌恰县水蚀地貌的显著特征。这是大自然巧夺天工之杰作，是人间瑰宝。

◎ 在一亿年前的海底穿行

被誉为"世界屋脊"的帕米尔是一座年轻的高原。大约在一亿年前，帕米尔以及新疆的绝大部分地区，还是一片汪洋大海，只有准噶尔、塔里木两块陆台耸立在波涛汹涌的海面上，形成两个遥遥相望的巨岛。

随着古生代强烈的地壳运动，海水逐渐退去，海底大部分地区逐渐隆起，这就是著名的造山运动。

到了古生代末期，帕米尔、天山、昆仑山横空出世，拔地而起，成为突兀的高原和山脉；而原来的准噶尔、塔里木两个突出海面的陆台，反而成为群山包围之中的两个大盆地。

帕米尔，这里是我国最早的农耕开发区，是中华民族文明的摇篮。大约在新石器时代，后稷的后代周人，由于气候的变化而大批东迁，进入中原，后来建立了周王朝。留在帕米尔一带的周人则称为"羌人"，他们中的一部分后来曾东迁入甘肃祁连山一带，一部分迁入蜀地，又有一部分从祁连山西迁帕米尔。在汉以前的3000多年时间内，羌人东迁、西迁非常频繁。

历史上，羌人曾在帕米尔建立过较强大的赤乌国，但如今在羌人的故地再也找不到羌人的身影了，他们除了大部分东迁外，留下来的都已融入其他部落之中。但在帕米尔故地，羌人的历史足迹则处处可见，比如说，葱岭、若羌的地名，塔什库尔干的羌人墓葬等等。

大海隆起，高原诞生。所谓的沧海桑田，真的存在过吗？

在乌恰的时候，我听说离县城80多公里的地方，有座贝壳山，是古代沧海桑田最有力的佐证。为了亲眼看到一亿多年前的海底，我决定前往贝壳山。

由于很少有人去贝壳山，只能租车前往。可很多司机都不愿意去，因为路不好走。此外，还有可能会迷路。在那样一个荒凉的地方迷路，或者车子抛锚，立刻会叫天不应叫地不灵。末了，在我多出一半的车费后，总算有个小伙子勉强答应送我去贝壳山。

一出县城，几乎看不见树。出租车在荒野戈壁滩上飞驰，路况尚好，视野所及，皆是一片荒凉。由于沙石结构受雨水侵蚀，高原上呈现出千沟万壑的地貌，到处可见怪石与断崖。

这是一种奇怪的旅程，有穿越时空的神秘感，看不见一个人影。但我知道，我正在一亿多年前的海底穿行。在经过几次迷途之后，我终于找到了传说已久的贝壳山。

贝壳山位于一片河流地带，山很高，东西走向，贝壳已成化石，多得无可计数，与泥沙凝结在一起，层层叠叠堆积，千姿百态。这里原本是一片碧水浩淼的古海，沧海桑田，贝壳山遗址直观地反映了地球运动巨变的一页历史。

远处观之，山上布满了小窟窿，大小均匀，仿佛整座山就是个大蜂窝。站在山脚下向上望，山体上到处都是嵌满贝壳的岩石，严格来说，不是贝壳，而是贝壳的化石。无论是山上大块的岩石，还是山脚下散落的小块岩石，都由无数贝壳化石组成。

由于贝壳化石随处可见，我觉得很奢侈，像这样有一亿年沧海桑田的天然遗址在全国来说并不多见。那些贝壳化石有的相当完整。可奇怪的是，我找了很久，也没有找到一块关于遗址保护的标牌或警示牌。

我只身攀上山岩，登至半山腰，举目四望，景象更加壮观，简直就是一片化石的海洋。我仿佛看见，一亿年前这里的海底世界，水草丰茂，贝螺成群。我忍不住想拿块海底化石留作纪念，但也只是想想而已。我应该尽快向有关部门报告，对这样直观的、极具科考价值的地质遗址进行有效的保护。

◎ 葱岭·悬圃

最早开发帕米尔的是羌人，最早记载帕米尔的是《穆天子传》一书，该书中称之为"舂山"（亦即葱山，古代舂即是葱）。帕米尔最早进入史书，则是以"葱岭"这个名字出现的，始见于《汉书·西域传》，在葱岭注中称"因山中遍生野葱而名"。另外，据有关文献记载："其山高大，上生葱，故曰葱岭也。"至今，在海拔5000米的高原上，山石嶙峋的缝隙中，仍然长着一片片细细的野葱，散发出浓郁的香味。

野葱主要生长在塔什库尔干县南偏西之地的派依克河谷一带，根系发达，株高20厘米左右，其味辛辣芳香，叶厚多汁，气味与家葱近似。故此，新疆居民早在汉朝以前就将野葱培植成了家葱。而在2000年前，张骞来西域后，才将这种常见的农作物带回中原，当时称"胡葱"。如今大葱、小葱早已成为国人每日餐桌上的调味佳品。

我国唐代旅行家玄奘，在贞观十九年（645年）从印度取经后途经葱岭四国，他笔下留下了有关当时葱岭的珍贵记载。

玄奘在著作里说：葱岭者，南接大雪山（今阿富汗兴都库什山），北至热海（伊塞克湖一带）、千泉（哈萨克共和国一带），东至新疆的莎车县一带，东西南北各数千里，崖岭数百重，幽谷险峻，广积冰雪，寒风劲烈。地多出葱，故为葱岭。

玄奘当时所说的葱岭，其范围大于现在的帕米尔，这主要是因为他把禄迎（今新疆温宿县）西北的"凌山"称为"葱岭北原"。他十分准确地概括了帕米尔高原一带层峦叠嶂、幽谷深邃，高峰终年积雪的地理面貌。

玄奘在《大唐西域记》中还提到了"帕米尔"这个名称，不过在他的笔下译成"波谜罗"。他说："……波谜罗东西千余里，狭隘之处不逾十里。据两雪山之间，故寒风凄劲，春夏飞雪，昼夜飘风。地盐碱多砾石，播植不滋，草木稀少，遂放空荒，绝无人至。"

玄奘还具体地提到了现在帕米尔高原上的塔吉克民族聚居区的古代情况。他说："朅盘陀国周二千余里，国大都城基大石岭，背徙多河（今叶尔羌河），周二十余里，山岭连属，川原狭隘，谷稼俭少，菽枣丰多。林树稀花果少。"这些描述切合客观实际。从两汉以来到清代，我国历代文献都把帕米尔高原称为"葱岭"。玄奘的足迹和手笔则是中国和世界上独一无二的见证。

悬圃，即空中花园。巴比伦（在今伊拉克）有空中花园，那是古巴比伦人建造的奇迹；葱岭上也有空中花园，那是塔什库尔干先民们制造的。古书上说："将军征战之场，雁门、紫塞"、"流沙、赤水，肇伯益之图径；悬圃、舂山，是先王之册府"。这就是说悬挂在天上的空中花园，是神仙们游玩的佳境。古时的"舂山"就是葱岭。在葱岭上有花园，就像悬挂在空中一样。如今圃中大多是杏树，树干合抱，歪歪斜斜，说明熬过冬天很不容易。但春天来到时，却繁花似锦，园外杏枝出墙，倍添诗情画意。秋天硕果满枝，点头含笑。在世界屋脊那冰山雪岭的环抱中，一展悬圃的姿色。

读到这里，你没有理由不为西域的神韵、神秘所倾倒。若时光回转千年，那就是昆仑的玉流，瑶池的碧波，千年不死的胡杨、玉瑛、翠竹等。也可说，所谓悬圃，就是神话中的瑶池仙境吧。

◎ **孤城记**

帕米尔高原最令人神往的地方，是风光奇异的中国—巴基斯坦国际公路。在喀什，我决定沿中巴公路去塔什库尔干。那是座县城，塔吉克自治县。当地俗语说，不到喀什，不算到新疆；到了喀什，不到塔什库尔干，一生都遗憾。我和向导一起登上了去塔县的班车。

从喀什西行，穿过疏附县城，便有一派崇山峻岭拔地而起，这些苍莽的山脉是帕米尔高原东部边缘的公格尔山系。汽车在著名的葱岭古道上行驶，天梯似的盖孜峡谷出现在眼前，两旁山峰直插云霄。盖孜峡谷即唐剑末谷，当年玄奘大师翻越葱岭路过此地，有如下描述："经途险阻，寒风惨烈。多暴龙难，陵犯行人。由北路者，不得赭衣持瓠，大声叫唤，微有违犯，灾祸目睹。暴风奋发，飞沙走石，遇者丧没，难以全生。"又记载："昔有贾客，其徒万余，橐驼数千。贲货逐利，遭风遇雪，人畜俱丧……"上万人的商队葬身古道，可见何等的艰险。

　　刚进峡谷，汽车就艰难地往上爬升，湍急的盖孜河水声阵阵，崖岸怪石嶙峋，高耸的巨岩久遭风化，雨后或冰雪化冻时常常发生滑坡、塌方、泥石流。这些岩石像无数把倒插的利剑，又如万把横架的刀斧。公路曲折盘旋，山重水复，仰视右侧是悬崖陡壁，冰山雪岭；左侧是深不可测的河涧激流。岌岌危岩被冲刷剥蚀，随时有崩落的可能。洪水冲塌路面的痕迹随处可见，不断扑来的急弯、隘口、险坡……令人目不暇接，胆战心惊。

　　过了峡谷中部的托喀依，穿老虎口，高原风从窄窄的路面迎头扑来，汽车艰难地喘息着。峡谷的上段，山凶水急，响声如雷，道路愈发惊险万状。在无数个峰回路转之后，道路前方闪现出雪山的身影。经过三个小时行程，汽车爬上了峡谷的顶端，到达塔格贝西（即山巅之意）。举目四望，周围仍是重峦叠嶂，群峰林立。

　　大约正午时分，汽车爬行到慕士塔格峰下的卡拉库力湖边。很多人的高原反应开始了：头疼、心慌、胸闷、气喘——海拔4000多米。

　　八月，正是帕米尔高原万种风情的季节。喀什正值盛暑，汽车跃上中巴公路后才渐渐有了凉意。公路两侧也开始显示出另一种奇绝瑰丽的高原风光。尽管强烈的高原反应折磨着我，但当我视野中越来越清晰地出现三座气势雄浑的冰山雪峰时，我还是很快忘记了周身的不适。一身缟素晶莹耀眼的公格尔山，以及和它毗连的公格尔九别峰，并肩而立，称"姐妹峰"。山间常有大片云雾纷绕，仿佛塔吉克少女洁白的纱巾，遮住了她秀美的身姿，这也使她们显得愈加神秘迷人。北距公格尔山数十公里的慕士塔峰，如银发长者，当地人称之为"冰山之父"。三峰遥遥相对，远远超出高原上的其他雪峰。

　　沿途还可遥遥望见冰山奇观。冰川垂挂在峡谷间，山风吹过，冷意森然。奇异的冰山风光，早已让我感到目眩神迷了。

　　太阳偏西，我到了塔什库尔干塔吉克自治县（简称塔县）。这是一片绿洲，但在莽莽山岭之中，塔县又是一座孤城。向导告诉我，塔什库尔干的意思是"石头城"。塔县很小，只有一条两里多长的街道，没有喧嚣，没有车水马龙的场景，街中心有几个人往来行走，空阔如郊野。但我左看右看，怎么也看不出石头城的半点影子。向导说，石头城是有的，县城北面百米远的地方，有座古城堡，全是石头砌成。于是我决定去古堡。

远远就见一处险要高坡上，依山筑着一座古城，正是唐人说的"一片孤城万仞山"的气势。城堡以石头为基，上部土块砌成。有些地方虽已坍塌，但总体完好。城门、城垛、城甬、女墙、角楼等，亦断续可见。登上城堡，西望远山，但见冰峰、碧水、草原、牧群，还有几个往来的塔吉克牧民。万籁寂，四山静，真是一幅田园牧歌式的图画。

这个如今已废弃的城堡，在古代丝绸之路上是一处繁华的口岸。黄尘古道络绎不绝的行人之中，有我们熟悉的身影：法显、玄奘、马可·波罗等，他们都曾在此留下足迹。

离开塔什库尔干的时候，向导给我讲述了一件塔县趣事。秋天，小麦割完后，天渐冷，雪鸡要从高山向低洼处挪窝，就成群地飞下来，因体肥翅短，纷纷落入麦田，于是大伙拿棍棒四处追赶。雪鸡惊恐万状，又飞不快，只好成了盘中美味。

在塔县的两天，我没有去提雪鸡，甚至也没吃到雪鸡。但这座奇特的西域孤城，连同它明亮的溪涧，荒芜的山谷，经过这短暂的两日光阴，却是永久地留在了我的记忆之中。

◎ 香妃故里

我到南疆喀什，正是沙枣渐熟的季节。出喀什往东，树木葱茏，一片绿色风光。树上累累的，挂满了晶莹剔透的椭圆果实，那便是沙枣。白杨树和沙枣树的浓荫之中有座古迹，伊斯兰风格，宽敞壮丽，造型之奇特，更令人惊叹。古建筑为喀什重要名胜：阿帕克和加墓，俗称"香妃墓"。

香妃墓距喀什约4公里。一片绿树环绕之中，有庄园名"亚古都"，即阿帕克和加墓所在。亚古都意为"光明"，属风水宝地，有钱的族人，都将这里作为归属。现在，游者蜂拥而至，无非是那个流传甚广的香妃故事，给人们带来曼妙的遐想。但即使不是因为香妃，谁见到这样浑厚的建筑，都会发出由衷的惊叹。皇冠造型，穹庐式的顶部高举着一弯镀金新月，四周有塔楼高耸；外表镶蓝绿等颜色的琉璃砖，极显豪华庄重。进入殿内，竟无一根梁柱。但见"天似穹庐，笼盖四野"，拱顶如苍穹，罩着平台上隆起的72座大小不一的长方形琉璃坟茔。

这里埋藏着一个显赫家族的秘史。

阿帕克和加墓建于1640年。当时喀什城中有位伊斯兰教领袖，名"阿帕克"。他父亲玉素甫去世后，阿帕克大兴土木，在喀什东北郊厚葬其父。后来，阿帕克本人及其家族成员也都选择此处作为墓园。这座宏伟的建筑，几乎没人知道它原有的名字，都约定俗成地叫"香妃墓"。因为墓园东北角有座不起眼的小坟茔，与一位美丽的女性联系在一起。守园阿訇说，那就是香妃墓。

香妃到底何人？这是一桩似是而非的历史遗案，因为这里并没有埋着香妃。但关于香妃的传说，我在喀什就听到三个版本，有个共同点就是：女子

⊖ 四季葱茏的香妃墓

名伊帕尔汗，容貌俊美，她的肌肤能散发出奇异的沙枣花清香。

沙枣花为乳白色，也有银白色的，像小铃铛，香气浓郁。一旦开花，香闻数里。其香味与桂花相似，又名"十里香"。一个美丽女子的肌肤，能散发如此美妙的沙枣花香，也算是千古奇闻了，足以让人痴想半天。

事实上，清代乾隆皇帝确有一位维吾尔族妻子，即容妃。《清史稿·后妃传》中有关于她的记载。容妃与这座阿帕克和加墓的主人同为一个家族，因家族平定叛乱有功，遂将她召入宫中。乾隆很宠爱容妃，每次去承德围猎，都要带上她。我们现在还能见到她的美貌，就是清宫著名画师、意大利传教士朗士宁画的一幅容妃肖像。容妃在宫中生活了28年，53岁时病逝，葬于河北遵化东陵。

但是善良的百姓们却让香妃魂归故里，据说香妃墓实为衣冠冢。大门边有辆黄色绸缎的马车，是装盛香妃衣物用的。阿帕克和加墓园因为有了香妃的故事，成了喀什闻名遐迩的一个旅游去处。来喀什的人，几乎没有不来香妃墓看看的。那些显赫的家族并没有人记起，相反，一个并不起眼的小女子，竟让人们津津乐道，成为民族融合的一个经典故事。

香妃墓园四季葱茏，周围有清碧的池塘，有白杨，有沙枣树和葡萄藤，有各样的奇花异草，不时散发出缕缕清香。游者至此，莫不驻足遐想，回味那个浪漫的、香气袭人的遥远传说。

去往阿须镇的路上——
追寻格萨尔王的脚步

第 五 章

◎ 题记：

2009年8月，著名小说家阿来组织了一次大规模的越野探秘活动。主旨是前往遥远的川西北康巴高原，寻找格萨尔王的踪迹。我有幸应邀参加。

这是一种缘分，朝佛和拜谒圣地，都需要一定的缘分。到目前为止，藏族聚居区我只去过安多与拉萨。我最大的愿望是去阿里，虽有过几次机会，但一再错过，至今未能实现，遗憾着。后来想，大概是缘分未到。

阿里没去成，遇见了阿来。阿来带着我们几十号人，越岭翻山，一路摇滚，前往杳无人烟的康巴高原。前后10天时间，行程2000多公里，多么艰难的历程啊。除了山区道路崎岖、泥泞、险绝之外，还得对付迷途、劫道，和要命的高原反应。归来之后，又出现醉氧。我没有立即动笔，在家休整了一段时间，认真拜读了《格萨尔王》。我想读完全书后，再来重拾那段2000公里长的记忆。

时间过去了两个多月，尘埃落定。此刻，要我说出对《格萨尔王》的真实感受，我想说的是，我更喜欢《尘埃落定》。在我看来，《尘埃落定》就像阿来身边的贡嘎雪山，是当代文学的一座高峰。这几乎是一部精致完美的作品，妙手偶得，要想超越，殊为不易。那么《格萨尔王》呢？老实说，对于《格萨尔王》，我读得很肤浅。阿来从构思到创作，前后花了十年时间。十年心思，岂是我们短短几天所能领悟的。我会在很长时间里，对这部作品保持陌生。

而这种陌生，从驱车前往格萨尔王故乡的漫漫长路上，就已经产生。那是一次神奇的穿越。我们一路颠簸，跋山涉水，一次又一次地进入雪山草原，进入遍地牦牛的康巴腹地。我们就像去西天取经，最后历经艰难，终于到达阿须镇。那时，我们心情很愉快，忘记了道路的艰难和高原反应，在遥远无边的阿须草原上，有一种三军会师的喜悦。我们远道而来，把洁白的哈达高高举起，献给格萨尔王。那一刻，我看见漫山遍野的虔诚化作无数经幡，在阿须草原上猎猎飞舞。

当初，佛陀降临时，走七步，步步莲花。后于菩提树下，苦思冥想，七日成佛。那我们这十天呢？到达阿须镇的那一刻，我立即去了岔岔寺。在岔岔寺的佛塔前，我和那些衣衫褴褛的藏族群众一起转着经筒。我们围着那座白塔，不停地转啊转。一股神秘的力量，一种来自大地的力量热切地荡漾在我心间，此时，你会看到几百里、几千里的康巴草原无遮无拦，金碧辉煌。

◎ 初见阿来

2009年8月15日。抵达成都。

2009年8月16日。一大早，我们几十号人在天使宾馆门前集结。大家来自全国各地，多数人是初次见面。领队一一介绍，算是互相认识了。最后，我们都想知道阿来到了没有。领队指着路边的一辆越野车说，阿来在那里。

阿来站在越野车旁，面带微笑，向大家挥手。个不高，微胖，啤酒肚，一个很温和的人。让我一下子想起了很多年前，我读《尘埃落定》的情景。至今仍能听到开篇所描写的画眉鸟清脆婉转的声音，给人明净和温暖的感受。领队说，阿来很早就到了，一直在这里等。人多，难免拖拖拉拉，一直到九点多钟，我们的车队才离开成都，向康巴高原挺进。

关于阿来，我仰慕已久。当然是从《尘埃落定》开始，然后是大散文《大地的阶梯》，再到卷帙浩繁的《空山》。阿来写作《空山》，前后花费四年时间。这期间，阿来没有停止过对《格萨尔王》的构思。《空山》完成之后，《格萨尔王》也水到渠成。

　　当年，阿来的《尘埃落定》完稿之后，出版并不顺利。一个编辑没有水平，很正常。两个甚至三个编辑没眼光，也不奇怪。可是，《尘埃落定》写完之后，开始了在全国各出版社和各大期刊之间长达四年的辗转旅行。这部书稿，先后被10多家出版社否定。这是中国出版界令人痛心的一件事。

　　最后，书稿"流落"到人民文学出版社。阿来说，他甚至不抱什么希望了。而人文社拿到《尘埃落定》的稿子后，只用一个月时间，就立即拍板，首印5万册。后又多次加印，成为人民文学出版社的重点出版物。有人说，书籍也有灵性。《尘埃落定》的文字，像温润的玉，满溢着少有的灵气。大凡有灵气的珠玉宝物，都不会明珠暗投，基本上都在大户人家养着。《尘埃落定》最后在人民文

⊖　去往阿须镇路上的冰峰世界

学出版社出版，也许就是天意。

我们的车队，一共四辆车：两辆中巴，两辆越野车。其中的一辆，是阿来的私家车，三菱越野。阿来说，他16岁就开卡车。后来到成都，当上杂志总编，开过富康、桑塔纳、帕萨特、别克。我们都好奇，为什么现在换成了越野车？

阿来说，有两个原因。一是享受一种"操纵感"，这是开越野车的一种乐趣。越野车适合男人驾，就像一匹桀骜不驯的野马，经过你一番调教，会乖乖地听你驾驭，任你纵横驰骋，开越野车，就是这感觉。另一个原因，当然是因为要经常去高原和藏族聚居区，这些地方的路况极差，动辄上千公里，只有越野车才能行驶。

事实上，我们根本没有想到，此次康巴之行的路况差到了什么程度。我们除了要克服剧烈的高原反应外，还要忍受仿佛永无止境的摇摆与颠簸。车上的每一个人都在歇斯底里地追问，四万亿拉动内需的投资哪里去了。我们频频看到一些车辆四脚朝天，或躺在路边，或干脆拦住我们的去路。

阿来的三菱越野车却是精神抖擞，一往无前。

◎ **传说中的格萨尔王**

1000多年前，有个叫岭国的部落，诞生了一个穷孩子，名叫觉如。这个孩子从他出世那天起，就有许多与众不同的特质。由于家贫，他常常在现今的阿须镇、打滚乡等地放牧。受叔父晁同排挤，母子到处漂泊，相依为命。

当时岭国英雄云集。世传用赛马形式，争夺王位。16岁的觉如力战群雄，得胜称王，尊号为"格萨尔"。遂进驻岭国，都城在森周达泽宗，娶珠姆为妻。格萨尔称王后，与其兄甲察建立军队，率众除暴安良，四处征战。

岭国部落众多，各自为王，部落之间，弱肉强食，充满着正义与邪恶势力的争斗。为铲除部落间的祸患与不合理现象，格萨尔王受命降临凡界，镇伏了食人的妖魔，驱逐了掳掠百姓的侵略者，并和他的叔父晁同（一个叛国投敌者），展开了毫不妥协的较量，并最终赢得了胜利。格萨尔王一生降妖伏魔，除暴安良，南征北战，统一了大小一百多个部落，建立起了强大的岭国。

⊖　石头上的痕迹据说是
　　当年格萨尔王第一次
　　降伏妖魔时留下的

　　从此，格萨尔王就成了藏族人民心目中的大英雄。1000多年来，他一直是藏族说唱艺人传唱的主要对象。如今还有很多藏族艺人，在传唱着格萨尔王的故事。内容丰富繁杂，版本也各不相同。但都有一个共同的特征，就是歌颂格萨尔王那神奇与正义的力量。多数内容，都是格萨尔王抑强扶弱，除暴安良，降妖伏魔，救护生灵的传奇故事。

　　格萨尔，此人在历史上真实存在过。史诗记载，他生于公元1038年，殁于公元1119年。他的诞生地，就在今川西北甘孜藏族自治州的德格县阿须镇。至今，在广袤的阿须草原上，还留存着许多关于这位千年英雄的遗迹。在史诗《格萨尔王传》中，有这样的描述，记载了格萨尔王的出生地："名叫吉苏雅格康多，两水交汇潺潺响，两岩相对如箭羽，两个草坪如铺毡。前山大鹏如凝布窝，后山青岩如碧玉峰，右山如同母虎吼，左山矛峰是红岩。"

　　史诗中所描写的这个地方，经格萨尔专家的实地考察论证，确认与现今阿须镇的地貌完全吻合。在今天甘孜藏族自治州的18个县，都有格萨尔王生活和战斗过的遗址。在格萨尔出生的德格县，就有100多处。这里还留存着格萨尔的古都森周达泽宗；八帮寺里，仍保留有格萨尔王用过的宝刀。

　　在青海省囊谦县的达那寺中，至今保留有格萨尔曾经戴过的毡帽和使用过的盾牌，另有他手下将军的头盔和铠甲碎片。在达那寺右侧的高山上，甚至还完整地保留着格萨尔与手下30名将军的灵塔。中国科学院社会科学研究所通过碳14测定，这些灵塔的建筑年代有千年之久，与格萨尔王在此活动的时间相吻合。据称，这个达那寺正是格萨尔王的家庙。

◎ 关于史诗《格萨尔》

　　什么是史诗？史诗是一种古老庄严的文学体裁，多为民间传说或歌颂英雄功绩的长篇叙事诗。它涉及的主题博大、恢弘，包括历史事件、民族、宗教或神话传说。忧患的文化情结，救赎的英雄梦幻，平和的理想远景，拯救的历史担当，构筑了史诗的吟唱基调。

　　一个没有史诗的民族，是单薄的、孤独的，也是茫然的。史诗作为叙述重大历史事件或英雄传说的载体，多产生于各民族形成的童年时期，因为认知原因，史诗中颇多神话成分。人类与大自然艰苦搏斗，原始部落相互争战，凶猛厮杀，在古老的苍天与大地之间，上演了一出出野蛮与雄壮、苍凉与诡异的悲剧。而这悲剧的力量，充分显示了人类永不停息的原始精神。这也是史诗的恒久魅力所在。

　　我是谁？我从哪里来？史诗能带给我们一些创世纪的原始信息。世界上留传下来的史诗，我们所熟知的有：古巴比伦的《吉尔伽美什》，古印度的《罗摩衍那》和《摩诃婆罗多》，古希腊的《荷马史诗》等。这是人类历史上的宝贵财富。一个国家，一个民族，无论其多么弱小，却因为拥有这些传唱后世的史诗巨著而伟大。

　　长久以来，史诗一直是西方古文明的骄傲。那么，中国呢？一个拥有诗经楚辞，拥有唐诗宋词的诗的国度，有史诗吗？

　　这里要提一个人，德国哲学家黑格尔。恩格斯称他为"阿尔卑斯山上的宙斯"，他的哲学著作，至今都是我们捧读的经典。然而，他却断言，中国没有史诗。

　　他的原文是这样写的："中国人却没有民族史诗，因为他们的观照方式基本

⊖ 玉隆拉措，孤独的美丽

上是散文性的，从有史以来最早的时期就已形成一种以散文形式安排得井井有条的历史实际情况，他们的宗教观点也不适宜于艺术表现，这对史诗的发展也是一个大障碍。"（黑格尔《美学》，朱光潜译）

老黑名气太大，所以他的这句话影响更大，以致很多年来，西方人都以此为据，认为中国没有史诗。这让国人很受伤。

但是，藏族巨型史诗《格萨尔》的出现，彻底否定了黑格尔的论断。长久以来，对外界而言，藏族地区一直是个封闭而神秘的地方。如果你有机会在高寒缺氧的藏地行走，你很难想象得出，《格萨尔》会出现在他们中间。令人不可思议的是，《格萨尔》以一种史诗之王的风范出现在我们面前，其故事之精彩，语言之丰富，从它被发现的那天起，就举世震惊。

实际上，在中国有很多大型史诗正被陆续发现。其中，少数民族史诗的蕴藏十分丰富，特别是一些古代游牧民族，他们的史诗说唱艺术十分发达。西、北方少数民族，创作了较多的英雄史诗，著名的有：藏族民间说唱体长篇英雄史诗《格萨尔》、蒙古族英雄史诗《江格尔》和柯尔克孜族传记性史诗《玛纳斯》，此三部作品，并称为中国少数民族的三大英雄史诗。

中国的南方，少数民族众多，以创作大型创世纪史诗为主。中国南方史诗具有自己的特点，多为民间叙事长诗。史诗的内容，也多为创世神话，即人们对宇宙万物和人类本身起源产生的认识，以及本民族起源与迁徙的描述。著名的有彝族的《梅葛》、苗族的《苗族古歌》、壮族的《布洛陀》、纳西族的《创世纪》、瑶族的《密洛陀》、佤族的《司岗里》和侗族的《侗族祖先从哪里来》等等。南方20个民族共有30多部创世史诗，云南16个民族，就有20多部创世史诗。

中国所有的史诗里，藏族史诗《格萨尔》是最优秀的代表作。到目前为止，已整理出的《格萨尔》史诗，共有120多部，100多万诗行，2000多万字。仅从篇幅来看，已远远超过了世界几大著名史诗的总和，代表着古代藏族，包括蒙古族民间文化与口头叙事传统的最高成就。

史诗《格萨尔》由多位藏族艺人说唱。其中，桑珠是说唱艺人中最杰出的代表。由中国社会科学院民族文学研究所与西藏社会科学院合作，共同记录整理的藏族史诗《格萨尔》（桑珠版），已由西藏藏文古籍出版社陆续出版。

◎ 史诗《格萨尔》的说唱艺人

"即使有那么一天，飞奔的野马变成枯木，洁白的羊群变成石头，雪山消失得无影无踪，大江大河不再流淌，天上的星星不再闪烁，灿烂的太阳失去光辉，雄狮格萨尔的故事，也会世代相传……"

这是藏族史诗《格萨尔》（桑珠说唱版）中的一小节，由藏族著名神授说唱艺人桑珠老人深情吟唱。《格萨尔》是世界上最长的一部英雄史诗，结构恢弘，卷帙浩繁。《格萨尔》能够流传至今，那些四处流浪的说唱艺人功不可没。他们居无定所，风雨漂泊，衣衫褴褛，像乞丐一样四处流浪。但他们的说唱艺术，深得人们喜欢。每到一处，都会受到热情礼遇，并且有机会和当地的土司喇嘛等吃住在一起，为他们说唱。

桑珠是这些说唱艺人中的杰出代表，他被誉为"中国的荷马"，堪称国宝级的人物。以今天的眼光来看，他是当之无愧的诗人，他可以和两千多年前在爱琴海边吟唱的盲诗人荷马相媲美。桑珠说唱版《格萨尔》，无论在规模还是艺术性方面，都远远超过了《荷马史诗》。

史诗的流传，主要有两种途径：一是靠民间艺人口头传唱，一是靠手抄本记录。《格萨尔》的传播，主要是靠说唱艺人。这是充满神秘色彩的一类人，在他们身上，有许多不可思议的现象，我们至今无法破解。但不是每个人都能进行说唱的。能够进行说唱的艺人，都有着非同一般的传奇经历。首先，他们是无师自通。也就是说，与内地一些说书人不同，内地说唱者，如苏州评弹、扬州评弹等，都是要拜师学艺，而且有唱本，照本宣科就行了。

而藏族的说唱艺人，他们没有师傅，先前也没有什么预兆，某一天，因为做了个奇怪的梦，或者发生过一件奇异的事，茅塞顿开，忽然顿悟，开始了滔滔不绝的吟唱。这些艺人大多不识字，在一夜间，声称神灵赐福，忽然有了某种神力，可以说唱《格萨尔》。

这种不可思议的现象，至今无法解释。多数说唱艺人是在青少年时，做过一两次神奇的梦，有的人数日酣睡不醒。梦中奇幻无比，或亲眼所见，或亲随格萨尔王南征北战，降妖伏魔。

做梦后，必要大病一场。病愈后，忽然像换了个人，神采飞扬，才思敏捷，眼前如电影一样，不断闪现格萨尔的画面。内心有种抑制不住的激情和冲动，就想把这一幕幕画面迫不及待地描述出来，一吐为快。一旦开口，则如大河奔流，不假思索，滔滔不绝，一讲就是几天、几个月、几年，甚至一辈子也讲不完。

这其中的说唱代表人物，有扎巴老人，他生前讲了25部，由西藏大学格萨尔研究所录音整理，总共60万诗行，600多万字，相当于25部《荷马史诗》。另一个说唱艺人，就是桑珠老人，他已经说唱了50部之多。尽管这些说唱艺人来自不同的地方，但他们所描述的内容，大致相同。

桑珠出生在昌都牧区，这里是格萨尔王传说的主要流传地。桑珠从小家贫，10岁那年的一天，桑珠像往常一样去放牧。天色骤变，大雨瓢泼，小桑珠跑到一棵大松树下避雨，迷糊中，进入梦乡，醒来时，发现自己意外躺在岩石缝隙中。他听到有人不断喊他的名字，有家人的哭声。最终，人们发现了石缝中的桑珠，用绳子把他从石缝中救了出来。后来才知道，他已经失踪了好多天。

经此劫难，桑珠就像换了个人似的，变得口齿伶俐，格外聪明。有一天，奇妙的事发生了，一字不识的桑珠，忽然滔滔不绝地说起了《格萨尔》，而且连续不断，仿佛无休无止。到13岁时，桑珠已能说唱60多部格萨尔王的故事了，并且每部都是一个完整的传奇。

桑珠版《格萨尔》之独特处在于，大量采用牧民口头语，也有不少古语，还有很多比喻和谚语。故事内容反映了许多现实生活中已不复存在，史书中也很难查到的早期文化细节。每当他说唱的时候，表情或喜或悲，手势随之变化，栩栩如生。他驾驭语言的能力很强，在长期的流浪说唱中，不断吸收各地谚语、歌谣，使他的说唱语源十分丰富。

1991年，桑珠被国家民委、文化部、中国文联、中国社会科学院等四部委联合授予"格萨尔说唱家"的称号。

◎ 雅女

我们的车队离开成都后，沿高速公路向雅安方向挺进，计划在雅安吃午饭。虽然刚离开成都，但大家都很兴奋，在热烈地讨论一个话题，人人发言踊跃。这个话题是活动总指挥、重庆出版集团的江省吾老师提出的。江总长期往来于川渝，又因负责编辑《旅游新报》，对这里的人文风情了如指掌。这个让大家讨论得很热烈的话题是——四川哪里出美女。

奇怪的是，有很多人说，邛崃出美女，也有人说雅安出美女，争论不休。关于美女的排列，江总说，民间有一种说法：一邛、二雅、三成都，邛崃排第一。历史上，邛崃出了个著名的美女：汉代卓文君。一方水土养一方人，邛崃青山连绵，江流萦绕，好水能养人。邛崃筑城置县，至今已有2300余年，为巴蜀四大古城之一，是西汉才女卓文君的故乡。凤求凰的故事，就诞生于此。文君当垆，相如涤器，多么浪漫动人的故事，已是传颂千古的佳话。那么，卓文君到底如何美貌呢？

《西京杂记》这样描述："文君姣好，眉色如望远山；脸际常若芙蓉；肌肤柔滑如脂。"这样的美女，堪称是邛崃美女的基准了，难怪司马相如对其一见倾心。

邛崃女之美貌，让天下做妻子的人，十分担心。如果郎君到邛崃去做生意，那她将会寝食不安。孟郊诗云："欲别牵郎衣，郎今到何处？不恨归来迟，莫向临邛去。"可见，古人之妻对郎君去邛崃，是心怀戒备的。邛崃女的美貌与风情，令她们担忧。

后来我们又谈到了雅安出美女。江总说，雅安的地理位置与环境很特殊，它是四川盆地和青藏高原结合与过渡的地带，汉文化与其他民族文化在这里结合。《华阳国志》载，雅安古代为西南夷，是羌族、藏族、回族、彝族、汉族等多民族聚居之地。雅安女子融汇了汉、羌、藏等少数民族的血缘优势。文化融合，实际上是人的融合。这样的地理环境，使得雅安具备了出俊男靓女的先决条件。

夫雅州者，山阿之邑，水畔之城也。地之万物，数小城之三绝：缠绵银丝兮，而谓之雅雨；江中美味兮，而谓之雅鱼；二八俏丽兮，而谓之雅女。这是清代书生杜紫石撰写的《雅州赋》，说的是雅安有三绝：雅雨、雅鱼、雅女。雅安地处群山之中，终年云雾笼罩，难见明媚阳光，一年中，大部分时间都在下雨，故有"雨城"之称。雨水多，则河流多。雅安境内主要河流有大渡河、青衣江等。大渡河有松林河、南垭河等支流；青衣江有宝兴河、荥经河、雅安河等。雨水多，河流密布。河流多，鱼类就多。渔业养殖，成为雅安的经济产业之一。

湿润的气候，雨的滋润，鱼的高级滋养，又很少有阳光紫外线的直接照射，雅安女子的皮肤都很水色，个个白皙细腻，天生丽质。

雅安出美女之说，一直为世人津津乐道。雅女，已成为雅安最有影响力的一张名片。我们还没到雅安呢，车内关于雅女的讨论，就已热火朝天。争论的起因是，有人说，雅女指的是洪雅县。此人一开口，立即遭到了大多数人的激烈反对。

洪雅县，位于雅安东几十公里。雅安，洪雅，都是个雅字，让人想打架、想拌嘴都难。可是，雅安与洪雅两地，为了雅女，还真的干过一架。实在是因为雅女的魅力太大。

原来，与雅安相比，洪雅县也是个山清水秀的地方。青衣江穿城流过，崇山峻岭，山水如画，很能滋养人。更让雅安人想不到的是，洪雅人不声不响地成功抢注了"雅女"的商标。不但如此，洪雅人还搞评选雅女活动，寻找雅女的形象代言人，搞得有声有色。洪雅所寻找的雅女气质，必须是素、仪、正、美、娴雅等。当然，洪雅人也不是空穴来风。从历史与民俗方面，多方论证了洪雅出美女。他们认为，洪雅美女，出在瓦屋山下的花溪镇和柳江镇。民间有很多俗语，说此地女之美貌，如"到花溪找美妻"、"到了花溪忘了发妻，去了柳江不想婆娘"、"脸似桃花，嫩如豆花"。由此可见，洪雅女也的确有与众不同之处。

"雅女"商标注册成功，是一次经济和文化的大手笔，这让雅安人寝食难安。"雅女"被人抢走了，痛心疾首。但"雅女"作为历史文化品牌，无论在何时，还是属于雅安的。雅安三绝，缺一不可。

正当一车人热烈地展开雅女之争时，雨城雅安到了。大家迫不及待下车，果然是云雾天气，空气湿润。大家似乎忘记了吃饭，在雅安街头逡巡，四处张望，希望看到那些皮肤白嫩、明眸善睐的雅安女子。

◎ 雅鱼

相传，远古女娲氏于大荒山无稽崖炼石补天之时，曾遇一水怪，当地百姓深受其害。女娲氏掐指一算，得知此水怪来历，乃是从瑶池里跃出来的一尾鲤鱼，因天有破洞，鲤鱼漏下凡间，成为鱼精。此鱼精有无穷神力，摆一摆尾，就会狂风大作，江水滔天，洪水肆虐。更有甚者，鱼精见女娲氏炼石补天，自己将永无返回天庭的可能，便生恼怒，每当女娲取水之时，鱼精即兴风作浪，使女娲氏无法炼就补天之石。

女娲氏炼石补天，岂容此等小妖作怪而延误了工期。女娲氏决定除此小妖，她从头上取出金钗一枚，投刺江中。那枚金钗化作一把宝剑，直刺鱼精的头。那鱼精"呀"的怪叫一声，粉骨碎身，如天女散花般化作一条条小鱼。附近的村民都听到了那一声"呀"的怪叫，从此便称此江为"呀江"。因"呀"字不雅，遂改名为"雅江"。

女娲氏把天补好，那些中剑的鱼，再也回不了天庭，就这样，一直待在雅江里。所以，当你吃雅鱼时，你会看到，鱼头里，有一柄小巧的宝剑，那就是当年女娲氏的镇妖之宝。那雅鱼肉之鲜美，就一点不奇怪了，因为它们是天上的仙鱼。

车下高速公路时，我注意到，路两边的一些饭店，无一例外地都写着两个大字：雅鱼。看到越来越多的雅鱼在你眼前游来游去，你会误以为到了哪个水族馆。关于雅鱼的种种传说，吊足了车上这帮饕餮之徒的胃口。我们都希望能吃到雅鱼，但又听说，因捕食雅鱼过量，目前雅鱼数量急骤减少。所以，雅鱼价颇昂贵，已达百元一斤。

蒙主人盛情，也是沾了名人的光，我们吃到了雅鱼——砂锅雅鱼。据服务员介绍，此砂锅雅鱼以青衣江水，佐以豆腐、山笋、猪肚、鱿鱼、香菇等烹制。吃鱼之前，服务小姐戴上手套，为大家表演了"华山取剑"。一桌人围着，个个伸长脖子。大家很好奇，都想亲眼看看那柄神奇宝剑是如何从鱼头中取出的。只见服务员将鱼头轻启，撬开头骨，用镊子小心翼翼地抽出了一把晶莹剔透的宝剑。

我问，华山取剑，这"华山"何解？答："华山"是"险象环生"的意思。取剑看似轻巧，却要很长时间的练习，动作才能娴熟。掌握不好，会把剑折断，引客人不快。为了这把小小的宝剑，客人与饭店对簿公堂的事，时有发生。

小小的宝剑，玲珑精致，色如凝脂，像羊脂玉的雕刻，很难看出它就是一根鱼骨。剑首、剑格、剑茎，无不惟妙惟肖。服务员介绍，有无宝剑，是衡量雅鱼真伪的主要标准。赏完宝剑，一桌人面对雅鱼的诱惑，再也雅不起来了，迫不及待，汤白肉美豆腐嫩，鲜美至极。

吃雅鱼的人多了，雅鱼就供不应求了，现已成了名贵的冷水鱼种。其形似鲤，鳞细如鳟，体形肥大，主要生长在雅安青衣江的清流中。这些地方多原始森林覆盖，山峰终年积雪。雪融化后，水质清澈甘洌，水温低，为雅鱼最佳生长环境。但雅鱼生长缓慢，一斤重的鱼，需要几年时间才能长成。我们这一餐，一下子就吃掉了几年的光阴。

◎ 以茶易马

在雅安，赏雅女，品雅鱼，沐浴雅雨，一时间，我们整个身心被雅安沐浴得十分文雅。大家诗兴大发，吟咏啸傲，都很兴奋。这支去康巴高原探秘的队伍中，多数成员是各报刊读书版的资深编辑与记者，其中饱读诗书满腹经纶者不在少数，甚至有人能把整部《唐诗三百首》背下来。午饭毕，我们继续向二郎山挺进。

"扬子江中水，蒙山顶上茶。"不知是谁在吟咏，原来高速公路边的一幅巨型广告牌上有这两行字。大家正准备说蒙山茶，意外地看到路边有一组雕塑群，我们立刻被这组沉重的雕塑群震撼了。这才知道，雅安还是著名的茶马古道的起点。这组雕塑是一队马帮，他们正在崎岖的茶马古道上艰难地行走。

茶马古道，首先要有茶。

雅安又称"雨城"，是个诗意很浓的名字。如今的雅安，已将市区命名为"雨城区"。古人以为苍天在此有漏洞，故多雨，称为"天漏"，所以才有女娲氏补天之说。其实，是雅安特殊的地理环境造就了一座雨城。雅安西侧，为青藏高原，东为四川盆地，平畴千里。一高一低，真是天壤之别。雅安就处于这天壤之间。高原气流下沉，与盆地暖湿气流相互交汇，形成降雨。降雨频繁，"雨城"之谓因此而来。雨水多，给百姓生活带来了很多不便，但也有好处。长年不见阳光，就少了高原紫外线的照射，使得雅女一个个肤如凝脂，白皙细嫩。更重要的是，这样的湿润气候，能产好茶。雅安最好的茶，即名闻天下的蒙顶山茶。蒙顶山在名山县，一年中，有大半时间被雨雾笼罩，天时地利。从唐代开始，蒙顶山茶就被作为贡品，一年一度进贡京城。陆羽在《茶经》中品评天下名茶，云：蒙顶第一，顾渚第二。

平原一带很少产马，但打仗，馆驿等需要马匹。古时战争，主力为骑兵，马是战场上决胜负的重要条件。马匹从哪来？靠近四川的地方就是西藏，西藏山高草肥，盛产骏马。著名的打马球，即起源于西藏。

藏族群众以放牧马、牛、羊等牲畜为主要生活方式，故食用多为牛羊肉、乳酪及少量青稞面。此类食品不易消化，只有饮茶方可解其忧。《明史·食货志》上说："番人食乳酪，不得茶，则因以病。"《滴露漫录》中也说："（牧民）以其腥肉之食，非茶不消。青稞之热，非茶不解。"

一边需要马，一边需要茶，各有所需，这买卖就很好做。以茶易马，皆大欢喜。就这样，诞生了马帮。马帮日复一日行走，就走出了一条茶马古道。到目前为止，所发现的大型茶马古道，有两条：一条从雅安出发，经泸定、康定、巴塘、昌都到达拉萨；另一条路线从云南普洱出发，经大理、丽江、中甸、德钦，到西藏邦达、察隅或昌都、洛隆、工布江达、拉萨，然后再经江孜、亚东，再到缅甸、尼泊尔、印度等地。

为便于运输，更为能够长时间保存茶叶，茶农们都是用大叶的粗茶，制作成砖块一样的茶饼，俗称"砖茶"。长条块状，外用竹篾包装。藏族百姓喝的酥油茶，是将砖茶用水煮好，加入酥油（牦牛的黄油），置于木桶，用棒槌打，使其成为乳浊液。在西藏，酥油茶是每个藏族人家必备之食品，需求量很大。

这些茶叶，主要是从川滇而来。蜀道之难，难于上青天。路途遥远，西去的茶叶主要靠人力背运。千百年来，马帮、牦牛、背夫翻山越岭，在高山峻岭中穿行。那样沉重的砖茶压在他们身上，压弯了他们的脊背。年复一年，把山间的羊肠小道，踩成了今天依然可以看到的茶马古道。

我们的车队即将离开雅安，继续行驶在宽敞平坦的高速公路上。透过绵延的群山，我看见一群饱经风霜的马帮驮着蒙顶山茶，深一脚浅一脚，风餐露宿，在古老的山道上追星赶月。他们把孤独融入群山，走上山坡，又走下山坡。上坡下坡，再上坡，他们的每次远行就是一次生死之旅。在熟悉而又陌生的山野里，忽明忽暗地行走，沉重而疲惫的身影在蜿蜒的山道上摇晃。

◎ 翻越二郎山

在雅安饭后休息的片刻，我立即在附近的药店备足了很多种抗高原反应的药品。我对于高原反应的恐惧源自2003年的青藏之行。那一年四月，我从格尔木前往藏北安多，翻越唐古拉山。虽然上山之前多人提醒要预防高原反应，可我怎么也没想到，我对于高原反应如此之敏感，除了呼吸紧张，最难受的是头痛欲裂。我到安多时，浑身疲软，几欲瘫倒在地。现在，我和阿来即将跃上川西北高原，我不得不多做些准备。

我买了红景天、阿司匹林、葡萄糖等，除了红景天，其他药品都不算贵。此次行程山高路远，我不知能否扛过高原反应。我们的车队上路了，很快进入了盘山道路，一层一层盘旋而上。二郎山森林茂密，青翠巍峨，遥遥望去，"之"字形的旧山路盘旋而上，清晰可见。山腰、山头水汽润泽、云缠雾绕。天色渐渐阴晦。至今记得，那边的山很青，云雾很多，但路况尚好。

我们继续向二郎山挺进。关于二郎山，很多人都听过著名的《歌唱二郎山》："二呀二郎山呀，满山哪红旗飘，公路通了车，运大军，守边疆，开发哪富源呀，人民哪享安康。"

在四川盆地和青藏高原横断山系之间，有一条狭长的过渡带，即川西边缘邛崃山脉南段余脉的中山丘陵。再往西行，就是位于青藏高原第一道屏障夹金山脉上的二郎山，在东西距离不到100公里的范围内，海拔从近500米陡升到3000至5000余米，构成了我国地理格局中第二台阶向第三台阶的过渡带，成为四川盆地与青藏高原自然地理和人文景观的天然分界线。

二郎山之所以闻名全国，主要是因为一首《歌唱二郎山》，还有就是著名的二郎山隧道。

二郎山是川藏线上的第一座高山，位于四川省雅安市和甘孜州交接处，海拔3213米，突兀横亘，大半年冰雪、暴雨、浓雾，滑坡、崩塌、泥石流常年不断，过往车辆经过二郎山时，无不心惊胆战，都说是在闯鬼门关。"二郎山，高万丈"，自古以来，二郎山是川藏线上的咽喉要道。尽管山高路陡，崎岖难行，这条康藏古道却一直没有中断过。

直到清朝末年，川康边务大臣赵尔丰，倡议从成都至康定建骡车大道。辛亥革命后，主川的尹昌衡力主建筑川康马路，未果。直至1935年，重庆行营将川康路列为十大干线之一，限期修筑，1937年4月，这段公路由四川公路局草草完工。

1938年，蒋介石电令重庆行营："大规模计划兴建西康公路，拨款先修川康路。"经反复勘测，全线里程219公里（雅安经天全到康定），征调民工开挖路基土方工程，先后共征调民工13万余人，招雇石匠建设路基石方及桥涵等，常年8000余人，最多时可达2万余人。

川康公路修筑历时两年半，历尽艰辛，特别是龙胆溪至二郎山顶段，全长23公里，由天全民工承担，1938年8月开工，调集民工近2万人。此段山高险峻，风大雨多，雾重潮湿，日照短少，冬春积雪盈尺，气候和自然条件十分恶劣，加之劳动强度大，给养不足，包工头中饱私囊，民工中伤、病、死时有发生，聚众逃亡不断，导致该路段工程进行一年只草草完成了路基。公路修通后，有用无养，塌方损毁时常发生，不能保障畅通，有时竟数月半载不能通行。

1950年，人民解放军进军西藏，中央决定恢复川康公路，并派工程技术人员配合天全县人民政府支前委组织民工，与解放军工兵一起抢修塌险路段，"一面进军，一面修路"。当年6月25日，川康公路二郎山段基本抢修完工。

从此，二郎山公路成为川藏交通运输大动脉的咽喉，时而与古道并行，时而离古道绕行，新旧两条道路见证着二郎山的悲壮，见证着历史的进程和日新月异的变迁。

著名的《歌唱二郎山》就诞生在这个时期。

在打通隧道之前，翻越二郎山要整整一天的时间，在川藏线众多高海拔山峰中二郎山实在算不上很高，但环境恶劣，山道盘旋，处处险要。好在2001年二郎山隧道贯通。二郎山从川藏线上第一座天险，变身为中国海拔最高的隧道，穿越隧道全程只需一小时。

经过数次盘山，我们的车队终于抵达隧道口。很远就看到隧道口有沙袋构筑的工事，里面有全副武装的武警值勤。隧道前有标志牌，上面注明隧道全长4176米。此时天空下着蒙蒙细雨。

进入现代化的二郎山隧道，只见里面彩灯闪烁，标志完整清晰。穿行在长长的隧道里，有种穿越茫茫夜空的感觉。但是很快，二郎山就被甩在了身后。出隧道，豁然开朗，居然没有下雨。天空很明净，这让我在山那边因下雨而产生的阴郁心情一下子欢快起来，我们感觉天光的清新与明亮，像是来到了另一个世界。

首先映入眼帘的是一幅山水长卷，远远近近，席卷而来。回头看，二郎山云雾缭乱。继续上坡，行一公里许，有小店给往来车辆加水。主人没事时，就在炉子上烤土豆。加完水，主人热情地拿出烤好的土豆给我们吃。这种本地产的土豆很小，鸡蛋大，但口感很好。吃了两只小土豆后，我们继续前行。

越往前行，风景越佳。在一片惊叹声中，我们停下车。这是一个观景台，在这里可以远眺大渡河，美丽的泸定城已经若隐若现，遥遥在望了。

虽然我们的目的地是德格县的阿须镇，但是到了泸定这样的地方，名扬天下的泸定桥总是要去瞻仰一回的。天色虽近傍晚，我们一行人还是在泸定桥上流连徘徊一番。滚滚大渡河从桥下流过，浑浊的河水在翻腾，冲刷着岸边的岩石，发出阵阵轰鸣。"大渡桥横铁索寒"，大家都在心底默默念诵。

◎ 跑马山情歌

跑马溜溜的山上，一朵溜溜的云哟；
端端溜溜地照在，康定溜溜的城哟。
李家溜溜的大姐，人才溜溜的好哟；
张家溜溜的大哥，看上溜溜的她哟。
月亮弯弯，看上溜溜的她哟……

从泸定桥出发后，我们直奔康定而去。到康定时，已经很晚了，住在距康定城4公里的二道桥温泉宾馆。早上从成都出发，到达康定，一天劳累，都在温泉里消融了。但是我们还得早睡早起，明天还有一天的山路颠簸。我们真正了解康定，还是在数日之后回程的路上，在康定进行了一次彻底的休整。

那是在经过数天的艰苦行程之后，我们离开了川西北德格县的阿须草原，经甘孜县、道孚县等地，于2009年8月21日到达情歌故乡——甘孜州首府康定县城。22日上午，甘孜州文化局宋兴富局长以康巴汉子特有的热情迎接我们："欢迎你们，我的朋友！欢迎来到美女之乡、情歌故里！"宋局长是个热情而风趣的人，他邀请我们参加甘孜州民族歌舞团50周年庆典。

这是个非常难得的机会。甘孜州是著名的歌舞之乡，粗犷的康巴汉子、异域风情的康巴女人，都是人们津津乐道的话题。当天上午，我在康定县城观赏了甘孜州歌舞团的精彩演出。这是一场融会了康巴地区各种艺术元素的盛装舞台剧，浓缩了甘孜州歌舞团走过的五十载岁月。不用说，舞台上聚集了康巴地区最优秀的演员。印象最深的当然是大型康巴歌舞史诗《康定情歌》，也是我第一次见到了唱响《卓玛》的歌手亚东。

第二天，我迫不及待地去了跑马山——现在已修建了缆车，直达山顶。空中看康定县城，非常小，在两座大山的峡谷之中。可以看到无数的经幡彩旗悬挂在高山、峡谷、河流、湖泊、寺院、村头，它们在蓝天白云下迎风招展。

跑马山已无跑马，相反，我在阿须草原，看到了晶莹剔透的雪山，还有成群的牦牛，偶尔也能看到在草原上疾驰的骏马。跑马山海拔2700米，云山雾绕，山势奇特。山上松木成林，许多飘扬的经幡悬挂在树干。

现在跑马山不定期举办跑马比赛，每年阴历四月初八，这里还举办隆重的转山会，并法定休假三天。转山会是康巴男女寻找意中人的机会。女孩们精心打扮，一个比一个漂亮，她们偷偷地注视着转山的人群，说不定，那里面就有她的意中人呢。

康定，原来有个奇怪的名字，叫"打箭炉"。后来我专门采访了宋兴富局长，请教关于"打箭炉"与《康定情歌》的一些不解之谜。

藏族用马换取茶叶的交易，在古代叫作"茶马互市"。这里有一条穿越横断山脉、有着1000多年历史的石板道，就是著名的茶马古道。至今，茶马古道的青石上还遗留着当年马踩下的蹄印和脚夫们用拐凿出的深坑。内地的盐、茶、丝绸运往康定；少数民族地区的马匹、皮毛、名贵药材运往康定，康定变成了藏汉物质文化的交流中心。明代，随着茶马交易的发达，茶马互市的市场从雅安、碉门（今天全）、芦山西移"打箭炉"，即今康定县城。

　　"打箭炉"是康定旧称。藏语称康定为"打折多"，意为打曲（雅拉河）、折曲（折多河）两河交汇处。曾译作"打煎炉"，后通译"打箭炉"，简称"炉城"。清光绪三十四年（1908年），清政府将"打箭炉厅"改为"康定府"，康定之名才始见于史。康定系汉语名，因丹达山以东之部落名称为"康"，乃取康地安定之意，故名"康定"。

　　茶马互市的同时，各种不同文化、不同种族的血缘与遗传基因也在这里融合。纵观康巴一带的美女，她们多数是藏汉血缘结合，远族通婚，没有近亲血缘关系。从肤色、身材讲，她们个个皮肤白皙，身材高挑，又能歌善舞，天资聪颖。在每一个漂亮美女的后面，都有一对有文化、有气质，形象俊美的父母。

　　甘孜州民族歌舞团，可谓是康巴美女之团。不要说那些独唱、领舞者个个貌美如花，即便是个普通的伴舞演员，也都是从康巴各地精挑细选，才进入歌舞团的。这里很多县城、乡镇，每年都要举行"康巴之花"的评选，被选出的康巴之花，基本上都进入了甘孜州民族歌舞团。

　　在康定，几乎没人不会唱《康定情歌》。民间传说康定城的三座大山分别是观世音、文殊、金刚手菩萨的化身。其中的跑马山更是有求必应的灵山，当地男女青年恋爱结婚，都会登上跑马山，祈愿爱情美满，婚姻永驻，据说极为灵验。故而，跑马山现在已是康定的"情山"。

　　根据宋局长的介绍，名满天下的《康定情歌》，诞生于20世纪30年代。当初只是民歌小调，由大家传唱，就像民间故事一样，都是你传我传他。最后形成了现在的样子：张大哥站在跑马山上，所看到的情景就是几朵云照在康定城，康定由于洁净，空气的透明度高，阳光把康定城照得暖暖的。他爱上了李家大姐，她穿戴藏族传统服饰，脸上脂粉未施，更显得清新脱俗，回眸一笑百媚生，让张大哥惊艳不已。

中国文字有种神奇的魅力。比如，一个"巫山云雨"的成语，可以让巫山县变成恋爱之城；一首《康定情歌》，可以让康定县成为情歌之城；一曲《山歌好比春江水》，可以让整个广西成为民歌之乡。

《康定情歌》之所以一直传唱不衰，除了旋律优美生动、唱词简易传神之外，更重要的一点是对于爱情的追求与向往，这是《康定情歌》的生命力所在。

每一个到达康定的人，无论你是否会唱，你心中总会时时响着这首歌的旋律，就像康定的阳光沐浴在我们身上一样。那个用歌声来传情示爱的年代已渐渐离我们远去，可我们内心仍然为那份真情感动，为爱情感动。在跑马山上抬头眺望，天上仍然有一朵朵白云飘浮，阳光透过白云，照耀着美丽的康定城。

◎ 道孚民居

2009年8月17日。由于有很长一段路要走，我们七点就从康定县城出发了。在早上迷蒙的小雨中，从跑马山边穿过，我们都情不自禁唱起了那句"跑马溜溜的山上"。雨雾中，我仔细打量跑马山，实在看不出有什么特别之处，但它已经是一座名山了。

离开康定县城后的道路相当破旧，崎岖坎坷得让我们有些不知所措。我们远远地看到半山腰上的"康定情歌"四个大字，这四个字筑起了一座情歌之城。

下午一点半左右，我们到达道孚县。在离县城几公里的格西乡，美丽的道孚县城出现在眼前，全车人一片惊呼，我们看到了一个奇异的世界。这座海拔近3000米的高原城市，首先呈现给我们的是鳞次栉比的藏式民居，沿着平坝向着低缓的山坡，一层一层，构成一片奇特的民居风景。

这些民居外表主要由棕白两色构成，白色的屋顶，白色的墙壁，木结构处多用棕色颜料染涂，其间配以红、蓝图案，在蓝天、白云、青山、绿水的映衬下，组合成积木一样的图案。道孚民居有纯藏式和藏汉结合式两种。以圆木做"崩科"的整体骨架，以泥土或片石筑墙；前面及侧面用圆木对劈，横向竖排，两头相互咬和，剖面为内壁；房顶覆以泥或青瓦，宅基地一般依山傍水，坐西向东。一般2至3层，高约5到8米。房屋保暖性能好，冬暖夏凉；预防地震，坚固无比。

白墙棕壁花窗，"品"字滴水檐，一楼一底或二楼一底，顺着缓坡次第排列，在蓝天白云的映衬下，显得非常精美。白色的房顶与宽敞的院坝里，身着艳丽藏族服装的少女或身着绛红色衣衫的喇嘛隐现其间。

　　道孚县属甘孜州，其藏族民居堪称民居建筑里的绝品。由于天然林保护工程的实施，如此纯原木的建筑，已难以再造，现在的民居已成绝版。因此，道孚民居弥足珍贵。

　　道孚民居外貌富丽堂皇，原木立柱、雕梁画栋是其内部特色，以道孚县城鲜水镇东的大片民居为代表。

　　我们参观了亚玛多吉家。进去之后，给我的感觉是厚重，如同宫殿，房间四壁、房门和梁柱上一般都绘满了精致的藏式壁画，窗上分别雕刻着龙、凤、仙鹤、麒麟等具有汉族吉祥标志的图案。每间屋的大门上都镶嵌着两个醒目的狮头大铜环，凸显了与之相融的汉文化特点。置身其间，色彩斑斓，身边尽是龙飞凤舞，鹤翔麟跃。其中的木雕饰物，多精工细作，在这片土地上，人们有的是时

Θ　康北藏族聚居区具有强烈地方特色的典型建筑物——道孚县的民居

间，他们慢工出细活，今年做不完，就明年继续，明年做不完，后年接着。度母、花鸟、异兽、龙凤、五彩祥云图案精美逼真，无不栩栩如生。来到藏家最神圣的经堂，满屋的唐卡和各色小彩灯轻柔地闪烁，壁龛里的佛像，形形色色、竞相开放的酥油花，浓香弥漫，令人顿生肃穆之感。

据主人介绍，道孚民居的大工程，就是建筑大框架，很费工时。当其他建房的材料备齐后，主人就请喇嘛打卦，择一良辰吉日动工。动工那天，亲朋好友都会来帮忙，直到房屋建成。这一阶段，时间并不长，也花不了什么钱。

"道孚"为藏语"马驹"的音译，道孚藏族自称是西夏人的后裔。主人对我们的到来，十分热情，并备有干牛肉、酸奶、酸菜包子、酥油茶、青稞酒等，让我们品尝。当我们离开道孚继续前行时，一路的荒凉与道路的颠簸，让我很难相信在川西北有如此富丽堂皇的民居建筑。那些供奉佛像的经堂，长明的酥油灯，让我在一路风尘中洗却疲惫，感到无以言说的温馨。

◎ 阿须镇

在亚拉大酒店吃过午餐，我们继续赶路。越往前走，路况越差，海拔也越来越高。有人开始出现高原反应，剧烈的颠簸把人折腾得翻江倒海。

一直到晚上八点左右，我们到达甘孜县，住在甘孜聚龙达宾馆。那天晚上，甘孜县的宣传部门来人了，还带来了歌舞团。尽管时间很晚，好客的甘孜人还是为我们进行了歌舞表演。虽然我们一路奔波10多个小时，但是独特的川西北歌舞还是让我们感到兴奋。但是很快，歌舞结束之后，小小的甘孜县城立即变得宁静无比。我独自走在街头，想寻找一些甘孜风情，没有——因为甘孜已进入了梦乡。

第二天，我们的车队来到了马尼干戈，在这里加油，稍息片刻。我和阿来在一起聊天。他一直开着越野车在前面带路，所以我们很少有机会说话，只有在休息时，我们才能见到面。阿来为写《格萨尔王》在这条路上往返了很多次，对路况相当熟。

马尼干戈，一座神秘而凄美的西部小镇，从古到今都是一个驿站，一条街道，几排藏式平房。小镇上来往的行人都是典型的康巴人，头系红头绳，身佩长

⊖ 阿须镇，格萨尔
王纪念馆

⊖ 和阿来一起前往
阿须镇的全体人
员留影

长的藏刀。还有更多的是骑马来小镇上的牧民，像许多西部电影中的情节，他们
将马系在专门立的木柱上，便在矮小的藏式木屋里采购东西、喝酒。

小镇上到处都是小牛犊般大小的藏獒，悠闲自在地在大街上来回走动，叫声
低沉浑厚。

我问阿来，马尼干戈是什么意思？

阿来告诉我，海拔4180米的马尼干戈已是纯牧区，"马尼干戈"的意思，
与格萨尔王的传说有关，意思是"崖坎下的六字真言"；格萨尔王的岭国分上、
中、下部，马尼干戈位于中部岭国。在古代，从东边运来的汉茶在此地集散，向
北去青海，向西去西藏。《格萨尔王传》中曾提到马尼干戈：格萨尔王将汉茶在
此一一清点，分发给他的大将和部落。

⊖　美丽的阿须草原

　　阿来用手指着前方说，往南40公里就是雀儿山垭口，翻过垭口不远就是三大藏传佛教中心德格县城；往西100余公里就是格萨尔王的故乡阿须草原，再往西就到雅砻江的源头石渠了。

　　在马尼干戈加油之后，路况越来越差。汽车在搓衣板一样的路面上蹦跳，时速仅为10公里左右。这还不算什么，最让人担心的是，车子常常沦陷在水塘中，要好半天才能上路。

　　终于，我看到了一块指向阿须草原的路牌。这一路的艰难，很快被一种愉悦所替代。昨日阴雨天，今日阳光四射。一路上长时间没一个人影，只有群山和雅砻江与我们随行。

　　终于，我们到了阿须镇。此时已是下午一点左右，我们在镇上的一家汉族餐厅就餐。一路奔波，十分的辛苦。阿来说，我为大家唱首歌吧，于是就唱了一首情歌《花儿》。一阵热闹过去之后，大家草草吃完饭，就迫不及待地到阿须镇上闲逛。阿须镇很热闹，大多数是藏族人，也有少数汉人开的餐馆和小卖店。这一切让我感觉很遥远，异域感十分强烈，因为这里的人、建筑、气息，甚至阳光，完全是新鲜与陌生，与我往日所见迥然不同。

　　下午三时，我们来到了阿须草原，祭拜格萨尔王。阿须草原上微风拂面，三山环抱，天蓝得让我睁不开眼，雅砻江从绿毯般的草原上蜿蜒而过，恰好形成两个硕大的绿铺毡，一如《格萨尔王传》中对格萨尔出生地的记载所言。抬眼，格萨尔乘骏马驰骋的巨像岿然而立在草原上，蓝天绿地的掩映下，威严英武顺势而生。

　　阿须草原是格萨尔王的故乡，海拔4000米左右，由玉隆、竹庆、阿须三块组成，整个阿须草原地表坦阔、丘顶浑圆、河谷宽广，雅砻江域迂回散布其上。这里不仅有众多高原湖泊，还有丰茂的植被，珍禽异兽潜藏。整个阿须草原更因为有世代相传的格萨尔英雄事迹而显得神奇高古。草原上有一个简单的格萨尔王纪念堂，四周草甸植被葳蕤丛生，随处可见雀鸣翻飞，追嬉不绝。

　　祭祀仪式开始之后，阿来带着我们一行人，手捧洁白的哈达，绕着格萨尔王的巨像，在当地法师的引导下祭拜，并献上了哈达。

○ 在阿须镇，祭拜格萨尔王仪式

○ 说唱艺人阿尼在仪式上演唱格萨尔故事片断

祭拜仪式很隆重。置身阿须草原，远处群山逶迤，如万马奔驰。天上飞云卷舒，坦荡无垠。草原上绿草如茵，雅砻江水波光粼粼。

据阿来讲述，格萨尔诞生的那天，阿须草原上天降祥云，彩虹弥盖，格萨尔的妈妈恰时正在一块巨石边，她忍痛登石，生下格萨尔，小名唤作"觉如"。格萨尔的父亲本是青藏高原上一个叫作岭国的部落首领，但是在格萨尔降生后，受到其叔父的离间，母子被迫流落外乡，格萨尔在现甘孜州德格县的打滚乡附近放牧，与母亲相依为命。

格萨尔长到16岁，凭借赛马技艺称王，娶妻珠姆。称王后，格萨尔率众将降妖伏魔，除暴安良，南征北战，统一了岭国部落的大部分领土。

我们在阿须草原上，一边听格萨尔的英雄故事，一边看蓝天白云。一时间所有的高原反应都没有了，这真是个奇迹。我们在草原上祭拜过格萨尔王之后，回到了阿须镇上，住在巴加活佛家里。巴加活佛是阿须草原上非常受人敬重的活佛，从3岁的转世灵童到今天沉稳笃定的长者。不巧的是，当天我们没有见到活佛。

当天还有一些时间，我去游览了镇上最有名的寺院：岔岔寺。

站在岔岔寺的楼顶上，我看到了青碧的阿须草原在阳光下何其壮丽！晴空丽日下，远山幽幽地泛着银白之光，那些迷人的银白色里，裸露着青色的坚峰峭崖，随着峰回路转，变幻着奇异的景色。更远处依然能看到湖泊、峡谷、瀑布、溪流、古刹、草原、牧场，以及荒无人烟的丛林里无数的野生动植物。

回到阿须镇的时候，正遇上学校放学。孩子们对于镇上忽然出现许多我们这些外地人并不感兴趣，他们早就和自己养的狗儿滚在了一起。这里与城市完全是两个世界，没人在乎你开什么车住什么房穿什么衣。你也不会觉得自己与周围的世界格格不入，在阿须镇，你就是你自己。

我们在阿须镇上盘桓良久。这是阿须草原上的一个小镇，偏僻闭塞。这里是路的尽头，却是格萨尔王的开始。走到这里就没有了路，如果还想西行，人们只能骑马，翻山而过。

第六章

东极——乌苏里风情录

◎ 乌苏镇

乌苏镇是个空壳。因为这里没有镇，没有任何关于镇的行政机构。乌苏镇位于抚远水道下口，地理坐标为北纬48°11′，东经134°0′，西距抚远县城约35公里，南距抓吉镇约10公里，北临抚远三角洲，东与俄罗斯卡扎克维茨沃镇隔江相望，总面积为6平方公里。

但乌苏镇在历史上却是闻名遐迩的重镇。清朝初年，镇上客栈、商号鳞次栉比、人声鼎沸，外国人纷至沓来。

民国初年，乌苏镇有福源茂、亿中立、广兴玉、裕丰太、同茂巨、福巨昌、荣香九、同巨酒庄、元增盛等九家商号；有警察区公所和税捐分局各一处。

当时，乌苏镇成为乌苏里江畔三大重镇之一，也是对俄有名的民间贸易口岸。据熊知白所著的《东北县志纪要》记载，乌苏镇"户数二十，人口一百五十人。近年居民有自山东烟台移至者。杂货店十余户，均为苏式建筑，规模不小，货品颇丰富。来此购货者，以移住左岸之朝鲜农民及俄人为最多。故商况较活泼，是全以对岸俄领土为商业范围"。

1920年9月以后，由于兵灾匪祸，乌苏镇十来家的小商号先后破产，镇中居民相继迁到他乡另谋生路。这样，一度以商业为主体的乌苏镇就不复存在了。

⊖ 秋日里的乌苏里江像蔚蓝色的海，清澈透明

　　乌苏镇，现在只是个地名，属于抚远抓吉镇管辖。镇上有一块碑石，上刻"乌苏镇1999"字样。这块石碑背后，还有一段鲜为人知的"耶字界碑"故事。

　　1861年，清政府派钦差大臣仓场侍郎（掌管收贮糟粮的官员）成琦，会同吉林将军景淳，在兴凯湖与俄方代表滨海省长卡扎凯维奇等举行勘界会议，具体划分了中俄边境乌苏里江口至图们江口的边界。《北京条约》签订后，黑瞎子岛以外的土地都被俄国占领，双方堪定国界时，南起吉林珲春，北至伯力（现在俄罗斯的哈巴罗夫斯克）全程共2300余里，由北至南共设立了八块界碑，每块碑上都刻有一个汉字，后又增加了三个字，从北至南的顺序是耶、亦、喀、拉、玛、那、倭、帕、啦、萨、土。

　　立界碑的时候，晚清的国界还在哈巴城边上，那里第一个"耶"字碑就竖立在哈巴城下的乌苏里江口"日奔沟"那个地方。7尺高的花岗岩界碑上，正面刻有"耶字界碑"四个大字，旁刻"光绪十二年四月立"，背面刻有俄文"E"字。

　　俄国人很会玩诡计。为长期占有中国的大片土地，开始耍无赖，看这黑瞎子岛像个马头一样，长驱直入他们的腹地，还有界碑竖立在他们已经占领的土地上，就有些耿耿于怀。明抢完了，又开始暗夺——在清政府无暇顾及的时候，偷偷把"耶"字碑从哈巴的日奔沟挪到了黑瞎子岛附近的明月岛上，过些年看看没有动静，直接把"耶"字碑挪到了临近乌苏镇边上的黑瞎子岛上。清朝政府曾经几次照会，可人家根本不理会。

到了民国时期，苏联继承沙皇衣钵，干脆把"耶"字碑挪到了乌苏镇，当时的民国政府曾经几次照会苏联，可是，得到的回复同沙皇一样傲慢无理。

还是东北的大军阀张作霖有爱国和卫护中国边疆国土的觉悟，派了一个营的东北军到乌苏镇来驻守边关，防止苏联的再度扩张。在晚清和民国的时候，这里乱成了一锅粥，中国人饱受俄国人的祸害。那时，苏联革命还没有胜利，一些俄国的白匪和土匪经常越境来烧杀抢掠。

1929年中东路事件爆发，9月6日下午一时，苏联远东军队之一部向乌苏镇发动全面进攻。中国东北军第九旅在营副官国占奎的指挥下奋起反抗，战斗从当天下午一时开始，至傍晚结束，终因寡不敌众，实力悬殊，乌苏镇失守。中国守军百余人全部阵亡，乌苏镇在苏军炮火中变成一片废墟。

此后，东北军和苏军又激战月余，东北军全面溃败，苏联顺势占领了黑瞎子岛，造成了日后中俄之间最难解决的问题之一。

◎ 中东路事件

中国东极的地理历史，不能不谈到著名的"中东路事件"。

中东铁路是沙俄侵华的产物。19世纪末，沙俄为侵略中国东北，称霸远东。根据1896年的《中俄密约》，修筑从满洲里经哈尔滨至绥芬河的中东铁路主线，与俄国境内的西伯利亚大铁路相接。

后来又根据1898年的《旅大租地条约》，修筑了从哈尔滨经长春至大连的中东铁路支线，从而形成了一条由主线和支线组成的2800余公里的"丁"字形中东铁路。这条纵横贯穿中国东北三省的铁路成为沙俄对中国东北进行经济、政治和军事侵略的工具和基地，实际上造成了沙俄控制中国东北的局面。

沙俄独占中国东北，为日本帝国主义的"大陆政策"所不容，遂于1904年挑起了日俄战争。沙俄败北后，将中东铁路长春至大连段割让给日本，并改称

"南满铁路"。其余,以哈尔滨为中心,东至绥芬河(东线),西至满洲里(西线),南至长春(南线),仍为沙俄所控制,时称"中东铁路"。

从此,中国东北地区以长春为界,分别成为日俄两国的势力范围。1917年俄国十月革命后,长春以北路段继续由中苏合办,基本维持"国中之国"的状态。

1928年6月4日晨,在奉天附近的皇姑屯,张作霖所乘专车被炸。张作霖受重伤后,于当天死去,此即"皇姑屯事件"。张作霖之子、奉系军阀张学良愤怒声讨红白两大帝国(俄、日)对中国东北进行的疯狂渗透,导致北患无休无止。当年年底,张学良宣布东北易帜,归附南京国民政府,中国实现了表面上的统一。1929年7月,张学良的东北政府决心夺回失去的主权,并切断苏联对中国共产党的支持,驱逐中东铁路苏联职员,查封哈尔滨苏联商业机构,开始着手收回中东铁路。同年7月18日,斯大林掌握实权后的苏联政府宣布对华断交,并命令苏军在中苏边境黑龙江吉林段准备武装介入。

在中东铁路问题上,张学良面临的难题比他父亲面临的还要严重。

1929年8月14日,苏联沿中东路一线向中国进攻。战争开始,张学良领导下的王树常、胡毓坤、于学忠等将领均试图遏止苏联进攻,不过,因为苏联动用先进武器与大量兵力,使东北军随后就被苏军击败,东北多处地方被苏军占领。

1930年,在美国的调停下,张学良被迫在伯力(哈巴罗夫斯克)签订了《中苏伯力会议议定书》,议定书恢复了苏联在1929年7月10日以前在中东铁路的一切权益,会后苏军撤出中国东北,但继续占领着中国领土黑瞎子岛等地。

中东路事件自此可以说是落下了帷幕,但其留下的影响却是深远的。张学良的年轻气盛,初获权力的跃跃欲试,以及国民政府的恶意鼓动,都造成了张学良对整场战争的错误估计,东北军伤亡是苏军的10倍左右。铁路及周围所有权没有拿回,反而丢掉了黑瞎子岛。直到2008年,中国政府才得以拿回半个黑瞎子岛的主权。

◎ 东方第一哨

目前,乌苏镇上并没有多少居民,只有一户打鱼的人家。另外,镇上有座标志性建筑，即被誉为"东方第一哨"的哨所。

乌苏镇的"东方第一哨"和乌苏镇石碑一样，是乌苏镇为数不多的人文景观，算得上是乌苏镇的地标。边境哨所给人神秘之感，是因为它的位置——在祖国的东极。营房二层楼上，有深绿色玻璃幕墙，上方写着"中国东方第一哨"的字样。

营房正门一侧的墙壁上饰以浮雕，展示出边防战士的飒爽英姿和他们的宽阔胸怀。浮雕结构紧凑，布局疏密有致——两个边防战士半身像、一群飞翔的和平鸽、大而圆的太阳、涌动的江水、游弋的舰艇、远方的山峦、近处的树丛、高高的瞭望塔，整个浮雕朴实无华，却又极富感染力。

1984年8月，时任中共中央总书记的胡耀邦在黑龙江省视察时曾来过乌苏镇，并欣然为哨所题字：英雄的东方第一哨。每天清晨，当地平线上露出第一缕曙光，驻守这里的解放军战士就将五星红旗升起。沿江筑了一道围墙，有些像长城的形状，象征着国门。围墙边有一块碑，上书"乌苏镇"。

战士们的饮用水都来自松花江。冬天取水时，先用冰凿把冰面凿开一个窟窿，那个地方是他们固定的取水点，但是每天晚上江面会再次封冻起来；第二天又得凿开，然后用水勺连水带冰块舀到水桶里，再挑回营房。

江边泊有我方的两艘巡逻艇、一艘炮艇，身着迷彩服的士兵正在冲洗甲板，对岸偏北处为俄罗斯的卡扎克维茨沃镇，绿树掩映下洋房汽车隐约可辨。江上往来船只极少，只有我方的渔民驾着小舟在江中撒网，一派和平宁静的景象。

乌苏镇上唯一一户常住居民姓时，夫妻两口，他们也是乌苏镇资格最老的居民。他们来的时候，新哨所还没建起来。有时候电线被风雪刮断导致停电，房子里就黑乎乎一片。他们的房屋一共有两间，外间堆放杂物，里间是他俩的卧室；两头各有一扇窗，里窗下一张大炕；屋里有一张方桌，一个橱柜，一只水缸，两眼灶，一部电视机。他们做饭的同时也就是在烧炕，屋子里弥漫着呛人的烟味。大娘抽烟，是用烟纸卷烟丝的那种。平时在乌苏里江打鱼，夏天在船上，冬天在冰上，凿一个洞，拉上网。

据边防战士介绍，这里一年三百六十五天的升旗时间表，是按每天比天安门广场的升旗时间早一小时四十八分制定的。而夏至那天的升旗时间，是北京时间凌晨两点十五分。乌苏镇的颜色是太阳的色彩，赤橙黄绿青蓝紫。走进乌苏镇，就如同在太阳的光辉下相望，令乌苏镇这片土地更加神秘炫目。

◎ 乌苏里江

"乌苏里"为伊彻满语中"下游"之意，译成汉语即"下游的那边"，又作"下江"的意思。乌苏里江在明代称"阿速江"，又作"亦速里河"（见明《太宗实录》四十八卷，永乐五年三月乙巳条），清光绪年间称"乌子江"、"戊子江"（见《吉林通志》）。旧时，曾将"乌苏里"译为满语"天王"，实为错误。

乌苏里江原本是我国的一条内河，自清政府与沙俄签订《北京条约》后，才成了界江。乌苏里江发源于锡赫特山主峰，全长905公里，虎林境内185公里。它一路向东奔流，汇入黑龙江，倾注太平洋。

乌苏里江在完达山的峻岭峡谷中穿行，在三江平原的草丛野花中流淌，两岸植被葱青，江中滩岛密布，是当今世上为数不多的未被污染的江河之一。它既是鸟类栖息繁育的乐园，又是鱼类生长繁衍的故乡。虎林境内有鸟岛两处，水鸟近百种。成千上万只的江鸥、白鹳、野鸭等在碧波中云集，静卧时千姿百态，飞起时遮天蔽日。江中盛产"三花五罗"等名贵淡水鱼类40余种，以特产大马哈鱼而驰名中外。

乌苏里江两岸全是原始植被，非草即木。所有岛滩，遍是葱郁柳林，漫江腾飞着鸥鹭水鸟，水清流缓，优雅宁静。它的秀丽和自然风貌，是我国内地江河所无处寻找的。在这里可以看到江西岸连绵起伏的那丹哈达岭茂密的森林和丰饶富庶的三江平原一碧万顷的粮田。江东岸更是山岳连绵，峭壁陡立，山水相映，别是一派奇秀风光。

乌苏里江清纯质朴，景色宜人。初春，冰排乍裂，轰之震响，奔腾而下，令人惊叹不已；盛夏，碧水可人，渔帆点点，鸥鸟绕樯，令人流连忘返；金秋，五光十色，万紫千红，绚丽缤纷，令人心旷神怡；隆冬，银蛇蜿蜒，玉树琼花，晶莹剔透，令人赏心悦目。

乌苏里江上游的重镇——虎头，有着纯美的自然风光，厚重的人文景观。

虎头关帝庙为清朝雍正年间采参人捐资建造，雕梁画栋、古色古香，被誉为"东方第一庙"。虎头地下军事要塞是1933年日本关东军逼迫中国劳工修建的大型工事，被侵华日军称为"东方马其诺防线"。1945年8月15日，日本政府宣布无条件投降，然而这里的日军仍负隅顽抗。经过激烈的战斗，8月26日苏联红军攻占虎头要塞，二战在这里落下最后的帷幕，虎头成为"二战终结地"。

位于乌苏里江中游的珍宝岛，因1969年的"珍宝岛事件"而举世闻名。如今，小岛焕然一新，小桥流水，虫啼鸟鸣，曲径通幽。登上柳翠摇风的209高地，举目眺望：大江东去，宝岛生辉，落日抛红，雄浑壮阔，令人豪情顿生。

◎ 黑瞎子岛

凌晨三点刚过，中国大部分土地仍在漫漫长夜中沉睡，而在位于黑龙江省抚远县的黑瞎子岛，清晨的第一缕阳光已经洒在了乌苏里江宽阔的江面上。这是华夏东极的黑瞎子岛，其北侧是黑龙江和乌苏里江的交汇点。黑瞎子岛由银龙岛、黑瞎子岛、明月岛三个岛系、93个岛屿和沙洲组成，面积约327平方公里，是香港的三分之一。

2004年，中国政府与俄罗斯政府签订了《中俄国界东段的补充协定》，按照该协定，塔拉巴罗夫岛（银龙岛）归中国所有；博利绍伊乌苏里斯基岛（黑瞎子岛），两国政府商定将该岛一分为二，靠近哈巴的一部分归俄罗斯所有，靠近中国一侧的一半岛屿归中国所有，面积大约172平方公里。

东北人管黑熊叫"黑瞎子"，黑瞎子岛因岛上时有黑熊出没而得名。除了动植物等自然资源，黑瞎子岛地处黑龙江和乌苏里江两江咽喉要冲，控制着两江的主航道，战略意义重要。

2011年9月下旬，我和摄影家王铮来到东极，在当地向导王积信的带领下，跨过正在修建的乌苏大桥，登上了黑瞎子岛。俄罗斯也有上岛公路桥，由此可深入俄罗斯腹地乃至欧洲。

由于历史原因，如今的黑瞎子岛成了一岛两国的局面。如果你从哈尔滨或佳木斯来抚远，就会经常看到高高的广告牌，上面写着："神秘东极，一岛两

Θ　黑瞎子岛上的教堂

国"。金秋时节，黑瞎子岛上因地势不同，有的地方草木已经枯黄，有的则秋色正浓，赤橙黄绿，五彩缤纷，在秋日的阳光照耀下，色彩斑斓，美景如画。

秋日中的乌苏里江像蔚蓝色的海，清澈透明。蓝天白云下江水静静地流淌着，没有一丝波纹。平静的江水像一面镜子，渔舟点点，蓝天白云，青山绿水，相互映衬，你分不清哪个是天空，哪个是江面。让人情不自禁地想起了郭松的经典名曲《乌苏里船歌》："乌苏里江来长又长，蓝蓝的江水起波浪……"

从抚远县城通往黑瞎子岛的是一条乡间公路，有无际的稻田、长满芦苇的湿地和成片的桦树林。黑瞎子岛全岛大面积是湿地，主要生长柳树、榆树、杨树、柞树和牧草。在回归我国的半个岛中，有75%的范围被划归为生态保护区，只有25%对外开放。黑瞎子岛物种丰富，茂密的青草，低矮的树木，展翅飞翔的白鹭鸟，落在葱茏的树林中，浅黄色的木栈道就建在湿地上，把游人带向湿地深处、芦苇丛中。

"黑瞎子岛上到底有没有黑熊瞎子？"我问。

王积信说："肯定有。这里的渔民，还经常能碰到黑瞎子！"

50多岁的王积信，是土生土长的抚远人，对黑龙江、乌苏里江两岸地形十分熟悉。他说："秋天，庄稼地里的苞米下来了，黑瞎子就会从岛上的森林里出来，游泳过江去吃苞米。别看它短胳膊短腿笨乎乎的，水性特别好，而且在水里也力大无比。"

王积信的左手背上有一块很大的疤痕，他说，那是很久以前，他与黑瞎子相遇时，被撕咬留下的。

东北有一句俗话——熊瞎子掰苞米，掰一棒丢一棒。这话只是用来形容有些人丢三落四，但黑瞎子可不是那样。王积信说："黑瞎子都是掰一棒吃一棒，没见过被黑瞎子掰过的苞米地满地扔着苞米棒子。"

据王积信回忆，有一次，他来到江滩的灌木丛，一不小心，遇上了黑瞎子。个头足有两米多高，爪子有30多厘米长，眼睛不大，黑溜溜的，但眼毛很长。

王积信说，遇到黑瞎子不要慌，首先，你不能与它对视，你只能用眼睛的余光瞅。然后寻找机会逃脱。

也许，那个黑瞎子饿急了，向王积信猛扑过来，一口咬住了他的左手。当时王积信有个坚强的信念，绝不能让黑瞎子吃掉，使出全身的力气与黑瞎子搏斗。

最后，王积信脱险了。可是，他的左手背，被活活地扯下一块皮肉，至今还留有疤痕。

王积信说，现在的黑瞎子岛上，已经开发的公园与建筑物外都围着铁丝网，以防止黑瞎子等野生动物袭击游人，只要在开放的区域内游览就不会有危险。

◎ 沧海浴日，金轮荡漾

在中国大地上，看日出的地方很多。但是，能让人产生神秘与奇异之美的地方，非乌苏镇莫属，它的独特性让人流连忘返。尤其在夏天，当国内大部分人刚刚宵夜结束，正准备进入梦乡时，乌苏镇却刚刚苏醒——夏季，北京时间二时十五分，旭日的霞光就撒满了小镇，乌苏镇因此又有"东方第一镇"的美誉。

为了在乌苏镇看日出，我和摄影师基本上未曾睡觉。聊天、写字，刚过完夜里十二点，凌晨一点就从抚远县城出发，前往乌苏镇看日出。道路两边还能看到高高的白桦树和高高低低的灌木丛，夜里除了风声，一切都已沉浸在梦中。二时左右，东方已经有些光亮，鱼肚白的下方，衬着深蓝色的云层。乌苏里江上空繁星满天，没有城市的灯光，没有人世的喧嚣，深蓝的夜幕上，星星如璀璨的宝石，感觉它们是那么近，伸手便可以触及。

到乌苏镇观日出最好的季节是农历夏至前后，此时子夜已过，江雾渐渐消散，曙光初绽。忽然间，东方江水与地平线之间露出一线微明，暗蓝色的晨空渐渐浮上一抹淡淡的红晕。乌苏镇的红日是奇异的，如同一抹水灵灵的海棠，从水天相接处跃出一个红点。霎时，蓝色在退化，红晕变得更浓，渐渐地衍化成一条血红色的光带，然后慢慢扩大、裂开、弥散。突然，在光带后面，一块半月形赤红色的光斑从水面上跃起，接着冉冉上升，渐渐变得浑圆，颜色由殷红变成金黄，渐渐地离开了轻纱缭绕的水面。

此时，金光四射，一轮红日喷薄而出，霞光瑞气，照彻天宇，山峦、万树沐浴着朝阳的金辉，闪烁异彩，令人眼花缭乱。千万根金针一齐射出，满是粼粼金波，周围万物顿时披上了金黄色的光辉。

红日照亮了这个寂寞的小镇。镇上没什么人，几个看日出者发出惊呼，大家都沐浴在同一片风景里。江河万古流，只要人世不谢，那一抹红日就永远盛开在那里。

◎ 抚远往事

抚远建置，从宣统元年（1909年）开始。当时，东三省总督徐世昌上奏朝廷，请在依兰府东境、乌苏里江附近增设一州。清政府准奏，在黑龙江、乌苏里江两江汇流处西岸的依力嘎，设立绥远州，直属吉林行省东北路道管辖。

1910年3月底，绥远州首任知州席庆恩到任。

当踌躇满志的席知州千里迢迢来到绥远时，望着满目萧条，心中倒吸了一口凉气，长叹一声，苦也！此地完全是个蛮荒景象，地理荒僻，少有人烟，说是来此做官，可他却想起了古代罪臣流放边疆的情形。但他不是罪臣，他是朝廷的命官。

任何一个地方长官，履新之后的第一件事，就是察勘地界，询问民情。当时的绥远州有多大呢？

其行政区划，西面以二吉利河与同江分界，南以挠力河与饶河分界。境内所辖村屯有：州治所在地——依力嘎；沿黑龙江南岸有额图、秦得利（现勤得利）、富唐吉（现临江）、秦皇渔通（现八岔）、三岔口、生牛库（现生德库）、城子、韩奇河（包括现小河子）等居民点；沿乌苏里江西岸有东安镇、太平镇（四平山）、大泡子、别拉洪（现饶河民主村）、瓦盆窑、云南果夫（国富镇）、蒿通、木城、索其、别拉洪河口、抓吉、乌苏镇等居民点。

其中或多或少居住着以渔猎为生的赫哲族人，间杂着少数汉人。当时，真可谓地广人稀，全州人口才1207人，共101户，其中赫哲族有395人。

更离奇的是，绥远州治所所在地，仅有住户三家，窝棚三处，小商三户。

席知州就是在这样的环境下开始了工作，连个办公地点都没有。怎么办？好在新官上任，少量的办公经费还是有的。席知州花费近五百两吉平银（当时当地的流通币），向居民购买土草房七间，作为州衙办公室，兼作食宿之用（具体地点，在今抚远宾馆对面）。

⊖ 东方第一县——抚远

席知州签署的第一份文件，就是发表公告：将旧地名"依力嘎"改称"绥远州"。这样，抚远县治，就算正式开始了。

席知州虽是朝廷命官，可这里地广人稀，实在不知该做什么。工作生活相当枯燥烦闷。他唯一的消遣方式，就是四处溜达。

有一天，四处溜达的席知州来到一个叫果夫的小村。突然，他的眼前出现了灿若云霞的奇异花朵，一片片，一亩亩，真是美不胜收！那是一种令人惊异之美，血色的华丽魇住了天光云影，这红色的花，实在是太美艳了，站到它们中间，就会让人迷惑起来，不知道自己身在何处，那种大朵大朵的红色、紫色，贵气无比。

席知州正在迷恋花朵的颜色，猛然记起来了，这不是罂粟花吗？这种害人的东西如何长在我的地盘上？他立即回州衙，命人铲除。原来，有人以为绥远州地方偏僻，人烟稀少，就偷偷在此种植罂粟获利。

席知州一面亲自监督铲除罂粟，一面命人捉拿案犯。结果，种罂粟者，畏罪逃入俄境。席知州共铲除罂粟116亩。

由于地偏荒凉，席知州只在此任职一年便黯然离去。他一边走，一边回头看绥远，心里一片迷茫，他想，这样冰天苦寒的地方，也许，永无发达之日了。

日月轮回，时间过去了整整100年。原来的绥远，已改成了现在的抚远县。

◎ 黑龙江

黑龙江是一条饱受屈辱和忧患的河流。黑龙江原是中国的内河，它波浪翻滚，宛如游龙，奔流入海。它所流经的广阔原野，自古以来就是我国东北各族人民辛勤劳动所开发，并早已载入了中国的版图。有史可稽，铁证如山。

众所周知，沙皇侵占我国黑龙江以北乌苏里江以东的大片土地，不过是19世纪中期的事。

1857年，马克思在《俄国的对华贸易》中写道："俄国……它占领当今中国统治民族的故乡——黑龙江两岸地方，才只有几年的时间。"马克思一针见血地指出："由于进行了第一次鸦片战争，使俄国得以签订一个允许俄国沿黑龙江航行并在两国接壤地区自由经商的条约；又由于进行了第二次鸦片战争，帮助俄国获得了鞑靼海峡和贝加尔湖之间最富庶的地域。俄国过去是极想把这个地域弄到手的，从沙皇阿列克塞·米哈依洛维奇到尼古拉，一直都企图占有这个地域。"

黑龙江满语叫"萨哈连乌喇"，因黑龙江水黑，古名"黑水"，土著人亦称"黑河"，北史谓之"完水"，唐书谓之"室建河"，至辽史始有"黑龙江"之称。

公元1682年，康熙大帝东巡至此。那是康熙二十一年四月，康熙泛舟松花江，被这雄浑瑰丽的三江交汇所震撼，写下了气势磅礴的诗篇《泛松花江》。诗云：

> 源分长白波流迅，支合乌江水势雄。
>
> 木落霜空天气肃，旌旄过处映飞虹。

美丽富饶的黑龙江，源远流长。它的上游有南北两源：南源为额尔古纳河，发源于我国的大兴安岭；北源为石勒喀河，发源于蒙古人民共和国北部肯特山东麓。流经蒙古、俄罗斯和中国的内蒙古自治区及黑龙江省，全长4510公里，最终注入鞑靼海峡。沿途有纳额木尔河、呼玛河、泽雅河、布利亚河、松花江、乌苏里江等大小支流91条，流域面积达184万平方公里，其中在中国境内流域面积约90万平方公里。从黑龙江南北源汇合起点，至黑龙江与乌苏里江汇合处止，长达2700多公里，为中俄两国界河，也是我国最大的国际界河。

黑龙江，神奇而古老。我国最早的地理书《山海经·海内经》记载："北海之内，有山名幽都之山，黑水出焉。"北海即今之贝加尔湖，幽都之山即大兴安岭，黑水即黑龙江。清《黑龙江外记》说："黑龙江水黑，古称黑水，土人亦称黑河。"我国各民族对黑龙江的称呼，虽然发音各异，但其意则十分相近：满语称为"萨哈连乌喇"，"萨哈连"意为"黑"，"乌喇"意为"江"；蒙古语称为"哈拉穆尔"；达斡尔族称为"卡拉穆尔"，均为"黑水"或"黑河"之意。"龙"是中国历史上封建帝王权力的象征，黑龙江水微黑，蜿蜒曲折，状若游龙，故名"黑龙江"。元代诗人刘因《题金太子允恭墨竹》诗曰："黑龙江头气郁葱，武元射龙江水中。"这是我国古代诗人对美丽浩瀚的黑龙江的吟咏之一。

从唐代起，黑龙江流域一直在中国历代王朝政府的管辖之下。唐朝在黑龙江流域设河北道室韦都督府、黑水都督府、渤海都督府；后来，辽代设东京道；金代设辽阳行省开元路、水达达路；明代设奴儿干都指挥使司，包括384个卫、24个所；清代设宁古塔将军和黑龙江将军等行政和军事机构管辖黑龙江流域广大地区。

黑龙江原是中国的内河。17世纪中叶，沙俄入侵黑龙江流域，我国各族军民奋起抗击。1689年中俄双方经过谈判，中国政府做出重大让步，两国签订了《尼布楚条约》，从法律上确定了黑龙江流域广大地区是中国的领土。当时我国东北部疆界，北到外兴安岭，东至大海，囊括库页岛。19世纪中叶，由于清政府的腐败，沙俄通过不平等的中俄《瑷珲条约》和《北京条约》，割去了黑龙江以北乌苏里江以东100万平方公里的中国领土，黑龙江遂成为界江。

黑龙江流域冬季严寒，气温达到零下30℃左右，干支流都有长达6个多月的冰冻期。黑龙江每年5月至10月的开江期间，干流可通航大型江轮；冰冻期间，江面冻冰厚达1米多，可行驶汽车。黑龙江盛产鲤鱼、鲢鱼和"三花五罗"，尤以鳇鱼和大马哈鱼闻名于世。鳇鱼体重可达千斤，被称为"淡水鱼之王"。黑龙江的水利资源极为丰富，年径流总量达3465亿立方米，超过了黄河年径流量的7倍之多。黑龙江的水利资源潜力很大，尚有待进一步开发。

黑龙江流域土地肥沃，森林茂密。大小兴安岭有落叶松、樟子松、红松、杨树、桦树、冷杉等上百种树种，森林面积和立木蓄积量居我国首位，是我国重要的林业基地。林区内有多种珍贵野生动物及大量的贵重药材。著名的三江平原盛产小麦、大豆、甜菜，被称为"北大仓"。黑龙江沿岸盛产黄金，有千里黑龙江岸"金边镶"之说。

◎ 赫哲族人

赫哲族是中国少数民族之一，在俄罗斯称为"那乃人"，分布在哈巴罗夫斯克边疆区至鄂霍次克海。赫哲族在中国境内的人数较少，现有5000人左右，主要分布在黑龙江省的同江市、饶河县、抚远县和佳木斯市市辖区，聚居在街津口、四排、八岔三个民族乡。

赫哲族的先民自古居住在黑龙江、松花江和乌苏里江这三江流域。历史上曾有"兀者野人"、"黑斤"、"黑真"、"赫真"（意为"东方的人"）、"奇楞"（意为"住在江边的人"）、"兀狄哈"、"赫哲"、"戈尔德"等不同名称，赫哲人自称"用日贝"、"那尼卧"、"那乃"，即"本地人"的意思。

赫哲族在明朝时为野人女真的一支。"赫哲"一词最早见于《清实录》。一般认为赫哲族是以古老的黑水部为核心，吸收了鄂伦春族、鄂温克族、满族、汉族、蒙古族及其他土著等民族成分，在清初形成较稳定的族体，于清末进入阶级社会。

原居住在库页岛的赫哲族人在清朝时被俄国人赶到大陆。他们穿鱼皮服，也穿狍子皮服，因此旧时也被称为"鱼皮鞑子"。俄国人以前叫他们高尔德人，与在黑龙江下游的乌尔奇人有关。俄人说赫哲人分七氏族，所以叫"七姓野人"。

新中国成立后，统一族名为"赫哲"，意为居住在"东方"及江"下游"的人们。

赫哲族的民族语言为赫哲语，赫哲语属阿尔泰语系的满—通古斯语族满语支，有不少的语汇与满语相同。现在通用汉语，很少有40岁以下的赫哲族人会说赫哲语。赫哲族没有文字，早年削木、裂革、结革记事。清朝时用满文，现因长期与汉族交错杂居，通用汉文。

由于赫哲族世代居住在大江流域，所以关于赫哲的民族文化大多和鱼有关。冬以滑雪板或役犬雪橇为交通工具，夏以桦皮船、舢板从事运输和捕鱼。

赫哲族实行一夫一妻制，实行氏族外婚制。以前多为父母包办，早婚现象比较普遍。传统的赫哲族婚礼要举行"拜老爷儿"的仪式，"老爷儿"是赫哲族对太阳的称谓。婚宴时，等送亲的人散席离去后，新娘与新郎一起共吃猪头猪尾，新郎吃猪头，新娘吃猪尾，最后同吃面条，意为夫领妇随，白头到老。赫哲族婚礼中，要点长寿灯，灯光在后半夜不能熄灭，祝愿过一辈子太平日子。赫哲族寡妇可以改嫁，改嫁时不再举行婚礼。

在男女青年订婚的过程中，要摆酒宴宴请双方的长辈和媒人；迎亲时，男方的老人要向女方的老人敬三杯酒；婚宴时，新娘要面朝墙"坐福"，直到送亲的人散席离去后，才可下地与新郎一起。

　　赫哲族人以捕鱼和狩猎为生，有着古老而独具民族特色的鱼皮服饰。早年的妇女们先把鞣制加工好的鱼皮鱼线用野花染成各种颜色，然后精巧地缝制成各种鱼皮服饰，并磨鱼骨为扣，缀海贝壳为边饰。赫哲族的鱼皮服非常有特点，是把鲢鱼、鲤鱼等鱼皮完整地剥下来，晾干去鳞，用木棒槌捶打得像棉布一样柔软，再用鲢鱼皮线缝制而成。

◎ 一部奇特的电影

　　我很久以前对黑泽明不太了解，看过他的几部片子后，只觉得他是个有个性的导演。但是有一天，我看了他导演的《德尔苏·乌扎拉》后，被强烈地震撼了！这部20世纪70年代拍摄的电影，在今天、在任何一个时代看来，都不会过时，这是我所看过的为数不多的经典电影之一，黑泽明无愧"大师"的称号。

　　这部电影非常奇特。奇特之处在于它的构成：影片由苏联莫斯科电影制片厂出品，邀请日本导演黑泽明，以中国乌苏里江为背景拍摄。在那个非常的年代里，这部电影受到国内的强烈批判。我藏有一本人民文学出版社的内部材料《反华电影剧本〈德尔苏·乌扎拉〉》，收录有电影剧本和各类批判文章。

　　Θ 边境的俄罗斯人

这是一部怎样的电影呢？

《在乌苏里的莽林中》是苏联地理学家阿尔谢尼耶夫于20世纪初在乌苏里地区考察后写出的地理考察报告，被称为堪与《瓦尔登湖》媲美的绿色文学经典，全书分为《乌苏里山区历险记》（原名《乌苏里地区之行》）和《德尔苏·乌扎拉》两部分。这本书曾得到高尔基的高度赞赏，他在1924年致阿尔谢尼耶夫的信中，称赞"《在乌苏里的莽林中》既含高度价值的科普常识，又有引人入胜的文学描写，是布雷姆（德国著名生物学家、旅行家）和库珀（美国著名作家）的完美结合"。

赫哲族是一个弱小的民族，他们生活在乌苏里江畔，常年奔波在风浪中。经过历代外族的侵害，使赫哲人越来越少。新中国成立初期统计仅有几百人，他们在艰苦的环境中求生存，并生生不息，这需要顽强的毅力。《在乌苏里的莽林中》一书中就有一位历尽沧桑的赫哲人德尔苏·乌扎拉，他作为当地土著不去欺负外族人，他与自然抗争，他与野兽和谐共处，但他仍然没能保住自己的妻儿，最后一无所有的他，死在外族人的枪口下。

黑泽明应莫斯科电影制片厂的邀请，根据该书改编的电影《德尔苏·乌扎拉》在国际影坛引起了轰动，获得1975年奥斯卡最佳外语片奖。

1902年，俄国军官、地理学家弗·克·阿尔谢尼耶夫率领一支地理测绘队，走进西伯利亚乌苏里江流域的原始森林。他们遇到了一位赫哲族猎人德尔苏·乌扎拉，请他做向导。一路上，德尔苏·乌扎拉显露出他作为森林猎人的神奇本领：他警觉灵敏，对山林无比熟悉，他能嗅到动物的气息，辨别人和动物的足迹等等。他凭借高超的生存本领，数度帮助阿尔谢尼耶夫和他的队伍渡过难关，尤其是在兴凯湖探测地形时，他的机智救了阿尔谢尼耶夫一命。两个男人在森林探险中结下了深厚的友谊。

五年后，阿尔谢尼耶夫再次受命，率队来到乌苏里山区，与德尔苏重逢。这一次，德尔苏已经老了，状态也衰退得厉害。他不是忘了烟斗，就是判断失误。有一天，一头山猪从德尔苏身边跑过，老眼昏花的他竟然没看到猎物，德尔苏失声痛哭。

阿尔谢尼耶夫明白，德尔苏已经无法在山林中生存下去了。他把德尔苏带到生活无虞的城市居住，德尔苏却处处与现代化的社会发生冲突。最后，属于大自然的德尔苏·乌扎拉返回了莽林中，最后不幸死于盗贼之手。

赫哲族老人德尔苏·乌扎拉淳朴、善良的人性美在观众的心中引起了强烈的震颤。

《德尔苏·乌扎拉》讲述了人与自然的关系，赫哲族人德尔苏·乌扎拉这个猎人，仿佛就是自然之子，他熟悉在乌苏里莽林中生活的技巧，但无法在城市中生存；他有信仰，他是一个典型的泛灵论者，他相信万物有灵，他敬畏自然，他珍惜生命保护环境，他爱憎分明。若是从环保主义角度入手，黑泽明早在那个年代就已经决定向世人传达他的观点。

这部电影同时向人们展示了乌苏里莽林雄奇壮丽的自然景色，在电影中，黑泽明用精致的长镜头处理着人与自然的关系。那种严酷寒冷的西伯利亚在黑泽明的胶片上呈现出无穷的魅力：乌苏里的严冬和盛夏，红色、绿色和黄色斑驳的树林，篝火、风雪、脚印、河流；当然还有让人永远无法忘怀的、带给人极度震撼的、似乎是凝固的刹那永恒的盛大场面——日月交辉、风雪和冰原。这些高贵的、静默的和伟大的画面，也许只有黑泽明这样的电影大师才可妙手偶得。

◎ 鱼的天堂

中国东极，曾经是鱼的天堂。有人会问：东极鱼多，多到什么程度呢？

抚远县志办张基太老人讲过一个真实的故事：

在1927年的夏天，离绥远40多里下游，一个叫"胖头窝子"的地方，正向绥远城航行着一艘大客轮"兴林号"。中伏天气，船舱里闷热得像蒸笼一样。旅客们纷纷来到甲板上，江风拂面，沿岸丛柳低垂，江面鱼鹰击水。

突然，大客轮前方，约有500米长的一大片逐流翻波的大胖头鱼群，白花花地露出水面，忽而跃起一米多高。有多少鱼，谁也数不清。阳光映鱼，万条银线，令人炫目。

旅客都是外地人，从没见过这么多这么大的鱼群。正在惊奇之际，船身已经倾斜，谁也没有料到船体已经进入鱼群。鱼被惊炸了，砰砰啪啪地从江水里跃起，落在船上。鱼落得太多，增加了船体一侧的重量。

不得了啦，跳上船的鱼太多了，快把船压翻了！

船上的旅客和船员们顿时惊慌起来，客轮上的大副赶忙大喊："全体船员，赶快上甲板扔鱼啊！"全体船员飞快地登上甲板，尽全力往船下赶鱼。

旅客们也顿时醒悟过来，一齐拥上甲板，一起动起手来，什么铁锹、钩子等等，没有工具的徒手往下扔，用脚朝下踹，七手八脚，也顾不上躲避大胖头鱼撞在身上，疼也好脏也好，大家只是一个念头，不把鱼弄下去，船就要翻了。

客轮加快了航行速度，大家奋力扔鱼，鱼群分两侧游去。全船的人们经过一阵忙乱，总算是渡过了这场鱼灾。

有趣的是，"兴林号"客轮进泊绥远港时，船上竟还剩下200多尾大胖头鱼。

岸畔上的老渔民说，这幸好是大船，如果是小船或者小舢板，赶上这样的鱼群，有经验的老渔民能老远闻到鱼腥气，马上要靠岸躲避，不然连船带人得一起喂鱼。

张基太老人还讲了一个故事：

那是上世纪70年代的一个春天，国营前哨农场一个捕鱼队的三艘渔船在别拉洪河上捕鱼。眼看天黑了，渔工们收了网，划着小船沿着曲曲弯弯的河道往回返。

走着走着，忽然感到船棹划不动了，好像在水中碰上了什么，猛力一划，只见河面上鱼儿乒乒乱跳，水花四溅。渔工们这才意识到，遇上大鱼群了。

于是，三艘渔船马上停下来，一字排开，根本不用下网，渔工们抢起抄罗子，用尽全力往船上捞起鱼来，每次出水都是满满登登的。

鱼实在太多了，黑压压的，不停地在河中蠕动。渔工们捞满了船，卸到岸上，再接着捕捞，整整一个晚上，三艘渔船每艘捞了一万多斤鱼！

张基太老人还介绍了一种古老的捕鱼方法——挡亮子。老人说，这种捕鱼方式，必须以丰富的鱼群为前提。

鱼亮子作为一种在河上拦截鱼类的大型捕捞设施，最早出现在清朝，由赫哲族渔民发明。早在340年前，在黑龙江东南部今天的海林县海浪河边居住过的流人张缙彦，在他的《宁古塔山水记》一书"杂记"篇中写道：宁古塔人"捕鱼以石，横截水中，留水口，以柳条织如斗样，下急湍中，名曰亮子。鱼来流入其中，不能回转，尽取之。若捕大鱼，则在水坑中用网数面四围，尽绝其流，满载而归。若网止一面，则用牛骨系绳上，沉水，二人牵之，远远而来，至网则举网。鱼畏白骨，尽窜入网矣"。

张缙彦记的是清代初期即300多年前黑龙江东南地区的捕鱼方法。这种挡亮子捕鱼，就是在水位不深的江河湖泊里用石头筑梁子——从江底垒石头到水平面或高出水平面挡住一段江水，在石梁子内侧挖坑，然后用柳树条子编成墙下到水中，形成一个围子。鱼游进水坑进入柳条围子就很难钻出去了，人们便可"瓮中捉鳖"。所以江河中垒石头处就叫"亮子"或"梁子"，用石梁子挡水捕鱼的方法就是挡亮子。

但有一种鱼，叫"赶条"的，人们称之为"金头大王"。赶条鱼大者可达50到60公斤，体大力强，呈流线型。当它游出水面时，恰似一艘微型潜艇，冲起一道凹陷的浪窝，一往无前。赶条鱼碰到柳条墙后，便分拨鳍尾慢慢向后退却，边退边运足力气，一直退到七八米远，突然，如箭一般向柳条撞去，把柳条墙撞得咔咔直响。它们常常是成群结队、头尾相接地轮流冲撞，直撞得头破血流，才算罢休。

◎ 大马哈鱼

在乌苏镇的日子里，我每天都看到捕捞大马哈鱼的赫哲族人。每日三餐都离不开大马哈鱼，并且知道了这种神奇鱼类那令人嘘唏的故事。

大马哈鱼，体长而身侧扁，形如纺锤。口大眼小，牙尖锐，小圆鳞。头背部为青黑色，腹为灰白色。大马哈鱼属溯河洄游鱼类，我们多数人并不知道大马哈鱼一生的传奇经历。

大马哈鱼的神秘之处在于，它生在江里，长在海里，又死在江里。而且，它要寻找到生育它的江河才死去。

每年春天，幼鱼刚孵化出来，就从黑龙江、乌苏里江的各水域顺水而下进入大海，觅食生长。在它们从江河出生进入大海的过程里，只有千分之一左右的鱼能够生存下来。

经三五年成长之后，到九月初，也就是农历白露过后，成熟的大马哈鱼要产卵了。不知是它们生命中的哪一种神秘力量的召唤，它们从主要栖息的北半球的大洋中，跨越鄂霍次克海和白令海，成群结队地从外海游向近海。在到达产卵地以前，它们便不再摄取食物，只是一心一意不停歇地向前游，中途无论遇到什么艰难险阻都勇往直前。

到目前为止，还无法弄清楚那些大马哈鱼，在千万里之外的海洋里生活了四五年后，又是如何回到自己出生地的。

大马哈鱼性极为凶悍勇猛，具有顽强的意志，在归途中不论遇到多猛的水势都能冲过去。如果在江里游向产卵地误入渔民渔网时，就是气愤而死也不肯被活捉。

在入河洄游途中，大马哈鱼的体色也发生了变化，开始色彩非常鲜艳，背部和体侧呈黄绿色，随着时间的推移逐渐变暗，呈现青黑色，腹部银白色。体侧有橘红色纹斑的，是由于大马哈鱼在逆流而上的途中，遇到石坝或瀑布时，犹如鲤鱼跳龙门般向上奋力跳跃，在跳跃中因用力过猛使得一些毛细血管破裂而形成的。

大马哈鱼由于历经长途艰辛溯游，浑身上下伤痕累累，加之长期不进食，它们在产卵之后，常因精疲力竭而慢慢死去。死去的大马哈鱼的身体会留给即将出生的小鱼吃，小鱼吃着死去的大马哈鱼渐渐长大，周而复始地开始下一个轮回。

第七章

小寨天坑——世外的桃花源

◎ 桃花源：喀斯特的又一种形态

喀斯特山区除了诞生令人震撼的天坑、地缝、峰林峰丛、地下河、盲谷等错综复杂的岩溶地貌外，还盛产桃花源。"桃花源"是喀斯特地貌的又一种形态，其地理特征是：有洞口进入，然后是豁然开朗、与世隔绝的封闭空间。

在渝东喀斯特山区，以"桃花源"或"桃源"命名的地方比比皆是，其中又以酉阳桃花源最为著名。我此次去偏僻的奉节县小寨村采访，沿途就发现了许多以"桃源"命名的村落。仅以小寨所在的兴隆镇为例，就有桃源村、桃源河、旱夔门的桃花源、桂花村的桃源洞、庙湾乡的桃源村等。

从奉节去小寨，要经过4公里长的长凼子隧道。如果把整个渝东北看成是一个大的桃花源，长凼子就是入口。出隧道之后，看到的不仅仅是漫山遍野绽放的雪梨花、樱花、桃花，更令人惊叹的是那些巍峨雄壮的群山，就算是在典型喀斯特地貌的贵州或广西，也很少能感受到这种高耸入云的磅礴气势。千百年来这些崇山峻岭的阻隔，差不多让人忘记山里面还有人家。

巨大的小寨天坑一直到20世纪80年代初期才被世人发现。小寨系村名，位于奉节县荆竹乡。在兵荒马乱的年代，当地村民为躲避山匪，常扶老携幼进入天坑避难。兴隆镇杉木村老人李祖兵告诉我，现在叫做"天坑"，在以前，当地人都

Θ 小寨天坑

称之为"神坑"，可庇佑村民安然无恙。故而村民在天坑周边定居，形成村寨，俗称"小寨"。事实似乎灵验，村民们借此大坑躲过了一次又一次的兵匪战乱。李祖兵说，在小寨水电站修建之前，神坑边常有村民焚香祭拜，祈福保佑。

小寨神坑后来又变成了水电坑，简称"水坑"。当年奉节水利部门勘探得知，大坑底部有条奔腾的暗河，但是否适宜筑坝发电，还需要长年累月蹲守在坑底观察水位变化。这是个简单却相当单调枯燥的工作，需要一个身体健康、本分踏实的人来做。有个10多岁的小伙子自告奋勇担当此任。问他："你为什么没去上学？"说："家里穷，没钱上学。"问："长年累月待在这里，你不害怕吗？"回答说："不害怕，这里曾是我的家。"

小伙子叫刘健，原是坑口九弯村人。新中国成立前，他家为躲避战乱，和其他几户村民在坑里的山洞生活了很长时间，至今仍能清楚地看到坑内山洞口被烟火熏黑的痕迹。直到新中国成立后他们才搬到坑外居住。童年的刘健常常和村里的同伴下到坑底去玩，那里是一片草肥水美的乐园，如同大片的原野。刘健说，当时坑底的丛草比他们的个头还高，草丛中有鸟窝和蝴蝶，虽然村里的老人有许多关于神坑的怪异传说，但他们似乎不觉得害怕，因为那片原生态的世界像未开垦的原野，充满了清新和神秘。如今已经45岁的刘健仍然生活在大坑深处。他曾试图走出大坑，到广州等地打工，但要不了几个月，他就莫名地心烦意乱，又急不可耐地回到小寨。他说，大坑有一种强大的引力，无论他走到哪里，最后都会被吸回来，直到进入坑内，才能气闲神定，内心安妥。

◎ 桃花坑里走桃花运

小寨天坑里长满了野桃树，春天来临，从坑口一眼望去，灿若云霞。刘健说，这个大坑该叫"桃花坑"才对。野桃树的特点是花开满树，坑里到处都是红艳艳的野桃花，繁盛得不得了，让人止不住地产生硕果累累的联想。结果，结的毛桃却只有小鸡蛋大，而且酸得要命，但水分很多。在天坑里生活了几十年，有时背着沉重的山货沿着石级上下往返，口干了，就在路边摘几个野毛桃，很是解渴。

刘健文化程度不高，也不知道什么是"桃花源"。但他心目中的"桃花坑"，与我们所说的"桃花源"意思相差不远了。我和刘健沿着天坑的石级，一步步向坑底走去。他不善言语，我问什么他就答什么。忽然间，刘健问我信不信神。我笑笑，未置可否。刘健确信，天坑里有某种神奇的力量，几十年来一直保佑着他，并与他达成某种默契，他在天坑里想什么愿望，似乎都能意外地实现。刘健兴奋地讲述了一个发生在天坑里的离奇事。

刘健被县水利部门安排在天坑底部做"看水工"，观察那条地下河的水位变化。他蹲在坑底过着与世隔绝的生活，成了以坑为家的"坑里人"。年复一年的观测记录，为奉节县水利部门最终决策是否建小寨水电站提供了重要依据。可将近30岁的刘健，仍是孑然一身。村里同龄人早就娶妻生子，有的孩子都10来岁了。刘健为此苦恼，可有哪个闺女肯嫁给他这样一个一穷二白的"坑里人"呢？

随着天坑被外界发现，偶尔会有人进入坑内一探究竟。1995年的春天，天坑里的野桃花开得格外灿烂。刘健看着满坑的桃花，30岁的人了，还像个孤僻的孩子，在这个不被人注意的天坑里偷享快乐。刘健心想，这么多这么美的桃花，没人看怪可惜的，要是有个女人在这里一起生活就好了。

㊀ 随着天坑被外界发现，偶尔会有人进坑内一探究竟

不可思议的是，那个女人就真的出现在了眼前。不知何时，从天坑上面下来了一个身材窈窕的女人，她肤色白净，面容姣好。两人对视了一会儿，女人笑着说："你不认识我了？"

真是人面桃花相映红。刘健想起来了，与她拐弯抹角还是一门远亲。女人叫李国琼，家住10公里外的兴隆镇。丈夫离世后，她带着两个女儿艰难地生活。因为心情郁闷，就来到天坑散心。她以前也听说过小寨村有个巨大的天坑，却从未来过。没想到这一来，就遇上了刘健。

这是让刘健一辈子都忘不掉的天坑传奇。因为这一次桃花树下的相遇，李国琼就带着两个女儿嫁给了刘健。从此，天坑里不只是鸟语花香，还多了欢声笑语，有了炊烟，成了名副其实的天坑人家。

刘健做看水工，只有一点微薄的报酬。一家四口人的生活怎么办？夫妻二人一合计，想出了个办法：到天坑来游玩的人不断增多，何不在天坑里烧点茶水、做点小买卖呢？这样不但方便了游人，还可以增加收入。1999年，在天坑里的半山腰，出现了一个小茶铺，给上下游客烧开水、煮面条。这让游客们感到意外，因为他们看到，天坑的悬崖绝壁间，桃树掩映的地方，炊烟袅袅，有户小小人家。

◎ 悬崖绝壁上的菜园

因为天坑偏僻，每天到天坑来的游人不是很多，除了节假日，有时一天也没有一个游客。刘健常常为此发愁，一家人总不能这么闲着吧。李国琼比刘健大三岁，还是她主意多。她看见天坑里的半山腰有许多陡峭的小坡，有的地方只通一人，便想何不把这些小陡坡开垦种菜呢？那样，一家人的蔬菜也就有了着落。

刘健却不同意。理由是，在悬崖绝壁上种菜，太危险，一不小心，就会滑下四五百米的深渊。李国琼想来想去，还是决定一试。她小心翼翼地走上绝壁，一步步地向前挪，先砍去灌木丛，露出泥土，一锹一锹开垦，终于，有了一块长条形的菜地。

李国琼先种下青菜做试验。由于天坑内气候湿润，绝壁上有天然泉水灌溉，非常适宜蔬菜生长。天坑里的第一批青菜长得特别好，这让李国琼有了信心。一有空，她就身临绝境开垦陡坡。如今，在天坑的半山腰，小小的菜园已有将近半亩地了。只要能种的蔬菜，在这里都能生长，而且长得特别健壮。

2012年4月3日，我来到天坑采访，李国琼带我去参观她的天坑菜园。沿着一条细长的绝壁小道向山腰走去，没有任何护栏，我第一次走这么危险的山道，战战兢兢，最后来到菜园。虽然还不到半亩地，但品种很多，我所看到的有青菜、青椒、莴苣、菜薹、大葱、大蒜、蒜苗、黄瓜、番茄等，真是琳琅满目。

李国琼告诉我，这里很奇怪，种什么长什么，而且长得好。所种蔬菜从未有过虫害，更没有化肥，是天坑里纯绿色的食品。那天晚上，刘健一家热情邀我一起吃晚饭，其中的蔬菜都是从天坑菜园里摘来的，我第一次吃如此绿色的蔬菜。李国琼说，除了自家吃，也适当供应给游客。

除了假日，来观赏天坑的人并不多。李国琼说，平常大部分时间都很空闲，她常常利用这些时间去采山野菜。天坑是个植物王国，据《中国植物红皮书》统计，天坑一带已发现植物1285种，其中有些野菜可以食用。每到春天来临，天坑里的野菜就会肆意生长。由于野菜太多，多数是自生自灭。李国琼说，想想怪可惜的。只要一有空，她就和女儿下到坑底挖野菜。

那天下午，我跟在李国琼身后，看她在天坑里寻找野菜。说是寻找，其实遍地都是。清明菜、蕨菜、折耳根、荠菜等随处可见。李国琼告诉我一些辨识野菜的方法，比如，在山坡行走时，闻到一股淡淡的芳香，那就是野葱散发出来的；脚下那些略带紫色的，叫血皮菜，清炒最好，还可做汤，有种特殊的香味，非常鲜嫩。

刘健曾告诉我，天坑里最奇怪的植物是魔芋。当年，他一个人在天坑底部当看水工，闲着无事，就在坑底种了一些魔芋。不知是由于气候还是土壤的原因，那些魔芋叶，有一人多高。收获的时候，刘健意外发现，土里的魔芋大得怕人，有的有篮球那么大，有的有冬瓜那么大，吓得他都不敢吃了。

从那以后，刘健就再也没种过魔芋。

◎ 小寨一枝花，长在天坑下

"小寨一枝花，长在天坑下。问话细细语，送你一杯茶。"这四句顺口溜，是兴隆镇杉木村老人李祖兵告诉我的。其中的小寨一枝花，说的就是李国琼的女儿黎露露。李国琼嫁给"坑里人"刘健时，带来了前夫两个如花似玉的女儿。这两个女儿长得特别漂亮，是天坑里远近闻名的两枝花。转业军人袁洪亮以其军人的敏捷，摘走了大花。现在黎露露已有22岁，仍待字闺中。

在天坑里上上下下的游人们看到漂亮的露露，总会情不自禁地停歇一阵子，有事没事都找她聊天，打听天坑里的事情。露露对这些远道而来的客人，有问必答，和风细语，再轻轻地端上一杯热茶。这小小的举动，让那些疲惫的旅行者如沐春风。露露从不开口收钱，可是，客人们又怎能不给钱呢，在天坑里遇到这样的美女，感觉整个天坑都充满了春风和阳光。

我到天坑采访的那几天，正值清明长假，来天坑旅游的人不少。露露告诉我，从早上开始就不停地忙碌。因为他们这个小茶铺正好位于天坑里的半山腰，往来的客人们总会在这里歇脚。很多小伙看到露露那么漂亮，就假借问这问那和她聊天，似乎总有问不完的问题。

一直到傍晚五点半钟，客人才渐渐散去。天坑里恢复了宁静，唯有坑底地下河的水声依然轰鸣。刘健一家开始忙碌自己的晚饭，因为有我这个远道而来的客人，露露和母亲一起，做了一桌的菜。刘健说，这是天坑菜，别的地方吃不到。端到桌上，我看了一下，都是家常品种，有腊肉高粱粑、腊肉土豆丝、豆干炒青椒、腊肉黑木耳、酸萝卜、凉粉、山野菜等。刘健又拿出自酿的苞谷酒与我对饮。

此时的天坑像个无比巨大的深井。根据最新的测量，天坑深达666米，口部直径达630米，是世界上最大的天坑。我永远记得那顿神奇的晚餐，我在世界上最大的天坑里与刘健对饮。这是大山最隐秘的深处，四周寂静无声，物我两忘，恍如隔世。这里是地球深处鲜为人知的世外桃源。这里没有纷争、没有吵闹、没有权力、没有欲望、没有贪婪、没有名利，只有和煦的晚风和温暖的微笑。

我问露露，是不是想一辈子待在天坑里。露露想了想说，天坑就是我的家，哪也不想去，以前也到过一些大城市打工，可是外面人太多，人挤人，晕头转向，空气呛人。我们每天在天坑里享受那么清新纯净的空气，哪里受得了外面的污染与嘈杂。

露露告诉我，天坑里温暖温润的空气，是他们一家天然的护肤品。无论是出嫁的姐姐，还是已经年近50的母亲，无一例外都拥有嫩白的肌肤，走到镇上，许多人都很诧异。其实，这是长期生活在天坑里养成的。虽然目前还没有科学的考证，但根据长年生活得出的经验，任何动物、植物在天坑里生活，肌体都会产生变化，会变得生气勃勃，充满旺盛的生命力。

我问："外面的世界那么丰富精彩，你生活在这里，不觉得单调吗？"露露说："我拥有一个变化无穷的魔幻天坑，这里四季变换的景色无穷无尽。天坑包容了我，而我的心也包裹了整个天坑。"

◎ 梦幻桃花源

露露所说的魔幻天坑，真是让我大开眼界。我们只知道天坑的庞大与深邃，可哪里会想到，在天坑里还会有我们意想不到的奇幻世界呢？露露说，在天坑底部，有个元阴洞，原来就是一条地下暗河，有时，从洞里会升起一股白雾，不大，既不扩散也不是弥漫，而是袅袅上升，一直飘至天坑口，接下来就会发生奇迹：如果那团白雾飘向左边的山口，则是阳光普照的大晴天；如果飘向右边的山头，则必然下雨，每次无不灵验。

有时，天坑底部的元阴洞里还会飘出一团紫色的雾，只要一出太阳，天坑里就会出现一道绚丽的彩虹，这样奇幻的景致，只有他们一家人才能看到。天坑里，还有许多瀑布，都是隐瀑，你在上面看不到，但只要进入坑底向上看，就会看到许多瀑布飞悬。还有一种锅盖雾，就像锅盖一样覆盖在坑口，那时，才是真正的与世隔绝了。

最奇特的是，天坑里还会形成一种龙卷风。龙卷风把天坑里的枯枝败叶都吸到坑外，实在不可思议。一旦有龙卷风出现，则天坑外面一定是狂风大作。当然，这样的龙卷风一年才遇到一两次。大部分时间，天坑是风和日丽的祥和世界。

天坑里的春天要比外面来得晚一些。之所以晚，是因为天坑准备了一幕幕震撼人心的春天景致。首先看到的是铺满坑口的雪梨花和桃花，这些都还是普通

⊖　回首眺望天坑，这是大山最隐秘
　　的深处，四周寂静无声，物我两
　　忘，恍如隔世

光景。露露告诉我，在天坑里，有两个令她一辈子都忘不掉的现象：一个是白蝴蝶。樱桃花开放之后，白蝴蝶就开始出现了。一开始只是三三两两的几只，然后是一队队，一片片，到最后，形成了铺天盖地的壮观场面，那时，整个天坑的岩壁上都铺满了白蝴蝶，如雪片一样纷纷扬扬。谁也不知道那些白蝴蝶从哪儿来，又飞到哪儿去，它们来天坑里做什么。

　　另一个奇观是燕子。燕子并不稀奇，但是，当整个天坑里飞满燕子时，那就是惊心动魄的场面了。那样的情景看得让人害怕，因为燕子在天坑里肆无忌惮漫天飞舞，它们占领了整个天坑。

　　除了白蝴蝶和燕子外，天坑里最常见的动物有野兔、野鸡、野山羊、黄鼠狼、松鼠、蛇、穿山甲等。这些动物有时会出现在山道上，有时隐藏在灌木丛里。刘健说，当年在天坑底部看地下河的水位，就曾亲耳听到过大鲵的叫唤，并且亲眼看到过大鲵在水里游来游去。可自从小寨水电站建成之后，大鲵就永远地消失了。

　　我准备离开天坑时，已是夜里九点多了，天坑里越发显得神秘和深不可测。刘健用竹篓背着我的旅行包，手里拿着木杖，他要陪我走到坑口。我们一人一盏头顶灯，开始向坑口攀登。走了将近两个小时，在快到坑口时，我站在一个高高的平台上回首眺望，天坑里黑黢黢一片，只有刘健家的那一星灯火在闪烁，它让我在这漆黑的夜里不再孤单，内心充满温暖。一些蝙蝠开始活动，当头顶灯穿过树林时，我似乎看到黑暗中有无数双眼睛在窥视。偶尔，一些不知名的鸟叫声从夜幕深处传来，在如同苍穹般的天坑里回荡。

第 八 章

行走在宁夏腹地——
大漠孤烟直，长河落日圆

◎ 潦草的旅程

　　过去的这几天，我一直在中国西部的宁夏腹地旅行。15年前的夏天，我为生计，独自一人漂泊宁夏。那时我还年轻，不谙世事，心性孤僻而又精力充沛，常怀着仗剑天涯的梦想去那些艰难陌生的地方。那里有令人敬畏、浸透了悲凉的意味。我常常天蒙蒙亮就起床，一个人从石嘴山出发。陈旧的班车载着我颠簸摇晃，一路往南，过银川，在吴忠跨过黄河大桥，然后沿黄河去中卫，再折向南进入荒原。一路风尘，最后到达固原六盘山。风已凉透，夕阳西下。

　　那时还没有高速，纵贯宁夏也只是一天行程。总的来说，寂寞的大路是令人乏味的。可是，沙漠与绿洲，塞上江南的鱼米富庶与西海固的干旱贫瘠在这个偏远西部省份结合得如此紧密，层次分明。你可以看到，宁夏的太阳像只古老的陶罐，野花在远处亮如明眸。因此我对行程永不厌倦，似乎爱上了这个地方。沙漠、古长城、荒原、落日等等在我漂泊的记忆中仍然如残雪般的沉寂与荒凉。

　　那段日子我频繁往来于西海固与中卫。多数时间，我选择一些古老的路线从南往北。那时还没有通火车，我从宝鸡坐长途班车向西北进发，经过千阳、陇县、平凉，风尘仆仆地抵达固原。那段道路真是摇滚，尘土飞扬，稍不注意整个人就会

Θ 沙漠与绿洲

被抛起。围绕着六盘山，整个西海固就是个同心圆。这是一片严酷的土地，如果你读过张承志的《离别西海固》，你就会明白西海固是多么的贫瘠与疮痍。

西海固最缺的是水。联合国粮食开发署已确定西海固为全球最不适宜人类生存的地方之一。就是说，此地环境恶劣，要搬就赶紧搬吧。我前后到达西海固十余次，看到荒原上的百姓用大板车拉着满满的雪，然后倒进水窖。西海固的富裕象征是家里有几口水窖，水窖多，家里就殷实，就能娶上媳妇。我在西海固吃过很多回那样苦咸的窖水，一直吃得我头皮发麻。我逃也似的离开了西海固，前往中卫。

当然，宁夏的地理也不总是荒凉与贫瘠。即使不是北部丰饶的银川平原，中部地区与腾格里沙漠毗邻的中卫，得黄河灌溉之便利，也还有着"塞上江南"、"鱼米之乡"的美誉。"物产最著者，夏朔之稻"，这里的大米已有千年历史，米粒晶莹透明、爽口，有清香，当地称为"珍珠米"。康熙平定噶尔丹叛乱，在银川停留十余天，钦点珍珠米为餐中主食，遂成贡米。珍珠米太金贵了，不是每个人都能吃到的。当地百姓更是舍不得吃，他们把米换钱。珍珠米在珠三角，每市斤卖到上百元，还得看收成。收成不好，有钱也买不到。

⊖　一碗泉站

　　那里的百姓吃什么？吃蒿子面。中卫的蒿子面原是百姓的粗蔬杂粮，在饮食家族中，只能算是草根一类，上不得台面。在中卫，蒿子属于低等的野生植物，漫山遍野，房前屋后，路旁坎边，只要生长荒草的地方，都长有蒿子。蒿子有多种，能食用者，名"白蒿子"，其状若端午节之艾蒿，不同之处在于，蒿子低矮，叶背色白，结实大如麻子，中有细籽。

　　中卫蒿子面，有两种做法。第一种是蒿叶面，摘鲜嫩蒿子苗，洗净，切碎，和入面中，擀成蒿叶面条，下锅煮熟。其面色白玉翡翠，碧绿生青，有清清的蒿叶香，类于茼蒿。你端着一碗蒿叶面，仿佛端着西北的春天，总让人想起衣食丰足，想起人间烟火的温暖。吃这蒿叶面，还要看缘分，要待时节，早了迟了，都吃不到，皆因蒿叶的嫩苗，说老就老了，然后结籽，当地人称之为"沙蒿籽"。

　　沙蒿籽灰黑色，卵圆形，比车前子略大。每年秋季，中卫的沙丘地带，遍布了采集沙蒿籽的当地百姓。大自然风吹日晒使得沙蒿籽这种野生植物有了奇特的保健作用，可治风湿，祛寒热邪气，通关节除头热，久服轻身，益气耐老。许多农家菜端上了宴席，野生蒿子面也不例外，成了中卫人款待宾客的主食。蒿子面的做法很简单，擀面时，把沙蒿籽粉加在普通面粉里，其韧性倍增，可以拉得很长，当地人又称"长寿面"。吃起来不烂不黏，柔韧爽嫩，香劲可口。

黄河贯穿整个中卫地区。黄河产鲤，自古有"岂其食鱼，必河之鲤"的说法，当地百姓亦多以打鱼为生者。史载："村居多以渔业为业，得采归来喜不穷。"黄河鲤鱼之鲜美，为天下所熟知。到了中卫，无论如何都要尝一尝黄河鲤鱼。虽说野生河鲤逐年减少，但毕竟还没有到濒危的地步，所以要想吃到真正的黄河鲤并不难。最好的办法就是去河边，找山村人家。

沙坡头的黄河岸边，有许多打鱼人家。我经常光顾，目的就是吃新鲜的黄河鲤。老渔民打上来的鲤鱼，也只有一斤多重。很多人都喜欢糖醋鲤鱼，可我非常不喜欢，太甜太腻。大味必淡，这才是饮食真经。把鱼剖开，洗净，抹盐待用。之后就在船上生火，用当地的瓦釜氽鱼汤，无需翻煸，只在瓦釜里烧滚了水，下入鲤鱼，片刻即可。岸边有几茎碧绿的山野菜，或者枸杞，加入几许。亦无需加盐，鱼汤讲究一个"鲜"字，偏咸就不爽口了。端着碗喝下去，我以为那才是黄河鲤的真本之味。

第一次看到成片的枸杞是在中宁县。我一路风尘前往中卫，途中车子抛锚，我们下车，等候前方的车来接应。等了很久，也不见来，眼看天色将晚。就在我百无聊赖十分沮丧的时候，不知是谁叫了一声："枸杞！"转眼望去，一片鲜红的枸杞林出现在眼前。枸杞以前是见过的，但见到成片的枸杞林却是第一次。走到近前，我仿佛看见，薄暮中一盏灯亮了，接着许多盏灯也亮了。那小小的红果，晶莹剔透，叫人怜爱。小小的美丽并不倾国倾城，像乡野的小姑娘，圆圆的脸蛋，干净而活泼，有些胆怯，几个簇在一起，在暮色中忽闪着眼睛。

中卫不止有鲜红的枸杞，还有像鲜红枸杞一样神秘的西夏女子。许多年前的一个秋日午后，从宝鸡开往银川的长途班车把我在中宁县抛下，继续它的行程。我再从中宁过黄河大桥，来到中卫。在去沙坡头的路上，我和我的一个朋友走错了道，前不着村后不着店，只在沙山里走。我们走了大半天，除了漫天黄沙，见不到一个人影。这让我有点焦虑，而这种焦虑在迷茫的旅途中变得越来越疲惫不堪和情绪低落。

太阳开始偏西，我们又热又渴，翻过了一道道山梁。忽然，同伴惊奇地说："看，女人！"

一个女子，行走在日月山川里，像一抹飘忽的影子，风姿绰约。她的头上裹着头巾，脸上也罩着绿色纱巾，在太阳的映照下，只露出两只明亮的眼睛，向我们走来。面纱很薄，她的面容更加神秘，令人神往。她是那么的美，太阳刚过山头，金黄的光芒照在她身上，她走路轻盈，腰肢扭动，把我的心都摇碎了。

那时我们还没有结婚，年少气盛，对美好的异性总是充满热切的向往。更重要的是，我在沙漠里看到了一个水一样的回族姑娘，我甚至能看到她脸上有春光一样的妩媚。等她走到近前，我们问去沙坡头的路。她用大眼睛陌生地望着我们，并不说话，像山野上那簇雏菊，只轻轻一笑，径直从我们身边走过。我们木然地看着她，还想要套近乎说点什么。她却走远了，只留下渐行渐远，一个美丽而陌生的背影。

◎ 沙坡头的花儿，与五月的天光云影

我差一点就迷上了孟家的三姑娘孟花儿。我住在孟槐树家里，用水很紧张。

第二天早上，我洗脸，没有脸盆，就用一点水把毛巾润湿，然后擦脸。孟花儿比我起得早，她问我炕上是不是暖和——孟家湾村家家户户都烧炕。起床后，我想帮忙做点事，可什么也做不了，因为沙坡头的冬天，根本无事可做。一天只吃两顿饭，都是土豆。土豆是一种很可爱的植物，极耐旱，只要一点水，就能长得饱饱的。

2009年底，《中国国家地理》杂志要做两期宁夏专集，派遣我去宁夏采风。我与《中国国家地理》杂志摄影师马宏杰在沙坡头汇合后，他去北长滩拍黄河上的羊皮筏，我留在沙坡头。《中国国家地理》对我的要求是，必须住在当地百姓家里，亲临现场，切实感受他们的生活。那时天寒地冻，我在沙坡头沿黄河向西行走，一座长长的悬索桥出现在我面前。桥面用木板铺陈，走在上面有很明显的摇晃感。河堤上有大片枯黄的灌木丛，然后有些石条探出来，我感觉这是一座小码头，并由此确信，不远处定有庄户人家。后来我在沙漠边缘找到一个小村，名"孟家湾"。我住进了孟槐树家，老孟是山西人，我介绍自己是个旅行者，想在他家住两天。老孟很犹豫，我赶紧说每天付100元食宿费。老孟顿时喜笑颜开，100元相当于他的一头羊。

第二天一大早，我看见孟花儿打扮得很漂亮。我说，这么漂亮是去相亲吗？孟花儿是孟槐树的三女儿，前不久刚回娘家来。花儿说，下午她男人也要来孟家湾。我问她为什么叫花儿？她说："我会唱花儿，我们这儿的人基本都会唱。"这让我很惊奇。宁夏花儿的魅力，比春天还要烂漫。到陕北要听信天游，到了宁夏要听花儿。一直没机会见识，没想到在沙坡头的孟家湾遇见了。

花儿令人着迷。这是一种原生态的歌谣，当地百姓站在黄土高原上，向着日月山河，一抬头便是太阳，手搭于耳后，面对寂静的群山放歌。花儿分为干花儿和湿花儿，干花儿无伴奏，是清唱。干花亦称"散花"，形式自由，可即兴发挥。宁夏虽然很贫瘠，却有花儿遍地开放。遍地开花就是春天。

我喜欢听干花儿。原汁原味，质朴流畅，用充满乡土气息的语言即兴演唱，情深意长。其歌词简约高古，很容易让我想到诗经。实际上，当我听到花儿的音调时，我甚至怀疑这就是从远古传来的天籁。在我的要求下，孟花儿唱了一曲《上了高山望平川》：

上去这高山望平川，

平川里有一朵白牡丹。

看去时容易摘去时难，

摘不到手里是枉然。

意犹未尽。孟花儿接着又唱了一曲《水红花令》：

哎，三大的麻钱着哎，

一骨朵蒜呀，哎呀。

辣辣的吃一碗搅团呀，

我的水红花，开了着。

水红花的叶叶儿，

摘了啥，俊了啥，谁不你哈，

（爱爱爱）的了哎。

尕妹妹站着我跟前呀，

喝一碗凉水是喜欢哎……

在孟家湾村的一整天，我都沉醉在绚丽多姿的花儿之中。那些纯粹的原生态乡村演唱，不是所有人都有机会听到的。我的心被花儿操持着，一会儿翻山越岭，一会儿登高远望。在极目远眺之际，万里山川，又跃入眼帘，风光跌宕而又平直正大。傍晚时分，院落外面来了一个年轻人，他进门就唱了一段花儿：

（哎）出了大门往树上看（嘛），

（嘎）喜鹊盘窝着呢（呀）。

我撩起个门帘往炕上看（呀），

（哎呀）我的白牡丹睡着着呢……

来人是孟花儿的男人。他来接花儿，明天回去。他来到这里就不停地忙活，从水窖里把水打上来，拎到屋里。我和他说话，他很少回答。他只说，没水吃不要紧，不唱花儿就会憋死。

晚上，为省些电，我决定早早睡觉。我对花儿说，我们有越野车，明早可以送你们夫妻俩回去。花儿拒绝了我的好意，她说："路还是自己走。习惯了。"她从屋里端走了满满一盆水。我很奇怪，这么晚，她要那么多水做什么。后来我才明白，这里虽然缺水，可女人们都爱干净。中国的少数民族里，回族女子特别讲究卫生。再穷再苦，对于个人卫生还是十分在意的，水再金贵，也不会吝啬。

夜里，我起身走到门外的院子里。寒冷的天空布满星辰，洁白的银河像帘子一样，从头顶垂到眼前来，仿佛走一步就能穿过。在孟家湾村的那天夜里，我做了一个梦。我梦见沙坡头的荒漠上，漫山遍野开满了火红的花儿，繁花似锦，热闹辉煌。

平静荒寒的大漠边缘，仍然隐藏着生命的律动与欢娱。他们和世界之间，也许只隔了这个冬天。我是外来者，只悲凉地看到了万物萧条，可是他们，与大自然融合，活得如此丰富豁达，从容地等待着春暖花开。在他们的世界里，从不悲凉。

2010年6月4日，在沙坡头行走。第二天中午，朋友朱文军设宴款待。席间，觥筹交错，轻歌曼舞。忽然，我听到了我所熟悉的花儿——《上了高山望平川》。向舞台上望去，我意外地看到了孟花儿。她身着回族服饰，亭亭玉立，让人感觉置身五月的天光云影里。她还是那样的美丽。

◎ 古长城的秘密：浮现于沙漠，也消隐于沙漠

【朔塞·塞外·塞上】

在古代，中原人把岭南地区称为"蛮荒之地"；把西北的宁夏一带，称为"熏鬻之地"，或称"鬼方之地"。读边塞诗，常常可以看到诸如"朔塞"、"塞外"、"塞上"等字样，此多指宁夏。就像一道道樊篱，一道道无法逾越的屏障，很难想象宁夏的长城是如此的复杂与绵密。长城的形象在多数人心中是条巨龙，展开地图，可以看到这条巨龙从西到东，横亘在中国北部，绵延上万里，翻山越岭，穿过茫茫草原，跨过浩瀚的沙漠，奔向苍茫的大海。从地缘和文化的角度

看，长城的这一走向，实际上暗合了中国地理的一条分界线。长城两侧分布着不同经济形态和生存环境。

宁夏长城却不是以长取胜，而是像瓜蔓一样，贴着地面四处生长，它们永远长不成挺拔的大树，也伸展不到远方，只是蜿蜒连绵，纵横交错，令人眼花缭乱，像迷宫。这些长城显示着苍凉的雄伟与粗犷的原始，至今隐现于宁夏大地。金色的塞外，牧歌般宁静。登古长城远眺，可观大漠孤烟、长河落日之壮美，更可见长天之湛蓝、大地之深厚，感悟时光之流逝、生命之须臾。

自先秦以来，关于宁夏古长城的记载，史不绝书。宁夏在先秦时属朔方地区，西汉时属朔方刺史部，唐于灵州置朔方节度使，明代为九边重镇之二。故其境内各个朝代的长城都有：东长城，西长城，北长城，南长城；另有数百座古城堡、城障、关隘、烽燧、墩台、堑壕、营池、寨堡……宁夏古长城被誉为"古长城博物馆"。这么多古长城，无非是说明宁夏地理位置的特殊性。在古代，宁夏属于边关要塞，"屏蔽陕晋，控扼河陇"，自古为西北边防战略要地，如果宁夏一线被突破，则关中无险可居，如门户开放，可长驱直入。历代统治者对此门户从不敢麻痹大意或掉以轻心，明代在全国设了"北方九镇"，宁夏境内就有两镇。

【毛乌素沙漠古长城】

2009年12月2日，受《中国国家地理》杂志派遣，我与摄影师马宏杰及宁夏的摄影师陶克图在下马关会合。我们的计划是寻找宁夏的古长城。一到下马关，我就看到了落满岁月风尘的下马关古城门。我没想到的是，这个不起眼的地方，曾是著名军事家徐海东大将与美国著名记者斯诺促膝谈话的地方。如今，城楼已不复存在，但城门还在。

为了拍摄一组沙

⊖　宁夏古长城

漠长城，我们来到了花马池镇，即今盐池县城。到达花马池的时候，已是下午。接待我们的是花马池镇的尚自刚镇长，我们说明来意，尚镇长亲自当向导。离开花马池镇之后，我们的越野车向浩瀚的毛乌素沙地开进。一路上我们没看到沙漠，一直穿行在芨芨草地上。

花马池镇，芨芨沟村，长城组。这几个名字组合在一起，就成了花马池镇的人文地理，长城组是我们的目的地。一路上，我们看到了大面积的芨芨草滩。尚镇长告诉我们，这些芨芨草地，原本是沙漠，现在虽然还是戈壁荒滩，但人与沙漠之间的较量，开始有了草进沙退的可喜形势。只是，人的力量终究薄弱，这些芨芨草地，看起来仍然岌岌可危。

到了芨芨沟村的长城组，已深入沙漠腹地100多里了，可沙漠还是看不到。原先的一些沙漠人家，都聚居在芨芨草遍地的草滩上。我们没找到需要拍摄的沙漠人家，不得不放弃这个拍摄计划。但是，古老而壮观的河东长城却横亘于眼前。

面对突然出现在我们面前的古老长城，所有人都惊叹不已，摄影师马宏杰和陶克图立刻忙开了。暮色苍茫，我们却忘记了夜晚的来临。此时，戈壁草滩的气温急骤下降，寒风刺骨。当我们离开芨芨村的时候，我看见长城的轮廓在擦过天际的流星下显现，像条蜿蜒的巨龙。远处，一株孤独的白杨，树冠硕大，鸟儿惊飞。

【沙坡头古长城】

沙波头的黄河南岸，沿河有一山梁高耸，此山东西走向，约3公里。山之北侧，为著名的黄河"几"字形大弯。此处水深山秀，弯大流急，如万马结队，穿梁狂奔。凡水被石挠必怒，怒必号叫，以崩落千尺之势，喧声雷震。山上有墙体，块石垒砌，位于沿河山梁中段，峡口处为马鞍形山脊，石墙体长约20米，基宽约8米，最高处约3米，皆大石块人工垒砌，石块之间的缝隙以黄土填充。

沿山脊继续向西，至黄河东岸，此处名为"小湾村"。山脊长约一公里，有两处石块垒砌墙体，一长约30米，另一长约20米。此两处墙基宽约8米，墙体残高不到1米，皆拦在峡谷关口。

从第一峡谷处向东，沿山脊徒步50米，可见山峰之上有座大型的古烽火台。此台基础为圆形，底径约15米，残高约4米，下部为石块垒砌，上部已塌毁。石块垒砌的城墙，陡峭的山崖石壁，山顶之烽火台，共同连缀构成了一道险峻的军事防御工程。此段长城被称为"小湾村古长城"。

20世纪80年代，在沙坡头南岸的黑沟梁发现了秦长城。《史记·匈奴传》记载："秦昭王时，义渠戎王与宣太后乱，有二子。宣太后诈而杀义渠戎王于甘泉，遂起兵伐残义渠。于是秦有陇西、北地、上郡，筑长城以拒胡。"秦时，蒙恬修筑长城，在陇西黄河西段，皆以战国秦昭王所筑"拒胡"长城为基础进行的修复。到了沙坡头黄河南岸这一段，山脉坡度小，峡谷多，山顶低矮平缓，又因黄河在此大拐弯，地形十分复杂，原有的秦昭王长城起不到应有的防御效果，蒙恬放弃了这一段，另起炉灶，后退约600米，选择了一处山势更为险峻的地方，重新修筑了一段长城，此即小湾村古长城。此段长城与南侧的黑沟梁秦长城并列而行。此长城于2006年被发现，虽多数地方损毁塌陷，但仍可看到当年蜿蜒曲折、起伏盘旋、奔腾飞舞、气势磅礴的雄姿。这是沙坡头为数不多的两千年前的遗迹，弥足珍贵。

◎ 《使至塞上》的语焉不详与颠倒错乱

中国文学史上，唐代的边塞诗一直是我的兴趣所在。"塞外风沙"、"夜听胡笳"等等都是不可多得的异域奇境，都是我们多数人无法领略的人生况味。就我个人而言，我喜欢岑参与高适，我外出旅行只带这两位一路同行。受这两位老人家的影响，我喜欢去边疆，去边塞。2001年8月，我有机会去新疆，凭吊了古轮台和北庭遗址，这里是岑参当年写作千古名篇《白雪歌送武判官归京》的地方。

新疆太遥远了，但你可以去宁夏。在宁夏，出现了与岑参一样不朽的边塞诗篇，就是王维的《使至塞上》。如今的沙坡头，建造了一座王维广场。王维手握如椽巨笔，远眺大漠，挥笔写下"大漠孤烟直，长河落日圆"，诗句被雕刻在贺兰石上。只因为这一首诗，只因为这首诗中的大漠孤烟长河落日，沙坡头就可称为边塞诗的一块圣地。能有机会在王维所描绘的意境里流连忘返，我以为是人生至境。

《白雪歌送武判官归京》与《使至塞上》，堪称边塞诗的巅峰之作，可谓双峰并峙。其共同特点是，语出奇境，境界大开，充满奇情妙思。岑参的"白雪歌"并不深奥，它的奇迹在于，把荒寒、苦寒、奇寒的塞外，一下子变成了千树万树梨花盛放的早春江南，读者的思维，永远定格在那样温暖如春的画面。《使至塞上》除了景致的壮美之外，更多的是充满了边塞的神秘感，短短几句诗，带给我们一个个语焉不详解不透的谜团。

> 单车欲问边，属国过居延。
>
> 征蓬出汉塞，归雁入胡天。
>
> 大漠孤烟直，长河落日圆。
>
> 萧关逢侯骑，都护在燕然。

关于王维的诗，苏东坡曾这样评价："味摩诘之诗，诗中有画；观摩诘之画，画中有诗。"洵为确评。王维的诗句，清新凝练，自然中见华彩。无论是"大漠孤烟直，长河落日圆"的雄奇壮阔，还是"明月松间照，清泉石上流"的细致入微，都能体现出他对大自然的敏锐感受，从大自然的色彩、形态、动感诸方面，或素描，或刻画，创造出意境独到的艺术佳构。

唐玄宗开元二十五年（737年），河西节度副使崔希逸在青海与吐蕃进行了一场大规模的战争。这场战争的起因是这样的：

本来，唐与吐蕃讲和以后，边境有了暂时的宁静。河西节度使崔希逸派人对吐蕃守将乞力徐说，如今两国通好，亲如一家，双方何必置兵守备，妨害耕牧，不如都撤去守备兵。

乞力徐闻之有理，允许撤兵。开元十八年（730年），唐与吐蕃在赤岭竖分界碑，约定互不侵犯，自此汉人耕种，吐蕃人畜牧，各自安居乐业。从此六七年间双方相安无事。公元737年，崔希逸派副官孙诲到京城奏事。孙诲想立边功，怂恿玄宗搞突然袭击，奏称袭击吐蕃，定能大获全胜。玄宗虽是好大喜功，但也不愿违背赤岭之盟，就派宦官赵惠琮同孙诲去河西审察情形。

谁知，赵惠琮假传圣旨，令崔希逸出击，袭击吐蕃。崔希逸不得已，披挂上阵，一路奔袭，直入吐蕃境内两千里，大破吐蕃，斩首两千余级。唐朝赢得了战争，却输了外交。西域20多个唐属国因唐朝外交失信转而向吐蕃朝贡，唐与吐蕃的长期友好关系从此破裂。后来，崔希逸自愧食言，不久内调河南尹，抱疚而死。

崔希逸大破吐蕃之后，玄宗为了表示慰问，就派王维当监察御史去凉州"宣慰"，并担任崔希逸幕府的判官。王维当时37岁，在长安做了个右拾遗的小谏官。关于王维此次去凉州的行走路线，因史书上无明确记载，出现了好几个版本。第一种行走的线路是：从咸阳出发，沿陇山山脉向西北，经邠（今邠县）、泾州（今泾县）、原州（今固原市），在瓦亭关转过弹筝峡，越六盘山北上，到会宁关再折向西北，经会州（今会宁县）过乌兰关，达河西节度使府凉州（今武威市），全程一千八百余里。

第二条线路是：出咸阳循陇山南麓沿渭水西行，经马嵬驿、武功（今武功县）、扶风（今扶风县）、凤翔（今凤翔县）、陇州，在大震关翻越陇山到秦州（今天水市），西行至临洮，北上达金城县（今兰州市），再折向西北经广武达凉州。

这两条线路，虽说有一定的道理，却因为这条线路上没有"大漠"与"长河"而被否定。

第三条线路是：到达原州，未过六盘山，折向北，经灵州，过萧关，沿黄河向西，经鸣沙县，去凉州。王维作为皇上派出的使者，每到一处，地方官员都要出面接待。灵州又名"灵武"、"灵洲"。唐玄宗时期，置朔方节度使于此，专门负责长安以北的防御。王维奉命"问边"，来到朔方节度使总部，是很自然的。

最有争议的一个问题是：萧关。王维诗中的萧关在何处？通行的唐诗选本，都注释为"在宁夏回族自治区固原县东南"。此萧关在黄土高原的万山丛中，与腾格里沙漠的直线距离也有两百多公里，固原周围既无"大漠"，也无"长河"，何来"大漠孤烟直，长河落日圆"的壮美景致？

事实上，历史上的萧关有好几处。毗邻宁夏南部山区的甘肃环县，至今仍有一处地方名"萧关"。《嘉靖固原州志》卷一曰："瓦亭关，在州南九十里。"后汉，隗嚣使牛邯守瓦亭，即此地。汉文帝时，匈奴入寇，至朝那萧关，疑即今瓦亭关。

《辞源》参阅《太平寰宇记》记载，对"萧关"一词释为：关塞名，一名障关，在甘肃固原县东南。汉文帝十四年（前166年）匈奴单于入朝那萧关，烧毁中宫；武帝元封四年（前107年）帝北出萧关，猎新秦中，即此。隋置他楼县，唐神龙元年（705年）置萧关县。

《嘉靖宁夏新志》：灵州旧号朔方郡，密迩大河，外则古荒服地也。三代沿革，未暇详究。在汉谓之"北关"，又曰"萧关"。

诗无达诂。这首《使至塞上》还有许多歧义的地方，至今仍争论不休。比如"居延"、"燕然"、"孤烟直"等等。关于王维西去慰问凉州将士的行走路线，怎么走，路过哪些地方，已经不重要了。重要的是他留给我们这首脍炙人口的诗篇。

如今，沙坡头建起了王维广场，树起了王维的巨幅雕像。雕像周围，生长着许多沙坡头的"花姑娘"——花棒。正是初夏，花棒开出红色的小花。面对大漠孤烟，长河落日，我不能自已，太喜欢王维了，遂采了一束鲜红的花棒，轻轻地放在王维的塑像前。

◎ 北长滩

2010年6月5日，我和同行的几个作者从沙坡头出发，乘坐快艇溯黄河而上，来到了一个叫北长滩的渡口。

北长滩被称为黄河的第二滩，所谓滩，就是个村庄的渡口。从沙波头到这里将近50公里，有两条路，一是岸边的乡村小道，弯弯曲曲，崎岖难行，开车需要两个多小时。现在开通了水路航道，坐快艇逆流而上，仅需要一个多小时，顺流就更快了。

沿河两岸十分荒凉，极少看到有人行走。这一段河道十分空寂幽静，我们的快艇很孤独地在水面上航行，我甚至怀疑我们是否真的行驶在奔腾千里的黄河上。

我们来到北长滩，一下船，当地村民就端来自己酿制的醉枣招待我们。晒得黝黑的村长显露出真诚的笑脸，很热情地欢迎我们来到这个偏僻的小村，一边把我们引入村中，一边给我们讲述北长滩一带的地理风光。

村长说，北长滩村坐落在黄河边狭窄的河滩上，分为上滩村、下滩村及榆树台子、黄石旋四个自然村。别看村子挺多，居住者却不足百人，且多为年过半百的相伴夫妻，村民不是姓张就是姓高。这里的村民通过民间口传和家族宗谱，大多认为，自己的祖先是在好几百年前，明末清初时期，从上游自甘肃洮河一带驾羊皮筏子沿河一路漂流，最后选择在北长滩安顿下来，靠着放牧、捕鱼、开荒、种地繁衍生息。

村长说，他祖祖辈辈生活在北长滩，虽然一直与世隔绝，但这样也有个好处，外面的是是非非很少能传到这旮旯里来。所以虽然贫困，但村里却是一派田园风光，家家户户种有梨树。每年春暖时分，北长滩的梨花盛开，村长说，那时的梨花真像落一地的雪。那时来看梨花的人多得数不清。

村长尽量为我们描绘那种含烟带雨、飞雪蔽日、蜜蜂飞舞的春天风光。其实不用他介绍，当我们来到这个北长滩，映入眼帘的是遍地梨树，百姓的房前屋后，地头田间都有。整个北长滩简直就是梨树村。春季，万顷梨园，繁花如雪，十里花海，迷离醉人。直到中秋时节，硕果累累，梨果挂满枝头，伸手可及。漫步在北长滩，山路蜿蜒，我能感受到满眼如云似雪的气息，能切身感受"忽如一夜春风来，千树万树梨花开"的美好景致。

村长带领我在北长滩四处转悠。举目所见，皆是荒废和颓败的村落农舍，少有人居住。令人惊奇的是，村中还有60余间保存较完整的清代民居、商铺，多为土木结构房屋。村落巷道较不规则，窄长交错，高低相连，大部分巷道边的院墙基础为石块垒砌。

无论是在村里，还是田间地头，除了茂密的梨树，还可以看到柳树、杨树、杏树、核桃树、酸枣树以及无人问津的沙枣树。

在北长滩，我走入田野村庄，未见几个村民。大部分人都外出打工，村中只剩下老人和孩子还在坚守。看到一些老人和孩子，我忽然觉得他们是幸运的，他们自给自足，空气没有污染，食用绿色食品，与世无争，更不会尔虞我诈，就像屋舍前的一条小溪那样清澈。村长告诉我，那条小溪叫"梨花溪"。多好的名字！溪因花美，花因溪媚，想那梨花盛开时节，微风轻拂，落英缤纷，满溪溢香。

站在梨花溪边，我尽情幻想着那种令人怦然心动的春天光景，以及盛满梨花的千沟万壑，那种铺天盖地的气势看到一次便终生难忘。就像现在，我虽然置身挂满梨果的村庄，仍然感到从未有过的惊喜和震撼。一树树、一层层、一簇簇雪白的梨花，好似轻笔淡墨的画卷，一幕幕袭来眼前。

村里的很多梨树都在百岁以上，有的甚至超过了300岁，树高可达20米，树干粗壮，需要数人才能合抱。这种梨树的树身虽大，果实却小，名曰"香水梨"。

村长说，这种小梨吃起来滋味香脆，略带点酸，比常见的大梨更有营养。

　　村长告诉我，尽管这里依山傍水、宜耕宜牧，但由于人口数量的迅速膨胀加之过度的放牧，使这里的生态环境不断恶化，土地已不能承载过重的压力。2002年以来，随着宁夏实施全境封山禁牧，北长滩的村民们陆续迁出了大山，在这里留下了一段农业文明的印迹。

◎ 水车与古长城

　　沿着黄河峡谷，在北长滩的岸边穿行。河道旁依次可见几架庞大的水车在不知疲倦地转动，这是古人借自然之力进行生产生活的创举。在水车"吱哑吱哑"的转动声中，舀动黄河水，由下而上，吐珠泻玉，黄河水流入水槽，为岸上的土地浇灌。

　　水车很大，像个摩天轮。之所以有这个高度，是因为河水与岸上的土地有落差。那么大的水车在黄河边不知疲倦地转动，使得古老的黄河又陡然生出了一种苍凉雄浑的意境。

　　水车是古老黄河农耕文化的象征。这里的水车，最初都是祖先留下来的。有的建于明末清初，至今已有300余年的历史。北长滩村民高勇，是水车行家。渡口的那一台大水车，一直是他负责运转与维修的。

　　站在北长滩村的黄河岸边，可以看到河对岸有隐约起伏的古城墙。村长介绍说，那是近几年才发现的古秦长城。原来，秦始皇统一六国后，派蒙恬统兵三十万修筑万里长城，其中有很大一部分是在战国秦昭王"拒胡"长城的基础上修建的长城。这时的秦始皇长城从秦境西南向东北修筑，依次经过临洮、榆中、并河以东、阴山、辽东五段。秦始皇长城在西北"河南地"的修筑方式是因河为塞、城河上塞、因山为险和堑山堙谷等，其中北长滩村秦始皇长城属于"并河以东"段部分。

　　在村长的带领导下，我们乘坐羊皮筏子渡过黄河，来到北长滩村对岸的高山上。古城墙依稀可辨，长城残高最高处约10米，顶宽3至4米，此段城墙根据山体走向、坡度、高低、豁口、崖壁及水沟情况的不同，随地形而筑，就地取材。有的城墙是加高山脊，有的是填补豁口，有的是补立山坡，有的劈山为墙，还有的是人工墙体与天然峭壁相连接。除了部分劈山作为墙体外，其余墙体皆为石块垒砌。这些石块岩面平整，接缝严密，收分合度，下宽上窄，依山后倾，墙体稳重牢固。

这段秦长城，地处偏僻，历经了2200多年，仍有少数墙体保存完好，大部分墙体已经破落坍塌，被荒草碎石湮没。

◎ 羊皮筏

在北长滩，我第一次看到了传说已久的羊皮筏。多数人都没见过现实中羊皮筏是什么样子。有部电影《筏子客》，其中粗犷剽悍、技术高超的"筏子客"形象，给我留下深刻的印象。

当我看到羊皮筏时，忽然想到"地理"与"生活"的关系。一个地方的自然地理环境，必然影响到当地人的生产生活。比如水上的运输工具，南方生长竹子，就产生了竹排；山区有着丰富的木材资源，干脆找一棵大树，取一截，使其中空，制作成简单的独木舟；生长树林的地方，产生了木排；北方没有竹木，怎么办，有人就想到了羊皮筏。

所谓羊皮筏，就是用几根圆木棍做成框架，系上数量不同的羊皮囊，也有用牛皮做的。

皮囊的制作方法也不是太复杂，主要讲究细心。先宰羊，去头，然后从颈口处取出肉、骨、内脏，剩下一张完整的皮子。将其放入水中浸泡数日，捞出曝晒一日，将毛刮净，灌入适量食盐、水和植物油，再次曝晒至外皮呈红褐色即可。组筏时，将皮囊的头、尾和三只脚扎牢，留下一只脚，用口吹气。皮囊吹圆鼓了，把口扎牢便成。牛皮筏的制作与羊皮筏大体相同。

羊皮筏在古代称为"革船"，是黄河两岸人民智慧的结晶，流行于青海、甘肃、宁夏等地的黄河岸边，是古老黄河文化的重要组成部分。《水经注》中就有有关于皮筏子的记载，《宋史》中说"以羊皮为囊，吹气实之，浮于水"，那时的羊皮筏与我们今天所见的应无多少差异。

使用时皮囊在下，木排在上。可乘人，可载货。据当地百姓说，最大的羊皮筏，下面的皮囊最多时有几百个，可载重10余吨货物。羊皮筏的好处是，吃水浅，不怕搁浅触礁，操纵灵活方便。

皮筏子制作简单，结实耐用，而且重量轻，一个人便可背负搬移，故一直深受黄河沿岸各族人民的青睐，沙坡头北长滩一带，至今还有人在使用。

我来沙波头，知道黄河上还有羊皮筏，就想无论如何都要试一程这古老的航行。我和同行的几个朋友坐在羊皮筏上，从北长滩向下游漂流。

当我坐上羊皮筏的时候，感觉就像上了只摇晃的小船，随时都有倾覆的危险。

羊皮筏进入黄河中心，开始剧烈打转。老筏工划着桨，驾轻就熟，全然不顾筏上男女的尖叫。顺流而下，筏工最主要是掌握方向。小筏载七八人，太灵活，不易掌握；大筏可载20余人，乘客蹲坐筏中间，筏工3至4人，分站皮筏首尾，合力挥桨划水，稳稳掌握大方向，皮筏顺水漂流，如挂云帆。

⊖ 水车是古老黄河农耕文明的象征

现在黄河的水情，并不像从前那样险恶，而且我们每个人都穿着救生衣，只漂流了一会儿，就不再有惊心动魄的感觉了。这反而让我有心思浏览黄河两岸的美景。说是美景，却无多少树木，一片褐色的土地。坐在古老淳朴的筏子上，随着浩浩荡荡的黄河水向下漂流，恍兮惚兮，真不知今夕何夕。

在黄河里漂流，看南岸，山势陡峭，不通道路，少有人烟。黄河北岸，除了险峻陡峭、迫近河流的那连绵不绝的山脉外，沿河分布着一些小块的滩地。虽然是在连绵的山谷中有着大山的阻隔，但也难以阻挡来自西北方被强风挟裹而来的腾格里的沙粒，滚滚的黄沙伴着呼啸的山风从较低的山峰之间翻越过来，直扑河岸。

◎ 穿越腾格里沙漠

我们一行人准备从沙坡头出发，穿越腾格里沙海，前往通湖草原。

毫无疑问，这将是一次惊心动魄的旅行，我们穿越的是一片茫茫沙海。沙海是什么？是深不可测，是一片未知与恐惧。自古以来，很多人在沙漠里迷路而丧生，甚至失踪。比如当代的余纯顺、彭加木等。所以，穿越腾格里沙漠不是一件轻而易举的事，需要团队协作，车队结伴而行，手机没有信号，需要对讲机前后呼应。

腾格里在蒙古族民间宗教里是"天"的意思，腾格里神就是天神，是民间信仰中的最高的神灵。

腾格里沙漠的美丽无与伦比，湛蓝天空下，大漠浩瀚、苍凉、雄浑，千里起伏连绵的沙丘如同凝固的波浪一样高低错落，柔美的线条显现出它的非凡韵致。

我一直觉得在这样的沙漠里开车是很过瘾的事，一会儿加油冲上去，一会儿俯冲下来，那种感觉一定比过山车好玩，过山车的轨迹是固定的。而在沙漠里行走，则千姿百态，随时都有各种角度和各种奇遇，会让人感觉波澜起伏，惊险刺激。

腾格里沙漠是中国最壮美的大沙漠之一，位于阿拉善地区的东南部，介于贺兰山与雅布赖山之间。大部分属内蒙古自治区，小部分在甘肃省。沙漠内部有沙丘、湖盆、草滩、山地、残丘及平原等交错分布。沙丘面积占71%，以流动的沙丘为主，大多为格状沙丘链及新月形沙丘链。

我们要去的地方，是内蒙古境内阿拉善左旗、腾格里额里斯苏木境内的通湖草原。从沙坡头到通湖草原，直线距离只有10公里。若是在平地，这点距离开车10分钟就到了，但在沙漠里，要翻越一个连着一个的10多米高的沙坡就不那么容易了，有经验的驾驶员平时穿越这段沙漠一般需要两个多小时，身体强壮者徒步穿越需要一天的时间，当然都是在不迷路的情况下。

我们的车队由六七辆越野车组成，开始了两个小时的腾格里沙漠穿越。

人们对于沙漠的恐惧，在车队离开几分钟之后就产生了。进入茫茫沙海，没有任何参照物，脑海里一下子就懵了，你分不清东西南北，看日头，昏昏沉沉，看四周，一个又一个的沙丘在你身边转圈。这个时候，任何人都会变得焦急不安，六神无主。

但是我们不一样。我们有车队，有卫星电话，有GPS导航系统，迷失的危险基本上不存在。我们所承受的只是在沙海里无止休的颠簸。我相信除了专业训练的特种人员，没有人受得了这种疯狂的颠簸。汽车加足马力冲上几十米高的沙丘顶部，没有任何喘息的余地又驶向沙谷。同车的几个人早已翻江倒海吐得一塌糊涂，而我，只是拼命忍受着，但这种忍受已至极限。虽然如此，那种跌宕起伏、自由自在的感觉实在是一种难得的美妙体验。

很多时候，汽车横架在沙梁上进退不得，或者轮子陷入沙坑中寸步难行，这时就要前面的车子倒退回来拯救。在沙漠中，要避免这种"轮陷"主要靠有经验的驾驶员，他们知道如何穿越沙梁。油门一踏，越野车一溜烟地向一个沙丘冲了上去，越过沙丘后又一头冲下沙谷，紧接着冲向另一个更高大的沙丘，然后转弯，车身倾斜着绕着沙丘盘旋而过。越野车翻过了一个又一个沙丘，越过一个又一个沙梁，就像一叶扁舟在流动的水面上打转。

数十米高的沙山起伏不断，越野车加足了马力向沙漠挺进。沙漠穿越最大的难度在于沙漠中根本无路可走，全凭司机的直觉在沙漠中找路前行，眼前看到的只有天空和沙梁。从未穿越沙漠的人就在车上尖叫，尖叫的原因是有的沙坡太陡，那越野车几乎就要侧翻。正当你喘息未定，车子又从高高的陡坡上呼啸而下，那种气势令人心惊，简直是垂直降落，失重的心已经悬到了嗓子眼。

在这种大起大落的沙漠里，我所能感受到的除了剧烈的晕车感，更多的是人的脆弱与渺小。这几片沙丘就能让人晕头转向，在这里，无论多少车队多少人，都显得孤单与无助，跌落沙谷，如坐井观天，跃上沙梁，又可看到满世界的阳光。这种瞬间起落在心里所产生的落差，没有人能帮助你，只能自己拯救自己。

司机告诉我，他每天都拉着游客在这里穿越，已经两年多了，但有时还会迷路。一旦

Θ 穿越腾格里沙漠的车队

进入沙漠腹地不但没有路，也没有参照物，沙子随风而动，今天的沙丘明天就可能成沙坑了。

后来，在我剧烈的晕车感快要坚持不住的时候，也就是在沙海里折腾了两个多小时之后，我终于看到了一些草地，司机说，通湖草原就要到了。我们的车队像甲壳虫一样，从沙海里摇摇摆摆爬出来，进入了一条简易公路。虽然路况不佳，但比起在沙海里的上下沉浮，那简直就是天堂了。

◎ 通湖草原

通湖，湖水相连相通。传说几百年前这里是一片湖水，当时有两个喇嘛在距此60公里处的"太阳湖"边用铜壶取水，一不小心铜壶掉进了水里。几日后，有一牧民妇人在这里发现铜壶，方知两地的地下水相通，因此取名"通湖"。

我们一队人马来到通湖草原时，基本上是丢盔卸甲狼狈不堪的模样。尤其是女士们，个个面色苍白如病号。但是很快，通湖草原的迷人气息振奋了我们的精神，我们受到了蒙古族人的礼遇，通湖草原的蒙古族姑娘给我们献上洁白的哈达，然后敬酒唱歌。草原人的热情让我们忘记了穿越沙海的疲劳。我们来到了"刺陵客栈"，晚上就住在这里。

通湖草原地处蒙宁边界的阿拉善左旗境内腾格里大沙漠腹地，与宁夏中卫沙坡头隔沙相望，是一个自然景观独特的沙漠湖盆地，属蒙古族牧民区，汇集了沙

漠、盐湖、湿地、草原、沙泉、绿洲、牧村等多种自然人文景观，被中外游客喻为沙漠中的"伊甸园"。

2009年，香港东洋大千影视公司拍了一部电影《刺陵》，在通湖草原上建了一座客栈，作为实景拍摄。电影召集了许多一线明星，如林志玲、周杰伦等。客栈投资200万元，打造成类似美国西部酒吧的场景。电影拍完之后，通湖草原留下了这座客栈，并建设成集草原酒吧、汽车旅馆、沙漠驿站为一体的客栈。

刺陵客栈是个很奇特的建筑。确实是一个客栈，我们绕到它的正面，便看到上方挂着的英文招牌。这座两层木结构的客栈，一字排开的百叶门全都紧闭了，门前的沙地上，搭一个简易木楼梯直通到二楼的凉台上。不远处，三五辆散停的沙漠吉普，像某种守护着客栈的动物一样，静卧在沙窝里。

外表看来是个简单纯木质结构的房子，里面完全是另一番天地。三个繁杂得像上世纪初蒸汽机车那样的酿酒罐子竖立在进门一侧；屋顶上，悬吊着几个直径足有两三米的木车轮做成的吊灯；二楼木板墙的敞口处挂着大如汽油桶般的排风桶，一角的几扇假窗上，垂着积了尘埃、褶皱重重的金缦，让你能想象到昔日流落在此的"伯爵"的生活。

我和大家在一张大圆桌前坐下。桌子是用特大号汽车轮胎当桌脚的，桌面上，微型的古战车上驮着一瓶西夏王酒。再打量四周，柱子上挂起的锈迹斑斑的马灯，吧台背景墙上探出的鹿头，大厅一角站着的野狼和黄羊，楼梯一侧挂着的马头以及马脖子上吊着的风铃，木楼梯上刻意修出的裂缝，随便几段磨损的绳索、木板和墙壁上的泛黄陈旧，每一处都在证明客栈经历的百年沧桑。

客栈前面，就是茫茫沙漠。不可思议的是，大沙漠到这里戛然而止，沿客栈一线，开始有了水和各种植物。从踏入通湖草原的那一刻开始，我就有置身异域之感，在浓郁的蒙古风情之中，我忘却红尘世界，忘却了这里是大漠深处的一隅。

为了防止风沙侵袭，中国人发明了奇特的固沙方法，此法源于1956年修筑包兰铁路。包兰铁路穿过腾格里沙漠，当时发明了"草方格沙障"治沙法。就是用小麦秸秆纵横交错地撒在沙面上，使之形成一个个一平方米的沙格，用铁锹的尖头将麦草压入沙中，在沙格网眼里栽种上耐旱抗风沙的沙生植物。沙坡头如今成为沙漠中的绿洲，这种奇特的固沙法起了主要作用。

翻过腾格里沙漠的万千沙丘，穿越层层沙海，神驰于空寂辽阔的天空，一时间豪情满怀。我们的车队在宁夏和内蒙古两省的分界线处，一边吟诵着"大漠孤烟直，长河落日圆"的壮丽诗句，一边倾听遥远的驼铃。夕阳、古酒、长河、孤烟、大漠，像画卷一样，漫无边际地涌至眼前。夕阳慢慢西沉，像火球一般落在天空与沙漠相接的地平线上，天空、沙漠都被染成了血色，构成了一幅奇幻瑰丽的塞上画卷。

通湖旅游景区四周沙峰林立、起伏错落、一望无垠，金灿灿的黄沙在阳光折射下发出耀眼的光环，如大海的波涛、平湖的涟漪，从四周漫卷而来，却突然被一片茵茵绿草、汪汪湖泊锁定，形成方圆近百公里的沙漠湿地草原。在茫茫无涯的沙海之中，这不能不说是个奇迹。

通湖草原的主人为迎接我们的到来，设下了丰盛的晚宴，当然少不了著名的烤全羊。羊烤好了，头上系着红丝带。这时，主人要求客人当中，推荐一名代表，作为客人当中的"王爷"，全权代表宾客说话，并且要手持尖刀，在烤全羊上率先切下烤肉吃，烤全羊才可以端上宴席。不知何故，我就这么被同行的几十人一致推选为"王爷"。这"王爷"可不好当，先是蒙古族姑娘唱歌献酒，唱一支喝一杯，我已连饮三杯。再这样喝下去，我非大醉不可。急中生智，我说，我唱一首歌，献歌的姑娘也要喝一杯。

这一招真奏效，姑娘落荒而逃。其实，我不会唱歌。

烤全羊由厨师分拆开，端上宴席。这是我第一次吃烤全羊，色泽黄红、油亮，入口之后，感觉皮脆肉嫩，肥而不腻，不愧是草原佳肴。

烤全羊吃完之后，通湖草原举行了篝火晚会。通湖草原聚集了全国各地的旅行者，他们纷纷来到广场。草原的主人们理所当然准备了精彩的歌舞节目。最后，在熊熊的篝火中，所有人都加入欢快的舞蹈里，陶醉在飘香的奶茶、豪迈的酒歌、熊熊的篝火、悠扬的马头琴声中。

从沙坡头到通湖草原，从沙漠到草原，从宁夏到内蒙古。一天游两省，感受回族文化，体验蒙古族风情。穿越腾格里沙漠来到通湖草原，远离城市的喧嚣，任思绪在天高地广的草原上自由地遨游，抑或以天地间唯我独存的方式狂吼几声，那也是今生无比的爽快和惬意。

第九章

银坑村移民史——『鬼村』的伤痕

◎ 关于银坑

银坑是个偏僻的小村庄。来到银坑之前，我并不知道这里曾经发生过令人恐怖的事件。我到惠州之后，市移民办安置科的戴少奇科长对我说："我带你去银坑看看吧。那个水库移民村，是所有移民村当中最令人揪心的一个。"我问，发生过什么事吗？戴科长欲言又止。想了一下，并不回答，只说，去银坑看看就知道了。

我很喜欢"银坑"这个地名。随手翻开地图，我一下子能找到五六个叫银坑的地方。说明很多人都喜欢。银坑的原始含义，多因当地富含银沙而得名。此外"银坑"二字能给人们带来的，是吉祥如意、和气生财的美好愿望。我问戴科长，这里的银坑，是不是也有什么来历？莫非这里过去是什么银矿？

几十年来，戴科长一直做惠州的水库移民工作。成天和移民们打交道，心中有本活地图，哪里有移民村，哪里有移民点，在他心里一清二楚。戴科长苦笑了一下，说这里不光产银，还产"金"呢。

我说很好啊，这里的村民岂不是坐在金山银山上？

我不过是句轻轻的调侃。奇怪的是，车上陪同的几个人，都一下子变得沉默不语。其中还有惠州移民办安置科的两位漂亮女士，刚才还有说有笑的，现在面色一下子变得很严肃。

我后来才知道，我当时说那样的话是多么不合时宜。我在银坑采访了十几个水库移民，从他们断断续续的叙述中，我才知道了一个惊天的恐怖事件。他们死里逃生，惊魂未定。

昔日所谓的"银坑"，哪里是什么金山银山，哪里是什么吉祥如意和气生财，原来是一座令人毛骨悚然的"鬼村"。

◎ 银坑的地理

银坑，是个自然村，位于惠州市惠阳区淡水镇东面，现属于淡水镇新桥管理区。这里距淡水镇并不是太远，十几里路就到了。新桥村东面与沙田镇桔子浪交界，南面临大亚湾，西面与东华村为邻，北面通古屋村，辖区总面积约7平方公里，耕地面积约3000亩，下辖22个自然村小组。银坑只是新桥村的一个自然村小组。2006年，银坑村整体搬迁到常春新村时，共有村民120多户。

老村长刘运麟回忆（根据录音整理）：

虽然银坑村距离惠州城不远，但地广人稀，平常也没

⊖ 老村长刘运麟回忆起那个可怕的"鬼村"，仍心有余悸

　　什么人来，显得特别冷清。当初，也就是1980年、1981年，我们迁移到这里时，感觉还不错。主要是这里没什么山地，有很多水田。大伙挺高兴的。有水田，吃饭就不成问题。还有，到城里也方便。骑自行车，十几分钟就能进城。

　　还有，我们这里的地下有泉水，不停往上冒。村里人洗衣洗菜什么的，都挺方便。我们一村人，也就百来户人家，都是同村的人，一起移民过来的，身在异乡，都知道要相互团结。邻里之间，几乎没有什么矛盾。家家户户除了水田里的生产，村里的旱地上也都种上蔬菜，自给自足，反正，已经开始过上温饱的生活了。

　　你问我移民与当地人之间的关系？

　　怎么说呢，这里四周，很少有人住，那就谈不上什么关系了。我当时很

Θ　银坑村废弃的房子

奇怪，为什么这里没有当地人居住呢？有田有地，为什么没人来种？这个问题，自从我搬来之后，经常会想。可就是想不明白。

我们正式搬迁到银坑来，是在1981年。我们从惠东搬来的时候，全村有550号人。到现在有30多年了。我们这个不起眼的小村庄，在这30多年里，就像惹了鬼一样，现在，出嫁的不算，只剩下480多号人。

在刘村长缓缓的叙述中，我特别注意到了一个数字。当初全村550多号人，短短的30年间，生生不息，按理说村里的人数，只有壮大，虽说也有外出或出嫁，怎么会少了60多人呢？

我问刘村长：这60多人哪里去了？

刘村长不动声色地说了三个字：全没了。

我头皮发麻，浑身打了一个寒战。

◎ 新庵公社·我们家乡好地方

事情要从头说起。银坑村的这400多个水库移民，全部来自惠东的白盆珠水库库区。他们原来生活的地方，在惠东县新庵公社高布大队。现在，这片土地已经沉入湖底。我们唯一可以看到的，是水库边还残留着一些村庄的墙基。从那些墙基可以看出当年房屋的布局。1980年之前的新庵公社高布大队，虽然很贫穷，但房屋还是建得有模有样。在惠阳采访移民时，他们对故土的怀念溢于言表。

惠阳理工职业学校教师刘仁宝回忆（根据录音整理）：

移民之前，我家住在惠东县新安大队。我是客家人。我们那个村大部分人都是客家人。水库移民之前，我们住的房子，很多都是围屋。那种围屋，只有我们客家人才有。所谓"上五下五"。很多人没听说过"上五下五"，其实就是指客家民居的一种形式。其基本结构是这样的——

　　在围墙内的空地上分别建造两排距离相等、横竖一致，每排各五间泥砖木质瓦房，每间瓦房均为"上五下五"。所谓"上五下五"即在中轴线上分上厅和下厅，中间隔有天井，上下厅的左右，各设两间住房，天井两侧各建一个厢房。实际上每间"上五下五"结构的房子，就包括有上厅，下厅，上四房，下四房，一个天井和两间厢房。

　　一般情况下，客家围屋前必有一个半月形小池塘，以备水饮用和灭火。可是我们那里却没有。这是什么原因呢？据当地老人介绍说，在很多年前，有条小河正好从围屋的前边流过。也就是20米左右。后来不知什么原因，河流改道，河流像长了脚似的，离我们村子越来越远。与老屋的距离，竟有了两三里路那么远。

　　以前，围屋里面没有水井。我们吃水都是门前小河里的水。后来我们吃水就很困难，要到越来越远的那条小河里去挑水。老人们开始沉默不语。后来，不知是谁传出消息，那条河原是保佑村子的一条小龙。龙走了，绝不是个好兆头，一定会有什么大事发生。

　　后来，村里人觉得挑水吃太辛苦，就在村边挖井。结果，刚把井挖好，就传来消息，这里要修建水库，全村要搬迁。一语成谶。老人们说，挖井挖坏了，挖断了村里的龙脉。

　　再后来，政府说要搬，就真的搬了。那些围屋全部拆散。能带走的，只是些木料。如果你去白盆珠水库边旅行，一定还能看到许多围屋的遗迹，有很多一半在水里，一半在岸上。

　　当然，惠东的客家围屋也不止这些。如果你来惠东，还可以看到许多客家围屋，比如多祝镇就拥有像皇思扬村、田坑村等一批保存较完好的客家围屋群。这些围屋，一直"养在深山人未识"，我相信以后一定会有人发现的。

惠州市民俗学家刘本禹（根据录音整理）：

　　惠东当然是好地方了。其实，不止你所说的新庵那些地方，整个惠东地区的民俗内容都很丰富。我再说个惠东著名的待客之礼：咸茶。这个你一定没有听过。新庵那一带最常见。

惠东县客家地区的人，都喜欢用咸茶招待客人。除了本地人，很少有人吃过这种咸茶，风味很独特。独特的风味，必然有独特的做法。

先说用料。咸茶的主要原料是爆米。用饭干炒，也可用爆米花。配料则有红豆、黄豆、乌豆、花生、芝麻、胡椒、小茴、香菜、茶叶等。豆类可多可少，也可用其他豆类代替，如蚕豆、豌豆等。而花生、芝麻、香菜则不可少。花生炒熟，捣碎。

再说煮茶。先将爆米及豆类煮熟，开始煮时，要放入适当的盐。待差不多煮好时，再和上芝麻、胡椒、小茴、香菜和少许茶叶等配料。然后放入花生粉、油麻、香菜，也可放入少许胡椒粉、茶叶，将味道调好，这样，咸茶便制成了。除此之外，还有另一种制法，称为泡茶，将爆米、花生粉、麻油和香菜同时放入碗里，再加少许食盐，冲入开水即成。

惠东客家人除以此咸茶待客之外，遇到吉庆红白事，皆用咸茶。例如，媳妇生了孩子，主人家在第三天，一定要煮一桶咸茶，宴请亲朋邻里。此谓"三朝茶"；孩子满月时，又煮"满月茶"；建新屋上梁，要煮"上梁茶"；住进新屋，要煮"居茶"；男女婚事议定后，姑娘的母亲第一次到男方家里，男方要请"亲家茶"等等。

据《惠东文史》记载，"咸茶，食之容易消化吸收，对人体具有和胃、健脾之功效，能充分发挥各种食物蛋白质的互补作用"。

凡饮过咸茶的人，都觉得这茶吃起来很亲切，也很随和，再陌生的人，也在这咸茶中消除了隔阂。为什么会有这种感觉呢，因为这种咸茶既可当茶饮，又可当饭吃。所以，惠东人叫吃茶，而不是喝茶。

教师刘照国回忆（白盆珠水库移民）：

白盆珠原来不叫这个名。原名叫白朦珠，因为该地四面环山，中间为盆地，远看像个聚宝盆。1958年才改称白盆珠。你看看，这么好的名字，谁不喜欢啊，吉祥啊。我们心里喜欢，村里的老人们更是说改得好。公社化时，白盆珠属新庵公社管辖，1983年废社设区，从新庵公社分出，改名双金区，

1987年撤区建镇时，新成立白盆珠镇。圩镇紧挨白盆珠水库下面，傍依西枝江。

我们那地方有许多西枝江的支流，本来就是个聚宝盆，物产十分丰富。因为环境好，有得天独厚的生态环境，光是鱼类就有很多。除了四大家鱼外，还有鲇鱼、坑鳗、娃娃鱼、甲鱼、桂花鱼等各种鱼类。你没尝过西枝江的桂花鱼，嫩滑嫩滑的，鲜美无比。只是现在吃不到了。

打工者刘巍回忆（白盆珠水库移民）：

我在新庵高布的时候，年龄还小，也就是十二三岁吧。你问我对那里还有什么记忆？说实话，多年来的打工生活，我已经忘了。我一直没回去过。只有我父亲偶尔回去两次，我不知道他回去做什么。望着一湖水发呆。

你问我的印象，实在想不起来了。不过，我记得村里有眼温泉。对，现在城里人不是时髦洗温泉浴吗，我从小就洗温泉，你说我是不是很幸福。要

⊖　银坑村废弃的房子

我说对新庵的记忆，只剩下那眼温泉了。

我们村的男女，一年四季都用温泉洗澡。大家很爱护。逢单日是男人去洗，双日女人洗。我们村的人从来不生病，你说奇怪不奇怪？还有，我们村里的女孩，都长得水灵，一个比一个漂亮。我曾经爱上了一个女孩，我一直暗恋她。有一天，我突发奇想，我想跟踪她。谁知，我怎么也没等到她。好多天之后，我得知，她家早已搬到惠阳去了。

现在想起来，我们一村的人没有病，没有痛，身体健康，一定和那个温泉有关。后来，水库淹了。那眼温泉，就沉在湖底，永远消失了（刘巍以手拭泪）。

【作者手记】

我在惠东县，还采访了许多从新庵公社迁移出去的人。他们当中，有作家，有医生，也有伙夫与打工者。很多人回忆起被淹没在白盆珠水库库底的故乡时，常常泣不成声。白盆珠库区淹没耕地2.34万亩（其中水田1.84万亩），迁移人口2.13万人。其中，有的开始了他乡的移民安置点生活，还有相当多的一部分人在外漂泊，至今都没有回去过。不是不想回去，是因为回去之后什么也看不到，只剩下一湖清水。那种感觉，恍如隔世。

◎ 西枝江·故土难离

白盆珠水库在惠东县城东北34公里处。东江流域中上游，已建成的大型水库有三座，分别是位于支流新丰江的新丰江水库、位于贝岭水和寻邬水汇合口处的枫树坝水库，还有就是白盆珠水库。

根据《惠东县志》提供的资料，西枝江常常泛滥，直接威胁到惠东、惠阳、惠州市人民的生命财产安全，还有一个平潭的军用机场。这是国家决定治理西枝江的主要原因。《广东省自然灾害史料》里，关于西枝江历代洪灾、旱灾的记载，比比皆是。新中国成立后，县志中有这样一段记载（1979年）：

1979年9月25日，西枝江遭遇150年一遇特大洪水，正在建设中的西枝江水利枢纽工程最高洪水位47.4米。此次洪水冲损了一批施工设施，损失达90多万元。

9月22日～25日，惠东县遭遇"79·13号"强台风和"9·25"特大洪水的袭击。平均风力10级，阵风大于12级140米/秒，日降雨量490.3毫米，过程降水779.1毫米。

22日～23日，下特大暴雨，两天降雨量800多毫米。暴雨中心地区山洪暴发，酿成惠东县历史上罕见的特大洪灾。西枝江平山（县城所在地）水位达24.45高程，洪峰流量7200立方米，水位平均每小时上涨24厘米，最大幅度时速为62厘米/时。

9月24日深夜，多祝陈湖村因山洪暴发，致使聚居当地的畲族同胞21人被山泥掩埋遇难。

9月26日～27日，省里派飞机20多架（次）空投炒米、饼干等食物，救济被洪水围困的灾民。

全县有8个公社被淹成汪洋大海，受灾人口12.99万人，共计死亡120人，其中有3户全家遇难，共19人；受伤905人，倒塌房屋2049间。崩缺口海堤11处、长9015米，冲毁堤围135处、长3114米，损土石89529立方米，毁坏盐田面积69000公亩，溶盐1450吨。

惠阳在历史上一直受到东江和西枝江的浸扰。尤其在新中国成立前，惠阳人民一直生活在水深火热之中。被誉为"东江骄子"的革命先烈阮啸仙，在他撰写的《惠阳经济调查》中，对民国时期惠阳人民的苦难生活做了详细的调查，记下了他们的苦难史——

他们生活非常艰苦，衣服不完，最好的如自耕农亦不过到了过新年的时候，做一件粗的土布衫撑持一下面子。居住多属几百年遗下的秃墙破屋，还有编茅为屋的。至食料则以薯芋为主，每年逢时节或什么喜庆的事，或有三五餐真的米饭作食……普通佃农生活统计：每家约5人，最多能耕二石种

（折合16.66亩）的田；每石种的肥料25元，谷种10元；犁耙、铁搭、蓑衣、禾镰、笠帽、箩筐(添置或修理)5元；牛租5元等，以上约支出45元。每石种的租谷(纳给田主)要2500斤（折合1250公斤），每石种的田可收获3500斤（1750公斤），每百斤谷值时价4元，每石种除纳租外可得谷1000斤，值银40元，出入相抵不敷5元……所有蒙馆（私塾学校）多是自耕农起而提倡设立，佃农们就低头不敢说了。因此，各农村粗能写字仅得3%而已。

当然，造成新中国成立前农村生活困难的还有水利设施差等其他原因，因为当时全县仅有几条高1~2米的防洪堤围。故"频岁告淹"，"民以艰食"，惠阳成为历史上有名的洪灾区。

白盆珠水库又名西枝江水利枢纽工程，位于珠江水系东江流域第二大支流西枝江中上游的惠东县、白盆珠镇白盆珠村的峡谷处。水库工程始建于1957年12月底。

工程于"大跃进"年代的1958年年底动工，几经周折，历经了下马、复建，再下马、再复建多次反复，总历时达28年之久，几经反复，历尽艰辛，至1987年12月竣工验收后，交付管理单位——广东省惠阳地区白盆珠水库工程管理局使用。

白盆珠水库移民安置材料（由惠州市移民办提供）：

白盆珠水库移民搬迁从1978年开始，1986年结束。安置到惠阳区（现惠州市辖区）的移民有3851户21338人（其中居民190户1057人，农业户3661户20281人）。安置在全区21个镇、72个村民委员会、160个村民小组。其中：惠东县安置2557户14140人（含居民186户1025人）；惠阳市安置637户3508人（含居民2户19人）；惠州市（后改为惠城区）安置412户2285人（含居民2户13人）。

移民安置共完成复建房屋40万平方米、人均18平方米，共征用给移民耕地23400多亩、人均1亩多，山地10万亩、人均4.6亩。同时还兴建了一批生产、生活和交通、卫生、学校等公共设施，初步解决了主要生产资料问题。

银坑村的100多户人家，就是被政府安置在惠阳区的那637户移民当中的一部分。

当初，他们拖家带口、扶老携幼从新庵来到银坑的时候，也许没有多少崇高的想法。他们所想到的是国家修建水库，防洪灌溉发电，都是为人民服务的大好事。国家要求搬迁，那也是无话可说。可是，自己祖辈栖息的家园，故土难离，有些想法，也很正常。因为他们不知道将去向哪里，新家园位在何方？

1979年秋天的一天，新庵公社召集所有大队的大队长开会，传达上级文件，落实惠东县革委会《关于白盆珠水库移民安置若干具体问题的规定》的55号文件，开始了水库移民搬迁的宣传与准备。高布大队也去了人。然后是一层一级传达。高布大队的干部回来后，继续开生产队会和社员代表大会。当时的高布大队，共有五个小队。事实上多数人不愿意搬迁。高布这里有熟悉的环境，祖祖辈辈生活于此。此外，这里还有山林、果树、竹子、鱼塘、祖坟、金斗（当地习俗，是指人去世后，家属将逝者遗骨装瓮另葬）等。

白盆珠水库需要淹没情况（惠东县移民办提供材料）：

白盆珠水库位于广东省东江支流的西枝江上游。最大库容为12.4亿立方米。设计库内土地征收线为5年一遇洪水，相应坝前水79.7米，移民线为20年一遇洪水线81.9米。按20年一遇洪水的回水影响，库区淹没及受影响的有新庵公社大部分包括公社所在地的圩镇和高沅、宝口公社小部分，共有14个大队，400多个生产队，3915户，20022人（包括递增到1982年的人口）。受影响的（即淹了部分土地而不淹房屋，或淹了部分房屋不淹土地）16个生产队，2048人，还有外出人口3738人。

原高布大队村民刘泽钊回忆（根据录音整理）：

我记得那次几个生产队的干部和社员代表，将近20多个人在大队部开会，一直开到夜里。当时点的是汽油灯。会场上很沉闷，只听见汽油灯嗞嗞响。你们没有见过汽油灯是什么样子吧。外形和马灯差不多，但要大得多。汽油灯烧的是煤油，而不是汽油。使用时，要向底座的油壶里打气，以便产生一定的压力，使煤油能从油壶上方的灯嘴处喷出。汽灯没有灯芯，它的灯头就是套在灯嘴上的一个石棉做的纱罩。汽灯由于是汽化燃烧的原因，照射出来的灯光是白晃晃的，亮度非常高。普通家庭用不起。六七十年代，通常是夜里大队召开全村群众大会的时候才用。

以前说故土难离，没什么感觉。因为有故土在，还可以回来。现在可不是。我们如果离开，就没有了故土，一辈子回不来了。说实话，当时整个村里都是一片愁云。为了国家，舍弃小家，道理大家都懂，多数人也是能接受的，可是我们将移民到哪里去呢，新地方谁也没见过。当时，新庵公社和大队部都曾派了代表，前往移民点查看，听说银坑那地方很荒，周围也没什么人。大伙心里就更不愿意去了。

尽管多数村民不愿意离开故土，可在那样的大环境与大背景之下，纯朴的新庵人还是听从了政府的话。他们相信政府会给他们一个安稳的新家，会给他们带来一片崭新的天地。

为保证完成水库移民这一艰巨任务，惠东县成立了县、社、队各级办事机构。在各级党委（支部）的统一领导下进行工作。根据工作需要，惠东县移民办设立了相应的部门：

人秘组：专门管理行政事务、文书档案、人事秘书、审批协议，随时掌握情况，完成领导交办任务。

财会组：统管移民经费，调拨使用资金，帮助社队执行用款计划，保证移民经费专款专用。

物资组：采购移民所需物资，按计划调拨供应。同时做好保管工作。

基建组：帮助指导移民建房，调查设计水利、公路、桥梁等工程项目，检查督促实施。

安置组：在库区内配合公社、大队做好宣传教育和组织发动工作，在库区外协助公社、大队搞好安置的规划，解决好点上的具体问题，组织和带领移民代表看点定点。

公社移民办不设组，但各项工作有专人负责。除领导外，一般设有业务员、财会员、施工员、保管员、采购员等。

另外，有接受安置的大队，有一名专管员负责。惠东新庵公社高布大队的这部分水库移民，即将前往的安置点，是惠阳县淡水公社新桥大队。根据大队里前去探访的人员回来说，那地方总感觉荒凉了些。但地还是有的。如果去了，生产队都能有土地耕种。有土地还怕什么呢？

◎ 千山万水，不如淡水

从新庵公社到淡水公社，大约130里路。如果是今天的高速路，一个多小时就到了。在当时是个什么概念呢，骑自行车，也要四五个小时才能到。凭良心说，这点路程即使在当时，也并不算很遥远。如果和其他库区的移民相比，白盆珠水库移民确实是幸福多了。惠东县宣传部门强有力的宣传攻势，终于看到了实效。白盆珠库区的移民们决定舍小家为大家，毅然踏上迁徙的路程。他们拖儿带女，扶老携幼前往一个叫淡水公社新桥大队的地方——银坑生产队。

白盆珠水库移民刘亦峰（今常春新村村民小组长）**回忆：**

千山万水，不如淡水。当初移民干部这样告诉我们。淡水公社真的是那么好吗？移民干部没有对惠阳淡水公社做过多的描绘，但这句"千山万水，不如淡水"，却是一句顶一万句，给了我们比任何描绘还丰富的联想。

我们这个村，是1980年冬天开始确定到淡水移民点的。1981年开始了正式的搬迁。我们离开村子的那天上午，村子里很热闹。虽然说故土难离，可是那么多人聚集在一起，前往一个陌生的地方，感情上就有了一种新鲜感和对新生活的一种向往。大家吵吵嚷嚷，多少显示出如同出门旅行时的一种兴奋。只有村里的老人们，默然不语。

不知为什么，天忽然下起了大雨。可是，房屋已经拆了，我们已无家可归。一些老人们老泪纵横，从他们仰望天空异样的眼神，我似乎明白他们不愿意在这样的天气离开。但是一切如离弦之箭，想缩回来已无可能。我们上了县里派来的汽车。村里的很多人都没坐过汽车。他们一上车，对故乡离别的愁绪很快被嘟嘟响的汽车声所代替。他们都相信，这么先进的车子，将会带领他们走向天堂一样的地方。银坑。这名字多好啊。白盆珠落银坑，各得其所，是个好兆头！

然而，谁能想到，等待他们的不是天堂，竟是一处令人毛骨悚然的地方。在此后的25年间，移民到淡水公社新桥大队银坑生产队的很多人，包括许多年轻壮实的小伙子，甚至，一些刚刚出生不久的幼儿，相继走上了一条不归路……

就这样，全村100多户人家，陆陆续续从惠东新庵公社高布大队，搬迁到惠阳淡水公社新桥大队银坑生产队。在当地政府和移民办的帮助下，高布人转换成了银坑人。

但是，房子还是要自己想办法筹建的。政府给予一定的补助金。1981年，政府按照每平方米补助65元。材料呢，自己去找。也划分了土地给银坑生产队，兑现了承诺。

虽然是泥砖房，总算有处遮风避雨的地方；虽然划分到的是一片贫瘠的土地，没关系，新庵人一直以勤劳著称，只要勤于耕作，汗水不会白流，总会等到丰收的时候。既来之，则安之，虽然他们现在的身份很特殊，是水库移民，但不管怎么说，他们现在是银坑村这片土地上的主人，这一点已毋庸置疑。

事实上也是这样。1980年9月，中共中央发出当时著名的75号文件，对包产到户的形式予以肯定。大包干，大包干，直来直去不拐弯，交够国家的，留足集体的，剩下全是自己的。

包产到户之前，生产队里每个劳动日不到8分钱。由于"包产到户"从根本上打破了农业生产经营和分配上的"大锅饭"，使农民有了真正的自主权，因此受到中国各地农民的广泛欢迎。到1981年，家庭联产承包责任制已经在中国农村绝大部分地区推广。农村包产到户的改革开放春风，也吹到了淡水公社——后改成了淡水镇新桥管理区银坑村。移民们开始发展多种经营，并迅速摘掉贫困落后的帽子，逐步走上富裕的道路。

原银坑村水库移民刘继禹回忆（根据录音整理）：

　　包产到户，真是个好想法。以前，我们生产队也是半死不活的一种劳动。干好干坏一个样，干多干少一个样。干活没有积极性。以前我们种了几十亩甘蔗，每亩产量不到1吨。后来呢，搞了包产到户，每亩产量可以达到7吨半。这么一搞，原来年年甘蔗长得稀稀落落、瘦弱弯曲，一下子变成长得粗壮整齐，你说说，包产到户多么神奇。

　　那时，我们家五口人。分到手的土地，八分水田，两分旱地，平均每人一亩地。山地没有分，属集体所有。从此，我们银坑村的移民，已经能解决温饱问题。后来，我们改种水稻。年年稻花香，稻子丰产，我们心里开始相信那句话："千山万水，不如淡水。"好像真的是这样。

◎ 被诅咒的村庄

　　当初，我们都想，把白盆珠搬到银坑，也算是锦上添花。就在银坑村的百姓们从温饱开始奔赴小康的过程中，有人体力不支，开始掉队。大约从1990年开始，银坑村的村民中，常有人觉得身体不舒服。农村人，都是以务农为生，干的都是体力活，吃得多，干得多，身体应该是很强壮结实的。即使是偶有不适，都以为是伤风感冒之类，喝喝凉茶，很快就会好起来的。

常春新村村民小组长刘亦锋回忆（根据录音整理）：

　　那时，谁也没在意（生病）。人食五谷，哪有不生病的。一般来说，躺在家里，休息几天，都能扛过去。再不行，到淡水镇的凉茶铺里喝几杯凉茶，基本可以收到立竿见影的效果，很快能康复。

　　记得村里有个叫刘三的人，在家躺了两天，没见好，就到淡水镇去了。好在路不远，骑个车也很方便。说是去喝凉茶。当时谁也没有在意。但是，过了几天，村里人没见到刘三回来。一问他的家人，才知道，刘三住到淡水镇医院去了。

　　村里人虽然吃惊不小，但也没往深处去想。只是有疑问，壮壮实实的刘三，怎么会住院呢，生的什么病啊？刘三家人没回答，只说医院正在检查，应该没什么大不了的。

再后来，村里人就很长时间没见到刘三。问他家人，说还在住院。村里人很奇怪，住院哪有住那么长时间的？都快两个月了。村里人对刘三不放心，都到淡水医院去看他，不去不知道，一去吓一跳，已经认不出刘三。刘三已经瘦成皮包骨头，完全没了人形。大家都急切地问刘三妻子到底是怎么回事。他妻子说，医院没查出来是什么病。

再后来，村里人得到消息，刘三永远走了。

虽说生老病死是生命常态，但刘三还年轻啊，才40岁左右，他还有很多大好的时光没过完啊。刘三的离去，村里多数人想，也许是个案吧。村里人都去帮助刘三的妻子处理刘三后事。家中的田，也有人帮助种。总之，我们银坑村人，是很团结的。因为都是水库移民，我们不团结，就没人帮我们。

大家都以为，刘三的离去，虽然给大家落下了某种悲哀的情绪，可日子还得照旧过下去。大家力所能及帮助刘三的妻子和孩子，生活又重新走上了各自的轨道。

然而，事情并没有结束。更可怕的事还在后面。

我无法想象刘亦锋所说的"更可怕的事"是指什么。这年头网上的恐怖电影很多，很难有特别感观刺激的了。唯一不同的是，电影毕竟是电影，一些电影人凑在一起，弄些玄虚，没事找事做地把大伙糊弄一下，也就完事了。

可现在却是活生生的现实。历史的洪流已经进入了现代社会，我想象不出这里还会有什么更可怕的事。唯一有可能的，会不会是出现了黑社会？刘亦锋摇摇头说，黑社会倒不可怕。有党和政府，怕什么。

我一听，更加疑惑了。刘亦锋接着说——

刘三离世之后，不到两个月，村里又有人生病，住院。此人名叫刘庄生。当时，大家也没太注意。乡下人生个病住个院，没什么奇怪。

然而，就在大家并没有把刘庄生住院当回事的时候，医院传来消息，刘庄生已不治身亡。

消息传到村里，大伙惊呆了。为什么？此人才30多岁。而且是和刘三的病一样，是个怪病，医院查不出来。又没钱到大城市去看，就放弃治疗。

这一回，村里人都把矛头对准了刘庄生的老婆韩氏。为什么？因为她放弃治疗，把刘庄生的命送掉了。

韩氏在村里平时不怎么说话，现在，被村里人指责，几乎抬不起头来。最后，不知道是不是真的觉得自己错了，还是受不了村里人的冷眼，她打起包袱，一气之下回了娘家。

大家都以为，生老病死，也没什么好说的。只是，怎么离去的两个都是年轻人呢？这才是让村里人弄不明白的地方。

这下，村子里该安宁了吧？没有。

不久，村民钱桂兰身体出现了和刘三、刘庄生同样的症状。这回，钱桂兰的老公吸取了刘庄生的教训，直接把病人送到了惠州市人民医院。毕竟是大医院，很快，钱桂兰的病查出来了，癌症。终于不治。离世。

消息传到了银坑村，联想到刘三、刘庄生相同的症状，短短的一年时间里，就相继有三个年轻人离世，村民们不寒而栗！

从此，银坑村就像被上了一道魔咒一样，开始变得不安起来。村里一有人生病，马上就会变得恐惧，害怕那种恐怖的魔咒降落到自己身上。然而，命运就好像故意和你作对一样，你越是害怕，那种怪病还真的就来了。

有时，一年当中，就有五六个人得病，基本上没有生还的可能。就这样，整个银坑村，被一种非常恐怖的阴云笼罩着，人心惶惶。村里人就是想不明白，平日里，大家都是循规蹈矩，从没做什么出格的事，也没得罪过哪路神仙啊。

我采访刘亦锋的时候，是在他的家里。他缓缓地说，我静静地录音，不想打断他的叙述。只是，我越来越有一种浑身发冷、头皮发麻的感觉。他怎么像在说一个恐怖故事？也许，刘亦锋看到了我的某种不安，停了一下，对我说，你以为我在说故事吗？不是。事实就是如此。刘亦锋接着说——

村里的老人们开始传言，我们是从新庵公社来的，我们原来住在那里，什么事也没有，为什么，因为我们有佛祖保佑。现在，我们远离新庵，来到这里，也没修什么庙，佛祖怎么会保佑我们呢？

老人们的这个说法，马上得到了几乎是全村人的认同。这不是迷信。因为我们家乡新庵，还真的就有一座千年古刹，名叫西来庵。这在我们当地是赫赫有名的佛教圣地。众生求子问财，无不灵验。佛祖显灵，信奉者无数，有时，连广州、惠州城里的人，都到西来庵烧香供佛呢。

这么一想，似乎有点道理。银坑村的人，只要家里一有人生病，不是马上去医院，因为他们对医院不太相信了。失去信心之后，唯一的求生希望，寄托在神灵身上。于是，村中前往西来庵烧香的人，络绎不绝。

你问后来有没有灵验？你说这世上哪有什么神仙的事。神佛不过是人自己想出来的，自欺欺人而已。村里的人，不管是有病的，没病的，都想去烧香拜佛，求菩萨保佑。结果呢，非但菩萨没有保佑，因为病人不去医院，耽误了治疗时间，到1990年前后，将近10年的时间，银坑村查明原因或没有查明原因的死亡人数，达30多人，且其中许多人是青壮年，男女都有。

一时间，银坑村里人心惶惶，都不知道这个村子怎么了，就像有一个看不见的魔鬼，它随时可以进村，只要一伸手，就能随便拉个人进阎王殿，而且，特别喜欢年轻人。

不知何时，村里开始流行一则传闻。说有人去问过附近村庄的村民，得出的结论是，银坑这里，在过去，原有个张姓的大户人家住在附近。银坑呢，则是那个张氏人家的祖坟地。大约是1938年冬，日本军由于其他地方兵力不足，从所占领的淡水、惠州、博罗等地撤退调防。离开淡水的时候，对银坑村张家进行了疯狂的洗劫，一家几十口人，男的被斩，女的被凌侮。最后一把火，烧了村庄。

后来，有人说这里阴气很重，就一直没什么人来居住过，成了荒野。

我们村是个小村庄，与外界接触不多。出了那么多的事，再加上这个故事说得有鼻子有眼，没法叫人不相信。最起码，全村的一大半人都相信，相信了，也就有了行动。村里人集体凑钱，买了一头大肥猪，在村边的一处荒地上，设了祭坛。如此这般，折腾了整整一天。当然，还有很多村民家里，请了道士，贴了纸符，整个村里是一片古怪与恐慌。

你问有没有好转？设祭坛，这本来就是个无稽之谈，怎么可能有好转呢？非但如此，那种可怕的魔咒，好像越咒越紧——村里不断有年轻人生病，然后不治而亡。村民们已无心生产，惶惶不可终日。

这噩梦般的日子，还仅仅是移民们来到银坑之后的10年间所发生的事。噩梦还远远没有结束。魔鬼对银坑村人变本加厉的折磨，还在后头。银坑村开始有了一个恐怖的名字："鬼村"。

◎ "鬼村"——村民说

说到这里，刘亦锋停了一下。他望着我说，你也在别的地方采访过许多水库移民，可是，一定没有哪个移民点有我们这个村这么让人恐怖。很多情况下，多数移民的情况大同小异，如离家，迁徙，白手起家，等等。但是像我们银坑村这样，由银坑村变成了"鬼村"，那是给人一个天堂，一个地狱的感觉，而且开始远近闻名，谁也不敢到这里来了，哪里还谈什么发展生产招商引资。就像一团浓厚的乌云，黑压压的让人窒息，喘不过气来，乌云把整个银坑村的天空都遮住了。村民们的眼睛里满是惊恐与不安。当时的"鬼村"悲惨到什么样子，我说给你听听——

常春新村村民小组长刘亦锋回忆（根据录音整理）：

从惠东新庵搬来的前10年间，死亡30人。这么多人当中，多数人死因不清。这和当时的医疗条件有关。后来的10年，有的村民受不了这种恐惧的折磨，开始外迁，远离银坑村。原来100多户人家的村庄，现在剩下85户，共485人。后来的这10年间，即从1991年到2000年，银坑村共死亡村民51人。其中查明原因的，有31个村民死于癌症，占死亡人数的60.8%，而且相当一部分人是45岁以下的青壮年，甚至少年。

死亡的暴发期，集中在1996～2000年左右。每年都有好几个青壮年离世。那时的银坑村，真可谓"千村薜荔人遗矢，万户萧疏鬼唱歌"，那是真正的人间地狱。村里每隔一段时间就有哀嚎的哭声。银坑村自从惠东新庵搬来之后，似乎从来就没有平静过，多数人家是白发人送黑发人，很多支撑一个家庭的顶梁柱瞬间倒塌，那么，这个家也就基本上完了。女人改嫁，孩子或随身带走，或交给老人。那些哀哭声撕心裂肺。（略停。刘亦锋拭泪。）

我有几个要好的哥儿们。刘潭荣是一个。我们从小在一起长大，一起从新庵移民到银坑来。我们曾经一起外出打工。他的身体很好。后来，我回乡创业，他也跟着我回来，说一起干，他还打算开个饭店什么的。他说，银坑很多地方可以种蔬菜，我们一起做个绿色蔬菜基地，不打农药，不施化肥，只用农家肥。他还在自家的地里种了各种各样的菜，进行试验。他说曾到惠州、惠阳等地做过市场调查，认为做绿色蔬菜，大有市场。他说如果做得好，都有可能供不应求。

我当时也在考虑找什么项目进行创业。经他这么一说，我也动心了，我们还一起去了惠州市农科所，准备请专家技术支持。潭荣对我说，我专门负责管理生产和技术。他呢，专门去跑市场。当时，潭荣雄心勃勃，他的计划是先占领惠阳的市场，然后再向惠州进军。就在我们紧锣密鼓进行创业的时候，忽然有一天，他病倒了。

当时，我就有一种很不好的预感。因为在我们村不能生病。一旦生病，就会条件反射似的让人往坏处想。往往生病的人，大部分走上了不归路。我希望潭荣只是伤风感冒，他的身体那么健壮，我怎么能往坏处去想呢。

我尽量不往坏处去想。可事情的发展，远远出乎我的预料。1996年，潭荣没挺过三个月，就永远地走了。那年他才36岁。36岁啊，正是人生的黄金时光，假如不死，我相信凭他的坚强和毅力，做绿色蔬菜的理想，肯定能实现。可是，他就这样走了。留下了年轻的老婆和两个幼小的儿子。这一家三口，没了顶梁柱，这往后的日子，该怎么过？（略停。刘亦锋拭泪。）

刘百宏的一家更惨。简直是惨得有些离奇、骇人听闻！

也是在1996年，刘百宏37岁。刘百宏家里，原来有父亲，老婆，一个女儿，三个儿子。最先离世的，是他的父亲，死于癌症。紧接着，他的女儿也去世了。才10岁啊，花朵还没来得及开放就谢了。再接着，刘百宏也没了。就这样，在短短的两年里，这个家庭，三代人，各有一个相继离世。

恐怖气氛笼罩全村。你说这世上还有比这更恐怖的事吗？

有人会问，一家三代人同患癌症，会不会是家族有遗传病史。我可以肯定地说，完全没有遗传原因。因为，刘百宏与他的父亲之间，没有血缘关系。刘百宏是抱养的，不可能是家族病史。

不光是人。村民们养的鸡鸭，也出现了不正常现象。有的鸡鸭就像得了软骨病一样，走路都走不稳。然后很快就死亡。

你可能要问，村里那么多的人遭到厄运，我家里情况怎么样？

我家也没那么走运。我的一个侄女，还没上学，就离世了……（刘亦锋流泪，哽咽不能语。采访暂停。）

◎ 拯救

就在银坑村的百姓快要陷入绝望的时候，大约从2000年开始，银坑村的几个党员、村长、副村长等，开始向各级政府报告银坑村出现的大规模不正常死亡情况。

当时银坑村的村长是赖佛钊，副村长刘新华，干部刘运麟等。他们依次向淡水镇政府、惠阳县政府、惠州市政府、广东省政府，包括各级移民办公室，上报了发生在银坑村骇人的恐怖事件，请求政府出面，前往调查事件真相。他们哭诉："你们救救银坑村吧！再不去，一村人就彻底死光了！"

常春新村村民小组长刘亦锋回忆（根据录音整理）：

当时，我还年轻，基本上都是我带着村长和副村长开始了一层一级的上访。

从2000年开始，我们该去的地方都去了。淡水镇，惠阳，惠州，广州。来回也不知跑了多少趟。我相信党和政府，相信发生在银坑村的恐怖事件，最终会水落石出。

很快，我们的上访有了回音。最先来到我们村的，是现任广东省移民工作局的曾建生局长，当时，他是省移民办的副主任。他看到了由惠州移民办呈送给他的《关于银坑移民村发生重大非正常死亡事件的报告》，非常震惊！他以一个优秀共产党员的高度责任心，意识到事态的严重。他立即放下手里的其他工作，在第一时间，火速赶到了我们银坑村。

曾局长来到银坑村之后，看到村里满目疮痍，一片凋零的景象。他挨家挨户进行走访。看到那些被病痛折磨的移民们，这位堂堂汉子，潸然泪下。

后来，曾局长把我们银坑村的异常情况，写成书面文件，以急件形式，火速上报给广东省委、省政府。最后，促成了省委、省政府下达指示，由省移民办牵头，派出由省环保局、省卫生厅组成的专家组，前往银坑村，调查大量村民非正常死亡事件的真相。

专家组来到村里，开始了分头行动。他们先到每个家庭里进行走访，看看村民们的生活习俗和饮食习惯，结果没发现什么异常，大家吃穿用，并无不良习惯。

后来，专家们又到村子周围查看，是不是有什么化工厂之类的企业排污而污染村庄。

这一条也被否定了。因为村子周围，根本没有企业。

【作者手记】

专家们的调查，通过排除法，一项一项进行否定。最后，专家们把所有的目光，都集中在饮用水上。

那么，罪魁祸首，是不是饮用水呢？水，无论从哪方面讲，都是最大的嫌疑了。因为世界上许多怪病，都是由于饮用水被污染而引起的。例如，有一个震惊世界的事例：

1953年，日本南部沿海水俣市，发生了一种可怕的"怪病"，数以千计的患者表现出类似的症状：他们口眼歪斜，四肢不停地抖动，走路东倒西歪，手拿食品无法自行送到嘴里，到嘴的食物难以咀嚼和吞咽，精神迟钝，呆若木鸡。严重者不时有癫痫大发作。短期内死亡百余人，有明显症状申请待诊者，近3000人。

更令人恐慌的是，有一批出生不久的新生儿也发生了这种怪病，他们往往在生下三个月左右就出现了症状，不少孩子因此夭折。成活下来的孩子，大多发育不良，全身肌肉萎缩，骨瘦如柴，在死亡线上挣扎着。

原来，这次轰动全世界的事件，其根源就是水污染。日本专家经过了大约10年的调查研究，"水俣病"的元凶才真相大白。原来，在水俣湾畔，有一家生产氮肥的公司，将含有甲基汞的废水源源不断地排入湾内，污染了湾内的水源，经过食物链的途径，有毒的甲基汞聚集到了鱼、贝的体内，人食用了这些鱼、贝而引起中毒。事隔近半个世纪了，然而这次事件仍令日本人及全世界的人记忆犹新，心有余悸。

那么，银坑村是不是也是这样的情况呢？按照现象来看，水被污染的可能性极大。于是，专家组又对全村的饮用水进行了重点排查。

但是，关于水被污染的猜测，又很快被否定了。

原来，在1989年之前，银坑村人全部吃的是井水。银坑村一共有五口水井。这五口水井分布在村里，没有一定规律。而且，村里人对于水井，很爱护，那是全村人的生活用水，哪能不保护好呢。

另外，医务专家用现代科技手段，对银坑全村人的家族遗传病史进行了详细的调查，也未发现异常情况。

那么，让银坑村变成"鬼村"的真正元凶，到底是什么？

◎ 揭开银坑村的死亡之谜

2002年。经过省专家组长时间的艰苦努力，通过对银坑移民村的环境质量、环境放射性水平、村民健康情况、死亡原因等进行了联合调查，取得了突破性的进展，并最终揭开了银坑村的死亡之谜。

经省专家组实地检测和科学论证，最终确认四大元凶：铅、锌、镉、砷。

原来，在银坑村的耕作土壤和灌溉渠泥土中，铅、锌、镉、砷含量严重超标，不适宜种植作物。银坑村根本不适宜人类居住。

那么，为什么银坑村的土地上，会出现这"四大元凶"？

专家组经过详细调查，弄清了事情的原委。

原来，在距离银坑村不远的地方，有一个小山坡。很多年前，也就是在他们从惠东新庵移民到这里之前，有人在这个山坡上开山炸石，建起了一座矿石厂。后来，因经营不善而倒闭。而那些被炸开的碎矿石，也就没人处理，长年累月暴露在外面。经过若干年的风吹雨淋，矿石中的重金属元素渗入到银坑村村民耕作的土地上。

土壤重金属污染，是一种不可逆的污染过程。重金属污染不仅对粮食作物的生长造成影响，还通过食物链在人体内积聚，引发癌症和其他疾病。

◎ 新生

银坑村移民的悲惨遭遇一经披露，立即引起了社会各界的极大关注。

省专家组的这份关于银坑村事件的调查报告，在最快的时间里，呈送到了当时的广东省委书记李长春同志的办公桌上。李书记看完报告，心情十分沉重。为了白盆珠水库的建设需要，移民们舍弃了自己的家园来到淡水镇，非但没有过上

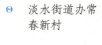
⊖　淡水街道办常
春新村

好日子，却遭到了前所未有的厄运。而这事就发生在我们党领导的土地上，是多么的令人痛心！

李长春书记当机立断在报告上进行了批示。指出，凡在银坑铅锌矿毒区居住的村民："非迁不可，一家不能留！"

【作者后记】

为贯彻和落实省委李长春书记的批示，也为了让银坑村人民摆脱恶魔，由省水库移民部门起草的《银坑村择地重迁实施办法》很快印发。

在银坑村的整体搬迁过程中，省水库移民办围绕着帮助银坑水库移民解决实际困难和问题的原则出发，从主任到科长，多次深入银坑村移民村，了解移民们的需求，召开群众座谈会，认真倾听人民群众的呼声。为从实质上尽快帮助群众解决问题，省移民部门主动承担了组织和落实解决该村问题的责任，并安排在2003年的"一村一策"计划中，拿出专项资金，用于银坑村移民们的搬迁。

按《银坑村择地重迁实施办法》，符合安置条件的移民，每人安排宅基地30平方米，人均建筑面积18平方米。统一设计、统一建设，设计框架结构三层，由政府帮助建好一层，有能力的人家自己加高楼层。

为了安抚银坑村群众的生活，惠阳区和淡水镇政府，每月共拨给银坑村群众生活补助款6万元，从2003年3月开始，每月增至10万元。

2006年1月25日，住在银坑的村民，终于搬离了地狱般恐怖的村子，逃离了多年来缠绕在他们心头的噩梦。

新的水库移民村，距离银坑村约有十来里路，取名为：常春新村。

而恐怖的银坑村，则永远消失。

第十章

九道村——饮一瓢水
就是天堂

　　群山静卧，满目的黄土沟壑，梁峁起伏。一些羊肠小道系着西海固零落的村庄。一场大雪刚停不久。虽然下了雪，可西海固特有的干燥仍然可以感觉到，荒原看起来像一条条焦渴的鱼。

　　2009年的12月初，我从南宁赴银川，与摄影师马宏杰和查晓原会合，我们要去的是西海固的腹地——中卫市海原县李旺镇九道村。我们经盐池、中宁，一路南下，过同心，直至海原。

　　"西海固"，最初是宁夏西吉、海原、固原三县的简称。而作为正式地名，首次出现是在1953年，西海固回族自治区成立。那时还属甘肃省，1958年划归宁夏管辖。宁夏产生了八个国家级贫困县，除了西吉、海原、固原之外，还有盐池、同心、隆德、泾源、彭阳。这些贫困县分布在宁夏的中南部，现在，我们所说的"西海固"，已经是一个大范围的概念，主要是指宁夏中部和南部的贫困山区。

　　如今，"西海固"已成为干旱与贫瘠的代名词。早在1972年，联合国粮食开发署确定西海固为最不适宜人类居住的地区。不适宜人类居住的最大原因，就是这里的常年干旱，多数地方年降水量不足300毫米，蒸发量却高达1500～2000毫米。这样的地方，偶尔也能产些粮食。土壤虽然瘠薄，但如果能降点雨，粮食亩产量也能达到百斤左右。若久旱无雨，则颗粒无收。

　　记得10多年前，我就到过西海固数次。去的都是一些很偏远的山寨，固原的寨科乡、西吉的马建乡等。崎岖的山路、满目的荒凉和极度的干旱让我感触颇深，回来后，我说给周围的人听，他们都不相信：喝水有那么难？不会吧。10多年后，再来西海固，我又会有怎样的感受？

傍晚时分，我们来到了九道村。从2008年11月以来，这里持续高温少雨，旱情持续加重。长年的干旱使这里成为西海固极端贫瘠地区，荒原上光秃秃一片。当地有句俗语说得好：在西海固，饮一瓢水就是天堂。

我们在村民罗永志家安顿下来。

◎ 倾巢而出去铲雪

68岁的罗永志一直在这个村子里生活。他刚放羊回来，坐在炕上，满脸疲惫。查晓原带来了许多旧衣物。罗永志接过后，眼里满是感激。他吩咐老伴李金秀给我们倒水。他说，九道村干得要冒烟了。2月下旬和3月上旬只出现了两次小范围降雪。那个雪不管用，落地即化。已持续八个月未出现过一次大降雨了。

李金秀不知从哪里找出几只口杯，不停地用纸擦。然后给我们倒水，每人半杯。我浅尝了半口，又苦又咸，实在难以下咽。我微微皱了下眉头，想想不妥，硬是咽了下去。这细微的动作，还是给李金秀觉察到了。她很抱歉地说，水有点苦，家里又没买糖，不然水里放些糖要好喝些。

罗永志说，他们这里就是旱。苦点累点都不怕，这个"旱"字真是看不见的阎罗王，时刻都会要你的命。西海固的冬季漫长而寒冷，但无法阻止九道村的百姓对于下雪的热切企盼。11月底，一场大雪飘然而至。对于九道村的百姓来说，这是一件惊天动地的大事，家家户户倾巢出动，带着铁锹，箩筐，套上牛车，到荒原上去铲雪。

我们来九道村的那天，仍然看到荒原上有些忙碌的人们。有人用蹦蹦车拉雪，有人用牛车拉雪，装得满满的，每个人脸上都挂着笑意。妇女和孩子们都在幸福地收获着。他们背着满筐的雪，不停地倒进水窖里。一路上都是背雪的人，远远看去，每个人的背上像是背了一朵巨大的玉兰花。

罗永志把一筐筐雪倒进水窖，用他粗糙的手捻着雪，很有把握地说，这窖水，喝到明年都没问题。我看到罗永志眼里闪出一丝光彩，那样子就像在谈他的

女儿有多美丽。他又说，往年这个时候，如果没有下雪，他就要几个孩子带着竹
篓，去远处的山沟里背冰块。家家户户都去找冰。沟底的苦咸水结成冰，最上面
一层，较为纯净，下面的水矿化度太高，不能饮用。就是这样的苦咸水（所谓苦
咸水，就是野沟里的脏水），也不是每条沟壑里都有的。所以，还要按先后次序
排队取冰。

在西海固，你可以听到许多与水有关的名字：水娃，泉有，海波，大江。
地名呢，越是干旱的地方，越水灵：石泉，喊叫水，双河，下水河，曹洼，响水
沟，龙池湾。猛一看这些地名，还以为到了哪个水乡泽国。

◎ 与水窖有关的往事

在九道村，我们听到最频繁的一个词，就是水窖。不要小看了那一口口不起
眼的水窖，它对西海固人的恩情比天大。挖土窖，平场院，积蓄雨水。这是祖辈
传下来的经验，由来已久，代代相传。百姓以此获取最基本的生活用水。

村民把一筐筐雪倒进水窖

罗永志家有三口水窖。水窖的外形，与水井很相似，都有井口与井栏，只是内部结构不同。不同者，井可以渗水，取之不竭，水窖则不能。水窖下面，用水泥砌成圆形或方形水箱，作贮水用；地面上，有一片平整地带，作聚水用。下雨时，雨水可流入地窖，贮着。水窖无法渗水。人们渴望在某个日子里突然来场暴雨，这样才有更多的水流进地窖。久旱无雨，那就要等到冬日，去远山的山顶背来积雪或冰块，化作一窖清水养活一家人的性命。

水窖蓄水仰仗老天下雨。如久不下雨，水窖里就会渐渐干涸，这是最要命的事。村里有辆水车，上面装两个铁皮罐，套上牲口去几十里外的关桥乡黄灌渠拉水。拉一吨水的成本，是50元，可以维持半个月的生活。也有卖水的，卖水郎就像乡村货郎一样，开着蹦蹦车，拉着两只铁皮罐，走村串户卖水。也有家庭无钱买水，无奈之下，只好去饮用苦咸水。

九道村的每户人家，都可以给你讲述一个关于水的传奇往事。

比如，以前村里有些女人家，迫于生计，就与卖水郎好上了。村里人终于看出了名堂，赶走了那个卖水郎，男人有所耳闻后，用尽所有积蓄，在其他地方买了地，举家搬迁，离开了九道村。

比如婚嫁，就首先与水有关。这一带，一户人家的殷实程度，主要是靠储水量来体现。媒人到男方家里，首先要做的事，就是探听家底，那就是先看看家里有几口水窖。没有几口水窖的人家，很难娶上媳妇。罗永志有三个女儿，老大嫁在七营，那个人家有三口水窖，喝水没问题，罗永志很放心。

罗永志有五个子女，两个儿子在外打工，大儿子去了新疆，给别人开长途车跑运输。在九道村，有很多年轻人都去了新疆给别人开车。那里多数地带是戈壁荒滩，需要整夜整夜地连续驾驶。一辆车上，有两个司机，轮流换班。这样的结果是，有人因劳累过度，发生了意外，再也没有回来，有人回来时已经拄着拐杖了。

二儿子在宁夏石嘴山市，以砸煤为生。所谓砸煤，就是将整块的煤砸成小块。老二带着老婆和孩子都在石嘴山，一个月下来，也能挣个两千块。罗永志说，老大老二有两三年没回来了。他们宁愿在外面做苦力，也不想回来喝这里的苦咸水。

二女儿性格倔强，在李旺镇赶集的时候，与后山村的一个小伙子好上了。这里的婚姻，至今仍是父母之命媒妁之言。可老二认死理，不顾一切与那个小伙结合在一起。这在当地是个非常轰动的新闻。可是还没生活到一年，老二就受不了了。后山村的小伙家里，只有一口水窖，又常常干窖，只得去吃苦咸水。老二不肯喝苦咸水，就想回九道村。婆家不让，久了，老二变得有些不正常，被送回了九道村。

　　三女儿罗花儿成家不久，正好回娘家探亲。我们的到来，让花儿显出无比的兴奋与新奇。罗永志留我们吃饭，花儿就去切土豆丝。我们就着一盘土豆丝，吃一种很坚硬的馍。他们一家人就这样看着我们。那种馍很干，我想喝点水咽下去。可是，我们谁也没有开口。

　　李金秀端上刚切出的一碟酸菜，我们面面相觑，因为我刚到九道村时，看到有些人拿着刷把，不停地刷菜叶。一问才知道，冬天了，家家都要腌些酸菜。不舍得用水洗，就用刷把，除去叶子上的灰尘，放到腌缸里。最后马宏杰带头吃了一块，我们也跟着吃，酸得掉牙，他说，越酸越杀菌。

　　在九道村，种植最多的作物是土豆，它的最大好处就是耐旱，生长期短。只要秋天有一点点雨水，它就可以生长。最干旱的时候，每亩也能产个三四百公斤。土豆成为西海固百姓的主要食粮。另外，农作物还有些高粱、玉米、糜子等，有时也能种点西瓜。这些作物，只能望天收。以麦子为例，只要有点雨水，亩产可收三四十公斤；干旱之年，每亩撒五公斤种子，只能收回十来公斤麦子；遇到大旱，则绝产，颗粒无收。

　　如果遇上了窜地风，也让人绝望，当地人就叫它怪风，多发生在盛夏。窜地风很诡异，温度很高，像一团火，贴着地面奔跑。地里的庄稼刚有起色，经窜地风一吹，上面看起来是绿油油的枝叶，可是根部已经烤坏，不久，整片的作物就会死亡。

◎ 焦渴的牛和狼

　　西海固的荒原上除了有人居住，还有大量的牛羊犬等牲畜生存，它们也面临着饮水的严重问题。犬还好，可以自由活动；牛是最悲惨的，被拴着，动弹不得。窖里的水，当然不可能给它们喝。怎么办？

就把牛赶到很远的山沟里饮苦咸水，牛不愿意喝，又怎么办？九道村的人就想出了办法，骗牛喝苦咸水。在苦咸水上面，撒一层牛爱吃的麸子，牛喝掉一层，再撒上一层。那苦咸水就被牛全喝了。那些久渴的牛，见到了苦咸水，会一头扎进去喝个不停。牛的肚子越喝越胀，像一面巨大的鼓。如果继续喝，再不制止，牛就会胀死。赶牛的人只得用鞭子猛抽，那牛才极不情愿地抬起头。原来，多数人家离咸水沟很远，有的牛两三天才能来饮一回水。牛渴极了，就没命地喝。它自己是不会停止的，除非人用鞭子抽它。

荒原上还有狼，狼也要喝水，于是就出现了许多关于狼的故事。查晓原说，他曾多次听当地的百姓说起，九道村很荒僻，有狼出没。罗永志的主要任务是放羊。今年他放养了40多只羊，这是他们一家生活的主要来源。虽说荒原上有狼，却从未来偷过他家的羊。他说，这里的狼不是人们想象的那么可怕，它们不会随便伤害人类。

狼和狗一样，绝不饮用苦咸水，就常常偷饮主人给狗的水。有一次被狗发现之后，发生了一场恶斗。狗瞅准机会，一口咬住狼的睾丸，死死不放。狼受到了致命的一咬，进行反扑。当白狗的主人赶来时，狼已经毙命。白狗呢，遍体鳞伤，仍死死咬着狼的睾丸。主人想掰开它的嘴，用尽了力气，也掰不开。

罗永志说，其实狼比狗更不幸。狗总有人养着，狼在野外，什么也没有。但为了偷得一点饮水，很多时候要冒着生命危险。我问：你看见过狼吗？他说，看见过。在他放羊的时候，狼就在远处的山坡上遥望，但它从来不主动进攻。所以，他认为狼有时比狗更聪明。方圆几十里，有人被狗咬了，可还没有听说过有人被狼咬。没有水，狼也开始稀少了。有时在深夜里，偶尔能听到远山上有一种悲伤凄厉的嚎叫声，不知是不是狼。

◎ 汤瓶的节水艺术

晚上，为省电，我们决定早早睡觉。可花儿还没离开，炉子上有一壶水，她在等水烧开。我很奇怪，这么晚了，烧这一壶水做什么。花儿说，净身。这里虽

牛在喝苦咸水

然缺水，可女人们都爱干净。再穷再苦，对于自己的身体卫生，却是很爱护的，再金贵的水，也不会吝啬。

九道村的人都信奉伊斯兰教。家家户户都备有汤瓶，他们没有用盆的习惯。凡礼拜、念经、节日前，或房事后，必用汤瓶冲洗全身，谓之大净；平常洗漱等，谓之小净。无论大净小净，原则是，皆不用回流水，必须让水顺流而下，从上到下冲洗。这对于缺水干旱的九道村人来说，是相当奢侈的事。

这是一个很奇特的现象。一边是水贵如油，一边是大净小净，这一矛盾怎么解决呢？罗花儿的解释是，大净与小净，是非常良好的卫生习惯。特别是对妇女来说，可以保证身体的卫生与健康，生病的机会就少。在这里，谁也生不起病。

当然，净身用水也不是无节制地奢侈。首先在制作工具上，对水流进行了控制。净房，实际上是一间淋浴室。房顶上有一吊桶，桶底凿小孔，孔很小，拔去孔塞，即可沐浴。小净用汤瓶，亦称"汤壶"，这是回族人日常洗手洗脸的器具。传统样式如茶壶，瓶体多为圆柱体、圆台体，或腹部成圆鼓状，高约30厘米。顶部为灌水口，有盖，一侧有柄，便于手提。壶嘴弯曲高翘，平放时滴水不

⊖　农民在犁地

淌，倾身时水流如注。汤壶的壶嘴很小，可以起到细水长流的效果。壶顶上的盖子，可以旋转固定。万一不小心碰倒了汤壶，水也不会立刻流光。

◎ 是离开，还是留下

西海固的水哪里去了，为什么这么干涸？

罗永志说，让鳌鱼吸干了。西海固一带山区的百姓都固执地认为，地下深处，蛰伏着一只巨大的鳌鱼，它每日吸水无数。

这是民间的说法，科学家的解释是，在100多万年前，西海固曾经是水草丰美、温暖湿润的内陆盆地。喜马拉雅山和昆仑山脉渐渐隆起，来自蒙古高气压区的风呼啸而至，将北部戈壁荒漠的黄土扬上天空，又遇高大的秦岭阻隔，风力减弱，那些北方的风尘落在了太行以西、秦岭以北的大地上。天长日久，这些黄土堆积成山，成为今天的黄土高原。西海固正处在这片黄土高原西南缘边，风沙猛烈，降雨稀少。

罗永志说，他的父亲生活在民国时期。那时的西海固虽然环境恶劣，但还能勉强养活人。人口少，农业和畜牧业并存，土地上还有少许水源，并不像现在这样贫瘠。

1920年的大地震彻底改变了海原县400多平方公里范围内的地理地貌。十庄九空，几十里不见人烟，田地无耕者，杂草丛生，几比人高。西海固的环境开始急剧恶化。尤其到了20世纪五六十年代，农业的无序垦殖，畜牧业的过度放养，肆意挖掘草根、砍伐树木用于生火。各种对生态的严重破坏，终于使西海固的黄土地彻底裸露，成为无任何植被的荒原。

九道村的自然环境，已不适宜人类居住。当地政府也想出了一些办法，实施集中供水；还有全国妇联倡导的母亲水窖工程。只是这些措施，至今尚未惠及这个偏远的村子。人畜饮水困难依然得不到解决。于是，村里的许多人都搬走了，搬到了大战场乡。那里是新灌区，每亩地的价格3000元。九道村以前有几十户人家，现在只剩下十来户了。罗永志说，这都是让水给逼走的。

宁夏大学汪一鸣教授就明确提出移民的主张。他说，在西海固，自然的力量太强大。迁移，不代表退缩。人与自然之间，需要这样的妥协，盲目抗争都是徒劳无益的，甚至会受到惩罚。汪教授接着说，应该用生态移民、教育移民的办法，尽快让百姓们脱离那里的土地。

而罗永志却一直坚守在这里，对于生活在九道湾甚至西海固的百姓们来说，移民之后，就一定会比这里更好吗？所谓适者生存，他们祖祖辈辈生活在这里，一直延续到现在。或许，我们这些外来者只看到万物萧条，没有看到这干旱与贫瘠的荒原背后，隐忍着生命的律动与坚强。就像我去唐古拉山，高原反应厉害，很不能适应那里，而那些藏族群众，继续悠然地放着他们的羊。

第十一章

秋天的图腾

岭两座，隔三秋——寻找

　　翻开地图，如果把东经110°视为古筝上的一根琴弦，那么，秦岭和南岭两支山脉，则是支撑这根琴弦的两只"雁柱"。拨动琴弦，秋日阳光一掷千金，从塞北到岭南，把东经110°沿线这片起起伏伏的大地，照得硕果累累、遍地金黄。我走进山野和村庄，看见秋天里的人们，正以忙碌和虔诚的姿态，收获着土地的馈赠。

◎ 大地充满喜悦：东经110°上的"秋日三部曲"

　　中国传统的历法是月历，依月记历，这是中国古代农业文明的智慧。在此基础上，古人又总结出了二十四个节气，节气比月历更能直观地反映季候变迁。中国地域辽阔，二十四个节气只能代表一定地区（如黄河中下游地区）一年中的自然现象与农事季节特征。譬如秋天，从气象学角度讲，连续五天日平均气温低于22℃，就算正式入秋。以东经110°为例，最先进入秋天的是内蒙古包头市。此时，夏季风向冬季风过渡，北方冷空气来临。大约8月下旬，包头就开始率先进入秋天：如花似锦的草原开始显示出苍茫雄浑的格调，浩瀚无垠的大漠与胡杨林开始涂抹秋天的色彩；而同一经度上的岭南，此时正是热浪滚滚——山川草木葱茏，花事繁盛，烈日下的广西容县沙田柚果体渐渐膨大，并转入果实充实期，一直到霜降才能成熟。

Θ 广西龙胜梯田

Θ 广西容县漫山遍野的沙田柚

　　同一经度上的地理特性差距如此巨大，两座山脉起着决定性的作用。一座是秦岭，它就像一堵挡风墙，阻止冬季冷空气南下，拦截夏季东南季风北上。自古以来，因秦岭所处的特殊地理环境，以及由此带来的秦岭南北气候变化，人文景观、生活习俗等方面的不同，历来被视为中国的南北分界线，南船北马、南米北麦，即由此线判然。秦岭以北，河流冬季封冻，作物一年一熟，以南的河流冬季多不封冻，作物一年两熟，岭南地区甚至可以三熟。

　　秦岭以南，又有一道著名的地理分界线——南岭。这是长江水系与珠江水系的分水岭，并由此产生了一个特殊的地理区域，即人文环境与自然环境和中原地区完全迥异、在古代被视为蛮烟瘴雨的岭南。

⊖　秦岭以南，又有一道著名的地理分界线——南岭

就这样，东经110°上的秋天，被秦岭和南岭分成了三个乐章：秦岭以北，沟壑纵横的黄土高原上呈现出金色谷子、大枣、苹果等具有浓郁北国风光的作物；秦岭与南岭之间，则是一片精致柔美的鱼米之乡，其物产以长江流域盛产的稻谷、玉米、烟草、柑橘等为代表；岭南，阳光热烈，即使是秋天也散发着热带、亚热带的气息，比如水稻可以三季熟，五指山四季如春，拥有庞大的热带雨林，根本没有秋天。

2010年9月至10月，我沿着东经110°，由北向南，开始了长达两个多月的寻找秋天之旅。途经黄土高原、渭河平原、秦岭山区、大巴山区、五陵山区、桂中盆地，最后抵达海南五指山。在日月山川里行走，秋日里的大地像一片硕大的叶子，次第舒展出明净高远的气息，开出丰收和人世的喜悦。每至一处，秋天都会奉献出最美的画卷，熟黄的植物纷至沓来，仿佛在告诉我，它们才是大地的主人，是秋天里的图腾。

◎ 北国之秋：瓜果遍地，五谷丰登

对于陕北榆林的最初印象，来自一首古词："塞下秋来风景异，衡阳雁去无留意。四面边声连角起，千嶂里，长烟落日孤城闭……"每每读罢，耳边总会浮现出胡笳互动、号角连营、旌旗猎猎、秋雁长鸣的悲愁与苦寒。这首《渔家傲·麟州秋词》，乃是北宋名家范仲淹所作。麟州，今榆林神木县，正是当年范仲淹镇守边关所在，并于此写下这首著名的秋词。

我和摄影师抵达榆林的时候，正是9月中旬。我从炎热的南方来到北国，最明显的变化是从身体的皮肤开始。北国的秋风携带着一丝丝的温情与清凉，穿过张开的毛孔进入我的身体，不是吹拂，而是缓缓进入。整个夏季，我的身体被烈日烘烤，变得烦躁和郁郁寡欢。现在，秋风在我体内流淌，我才重新找回了舒展的感觉，所谓秋高气爽，满眼山河大地上处处都是从容的光芒，展露出一种素朴与大气。

小米加步枪，许多人因此知道陕北出谷子，谷子脱壳后俗称小米。我在陕北盘桓数日，才知道除谷子外，陕北是杂粮主产地。所谓五谷杂粮，原不过是百姓活命的粗粮，现在却端上了城里大酒楼的餐桌。而谷子只是陕北杂粮的一个品种而已。整个榆林地区，随便往哪个县城，你都能看到漫山遍野的谷子，还有高粱、玉米、荞麦、糜子等。我们到陕北的时候，正是这些杂粮成熟的时候。2010年9月14日，我和摄影师站在佳县王家砭乡旧寨村的一处黄土高坡上。午后的太阳安静而又明亮，黄土高坡如此高远，我第一次看见了成片成片的谷子，满眼望去，那些沉甸甸的谷穗有着非同寻常的阵势——它们在黄土高原上沐浴着明媚的阳光，这是人世间和美的秋天光景，让人觉得内心充实，觉得满天地都是人间的好日月，真叫人喜欢。

这片谷地，有20多亩。主人叫魏焦祥，今年61岁。三个女儿都已出嫁了，只剩下四女儿魏雪梅还待字闺中。农闲时，雪梅去榆林一家酒店打工。谷子收获季节，她就回来帮忙。雪梅说，陕北多丘陵山地，气候干燥，冬长夏短，农作物以杂粮品种居多，她家除种谷子外，还种有糜子、黑豆等。她说，现在种地的年轻人少，多数人都去榆林煤矿做工。很多远离村寨的土坡闲置着，没人耕种，即使种了谷子，也很少有人来管理。因为从村里到地里，一个来回要一天的时间。

魏雪梅从小吃小米长大，对谷子种植也是行家。她告诉我，种谷子的最佳时机是每年谷雨前后。当地人说："干种糜谷湿种豆。"就是糜子和谷子都适宜在土壤干燥时播种。收割呢，那要等到白露，所谓"白露谷倒一半"。说到收成，雪梅说，现在种地仍是靠天吃饭，只要不是太干旱，谷子产量还是很高的。王家砭的谷子是优质品种，谷穗又粗又长，最长的谷穗可达一尺左右，色泽金黄，颗粒浑圆。焖干饭，香甜松软；熬稀饭，则清香四溢，尤其是碗上浮着一层晶莹的米油，滑糯爽口。离这里20多公里，有一个县城就叫米脂。光绪《米脂县志》载："米脂城，以地有米脂水，沃壤宜粟，米汁渐之如脂，故名。"

雪梅家还种了两亩荞麦。她说，由于产量不高，很少有人大面积种荞麦。我问，那你为什么种呢？雪梅说，虽然产量低，但荞麦很好吃，生长期也短。"荞麦出土就开花，七十五天就归家"，而且荞麦开的花也很好看，就种了。荞麦长得不高，其杆是紫红色，花粉红。如果种得多，满山遍野都是紫红的颜色，鲜艳妩媚，风情流淌。这是荞麦最美的季节，让人觉得山河日月都是如此鲜活生动。

我们从雪梅家的谷子地回来，已是下午三时许。雪梅父亲为我们斟上了自家酿的糜子酒。用糜子酿酒是当地的习俗。这酒口感很好，后劲很大，一般以此酒款待贵客。主食吃的是当地很有名的"钱钱饭"，其实是小米粥。将泡好的黑豆，以石碾压扁，成铜钱大小，与小米一起熬，勺子不停翻搅，煮至稠粥状即可食用。黄黄的小米粥里，悬浮着些许"钱钱"，这可是本地女子秘而不宣的养颜秘诀。佳县、米脂一带出美女，天下闻名，当地人习惯把风流漂亮的女子称为"黄米"。陕北人的服饰多以红、白、黑色为主，即使姑娘们穿着这样的衣裳，也都英姿飒爽，漂亮得要命。雪梅告诉我："这都是因为吃钱钱饭的缘故。"

当天，我和摄影师住在魏雪梅家里。窑洞前的空地上，结满南瓜。雪梅家有四孔窑洞，两孔住人，一孔做厨房，另有一孔存放粮食和杂物。这是典型的陕北窑洞，冬暖夏凉。魏老伯将刚摘的一盆新鲜红枣放在我们的炕上，请我们尝鲜。第二天，雪梅带我们去看她家的枣树。我们来陕北的时候，大枣正由绿转红，并开始采摘。雪梅家的枣树规模不大，只有两三亩。但她家的枣树非常高，有二三十米。

大红枣是陕北特产。枣林规模气势宏大，窑畔、崖坡、村口、路旁、院落，每个村庄都密密层层地围着一片枣林，家家都有属于自己的一片枣树。中秋前后，枣子全熟红了。如果你是外地人，路过哪家的枣林，你可以进去随便摘红枣，尽情吃，无人过问。后来我走过陕北许多产大红枣的地方，无论是在清涧、米脂，还是绥德，都可以看到一望无际的枣林。我在绥德县，走访了河底乡、枣林坪等几个乡村，并在定仙焉乡安沟村采访了村民李永革。这里家家户户种枣，漫山遍野都是枣树。你很难想象那种成片枣林的气势。我到来的时候，正是枣子成熟的季节，枣子吸足了阳光，表面开始抹上绛红色。不论你到哪一家，主人都会热情地邀请你去吃大红枣。

李永革家种有30多亩枣树。他告诉我，管理枣树比较麻烦。开花时，要喷药，不然虫子会吃嫩芽；然后要整枝，枝太密，有时就不结枣了。枣子的收成，与当年的气候有关。枣皮泛红的季节，最怕下雨。李永革告诉我，他家曾好几年没有收成。下雨一两天没关系，但超过三天，枣皮就会绷紧裂开，雨水浸入，枣就烂了。那时，满地都是枣子，把所有的猪羊放出来也吃不完。有时几天阴雨，几十亩枣树都收不到几百斤枣子。所以，一旦枣子成熟之后，就要立即雇人摘枣。工钱越涨越高，从每天50元，到每天百元以上的都有。摘枣，有两种方法，一种是抱着树使劲摇晃，让熟枣掉下来，还有就是用竹竿敲打。无论是哪种方法，枣红的季节，你都可以看到枣树在不停地摇晃，红枣像下雨一样地掉下来。当然，由于陕北的整个环境干旱少雨，多数是收成好的年景。譬如今年，李永革说，还算风调雨顺，收成一万多斤红枣，很有把握。

枣民摘下的大红枣，按照等级卖给了烘房，烘房将枣烤干，再包装出售，这是枣民销售最直接的渠道。最贵的时候，可以卖到三元一斤。剩下的呢，则自家吃，或做醉枣。把鲜枣洗净晾干，装进罐里，洒上少许白酒，封严。两周后，微微发酵的枣儿胀得圆鼓鼓的，鲜甜而带酒香。在李永革家里，他让我尝尝他家的醉枣。开坛之后，满室酒与枣的醇香，据说有健脾益肾之效，多吃无妨。除了做醉枣，当地人还喜欢做枣糕。逢年过节，婚嫁寿诞，皆有大红枣主吉，都是红色，大吉大庆，看得人满心欢喜，仿佛以后的日子，都会变得顺顺当当的。

相比江南的鱼米之乡，我并不认为陕北黄土高原有多贫瘠。所不同的只是地理环境的差异造成了作物的不同。很多人都不明白当年毛泽东放弃延安之后，转战陕北一年多是如何生存的。只要你来到陕北就知道，瓜果遍地，各种杂粮长满山川。同行的向导魏雪梅告诉我们，你在陕北黄土高坡上迷了路，十天半月都饿不死。比如，漫山遍野长着野生的香瓜，熟透了都没人摘，第二年，又长出许多。雪梅所说，为我们亲眼所见。这一路上，我和摄影师吃了许多这样的野生香瓜。

◎ 洛川：红色成果

洛川苹果被誉为红色成果，可谓贴切。洛川虽然是渭北黄土高原上的小城，却因为洛川会议和苹果而名扬天下。如果没有到过洛川，则很少有人知道洛川苹果的规模有多大。这么说吧，只要你踏上洛川土地，你就置身于苹果林了，洛川县的每一片土地都长着苹果树。

2010年9月18日，我到达洛川。过洛川高速公路收费站后，进入县城。这是一段宽阔的马路。我惊奇地发现，我已置身一个庞大的马路市场，路两边摆满了苹果摊点，鲜艳的苹果一层层垒成金字塔状，整箱的苹果堆叠如山。家家户户搭有帐篷，吃住于此，一片忙碌的景象。这个市场与众不同的是，它是附近城关镇马家庄村果农的直销点，苹果摘下后，直接销售，少了中间环节。

洛川县城有个"新安广场"，新安是一个农民的名字。以伟人命名的城市、街道、广场最为常见，但以一个农民的名字命名广场，却是罕见。这个农民，就是被洛川人称为"苹果之父"的李新安。洛川能成为苹果之乡，与李新安有着根本的关系。1947年，洛川还没有苹果树。河寺村的农民李新安看到河南灵宝产苹果，就想把苹果引进家乡栽植。当时，只有28岁的李新安用毛驴车将200棵苹果树从河南灵宝拉回洛川，种植了6亩苹果园。从此，苹果树在千古旱塬上生根、开花、结果。如今，洛川县已成为以苹果为主的农业县，拥有果林面积50多万亩，成为名副其实的苹果之乡。洛川地处渭北黄土高原的中心地带，塬面广阔平坦，土壤肥沃，平均海拔1100米，具有得天独厚的苹果生长条件。

我从洛川前往老庙镇，车子在茫无边际的苹果林里穿行，怎么也走不到尽头。正是苹果成熟的季节，树上的苹果都套上了红黄蓝等各种各样的纸袋。由于黄土高原上的尘土较多，套纸袋的目的是保护苹果的鲜艳与光洁，同时可防止各种农药接触果面。套上红色袋子的是国光果，整片果园，每棵树上都开满了红花，一簇一簇，又有黄土沟壑做背景，远远望去，有国画的疏朗与明艳。我在老庙镇的下路村，采访了果农郭李明。小郭告诉我，在洛川农村，外出打工的年轻人不多，主要是果园管理繁杂。新栽的苹果树，要等五年才挂果，如果想丰产，那要等十年。这期间喷药，施肥，整枝，包果，采摘，都需要人手。而且种植苹果收入不错，比外出务工收入高得多，所以年轻人基本上都留在家里，成为新一代果农了。

所谓新一代果农，是指村子里懂技术，会经营的年轻人。小郭说了一件事，四年前，老庙镇要求果农砍伐一些过密的苹果树，很多人不愿意。长了十几年的苹果树，正是丰产期，谁舍得砍啊。为此曾发生过镇政府与果农之间矛盾激化的事件。我问小李，你家砍了吗？他说查了许多资料，由于黄土高原气候干燥，果树之间、果枝之间都不宜太密，如果密不透风，苹果很难长大。由此确认政府推广的新技术可行，他主动砍去许多成年果树。从这几年的情况来看，行距增加

⊖ 洛川红色成果

后，产量并未因之减少，相反，因通风透气，日照充足，苹果的果形端庄，色泽艳丽，口感更佳，更耐贮藏，这样的苹果供不应求。

小李现在还做经销商。他说去年卖出了50多万斤苹果。我问这么多的苹果怎么收购，贮藏在哪里。小李带我去他的果园，那里刚建成了一处土窖。原来，苹果贮藏除了冷冻之外，还有黄土高原上独有的土办法——窖藏。我跟随小李进入果窖，面积有80平方米，一次可贮藏5万斤苹果。

◎ 韩城：大红袍的轻歌曼舞

来陕西无数次，韩城却是第一回。高速公路旁巨型的广告牌上，"司马迁故里"五个浑厚的大字由远而近，我知道，韩城到了。韩城虽是县级小市，却是国家级历史文化名城，拥有太史大街、太史园广场等如此博大的地名词。漫步太史大街，你可以看见许多商铺门前广告牌上写着硕大的"大红袍"字样。很多人以为是武夷山名茶店就贸然进入，其实不是。韩城有三宝：煤炭、银翘和花椒。很难让人相信，有着如此深厚人文历史的韩城，竟然出产娇巧美艳的小花椒。大红袍是韩城花椒的美名，颗粒大、色红，晒干后，其红壳开裂两瓣，仿若红袍加身，极其形象。

　　韩城市位于渭北旱塬东北部，地处秦晋两省交界，地形复杂，当地俗语称"七山一水二分田"。知道韩城大红袍花椒的人，无不知道韩城的盘龙乡，因为盘龙乡是韩城花椒的主产地。只要踏入盘龙乡村，一路走过，山上、沟里、河涧、路边，漫山遍野都是花椒。韩城花椒历史悠久，距今有千年历史。文史资料可追溯到明清两代。明代《韩城县志》记载："境内所饶者，惟麻焉、椒焉。"清代《韩城县续志》亦记载："西北山椒，迤逦溪涧……亦有猴头花椒极盛，各原野村墅俱树之，种不一，有大红袍，有枸椒，有黄色椒，远发江淮。"在盘龙乡，有处以花椒而得名的古村——"椒树圪崂村"。此村名一直沿用至今。

　　我和摄影师到达盘龙乡曹家山村瓦沟组的时候正是花椒成熟的季节。花椒颗粒虽小巧，可一旦成熟，就如同春事繁盛，泼天洒地开了。数十亩上百亩，绵延不绝。那色彩既不是粉红，也不是粉紫，而是秋天成熟的酱紫。一眼望去，灿如云锦，行走其间，只觉眼前山河锦绣，满眼都是一种不动声色的震撼。

　　这漫山遍野的花椒，熟透了。花椒是当地村民一年的主要收入，也就是说，挂在枝头的花椒，都是看得见的钱了。令人难以置信的是，这挂在枝头的钱，却让盘龙乡的村民，甚至整个韩城的椒民们都伤透了脑筋，束手无策。红透的花椒无人采摘，大片大片的花椒无人问津，就那样挂在枝头，任由风吹雨淋。

　　在盘龙乡曹家山村瓦沟组，我们遇到了正在采椒的闫建业一家——夫妻俩，还有两个女儿。大女儿闫薇原在外地打工，因到摘椒季节，硬是让父亲叫回来帮忙。小女儿闫盟薇正在盘龙中学上初二，那天正是周五，教师节放假，于是也来帮父母干活。一家四口，早上天不亮就起床，带着一天的干粮来到山坡上摘椒。摘椒是个苦活，枝上有小刺，一天下来，手上臂上都是被划伤的痕迹。这活得一直干到天黑为止。

　　闫建业家有20亩椒林。按照以往的经验，孩子们秋季开学时花椒就应该摘完了。可今年，虽有霜冻，但花椒产量整体上没有下降。很多外地椒客，听到有霜冻的消息后以为减产，就不来了。闫建业说，他打爆了电话，也没找到一个椒客。而村里找到的椒客，见今年是粥多僧少，就把工钱开得很高，还要管吃管住。闫建业说，看到满枝的花椒没人采，心急如火。如果只是自家三四人采摘，最多只能收获一半，而大部分花椒，就这样日晒风吹，最后全部烂掉。

Θ　韩城大红袍——花椒

　　成片熟透的优质花椒无人采摘。我在韩城采访时发现，不只是盘龙乡，整个韩城市，面对熟透的花椒，到处都能听见椒农们急切的呼声。花椒没收成，他们着急；花椒收成好，他们也着急。闫建业忧心忡忡地说，那么多的花椒摘不下来，明年不知道该不该种花椒了。

◎ 商洛：核桃与板栗

　　位于秦岭腹地的洛南县，地处中国南北气候的分界线，是南北文化的交汇地，横跨黄河、长江两大流域。属暖温带气候区，气候湿润凉爽，境内群山连绵，起伏悬殊，具有明显的山区气候特征。在植物生长的季节里，太阳辐射较强，日照时数多。这样的气候条件，最适宜核桃、板栗、橡子、烟草等植物的生长。目前，洛南县核桃年产量6000余吨，居全国第一，洛南也因此成为名副其实的核桃之乡。洛南产核桃，历史悠久。据《洛南县志》记载，早在1000多年前的汉代，核桃就为当地百姓辛勤种植，唐代已是"果之甚者，莫如核桃"。北宋《本草衍义》中记有："核桃风发，陕、洛之间甚多。"

　　2010年9月20日，我来到了秦岭腹地的洛南县。我从北方的黄土高原，一下子进入了青葱翠绿的秦岭。我觉得整个身心都被秦岭的山野气息包围，氧气增多，呼吸顺畅，神清气爽，这是一种很明显的体验。我知道，这时候辽阔的北方大地上，一片又一片的麦子，在阳光如注的灌溉中成熟了。而眼前，一片云雾之中，绵延的秦岭也有着秋天的色彩，这里没有像水波一样翻滚的麦浪，沿途一线，却时时可以看到连翘、丹参、桔梗、秦皮、菖蒲等中药材连片生长。除了核桃，洛南山区的气候也是中药的理想生长地，洛南又有天然药库之称。

到了秦岭或以南的地带，百姓的服饰多以蓝、青等素色为主。我们的向导杨敏，穿了件青花布衬衫，抱着小孩，婀娜多姿，走在秦岭山中，真像个回娘家的小媳妇。小杨心灵手巧，还会十字绣。她带着我们去寻找洛南的核桃王。现在，人们都知道洛南是核桃之乡，但这里有棵全国最大的核桃王，却鲜为人知。核桃王位于洛南县古城镇蒋河村，树龄约500年左右，树高约31米，需五人合抱。1980年被林业部命名为全国"核桃王"，枝繁叶茂。据核桃王的主人介绍，今年这棵树打了四大袋核桃，大约有250多公斤。

在寺坡乡河村村，我看到坡地上有成片的核桃树。村长刘月娃告诉我，村里十个小组，国家退耕还林后，村民大量栽种核桃树，现在全村有近千亩，这是村民们的主要经济来源。由于大量劳力外出务工，很多核桃只能连青皮一起卖，今年的价格每斤可卖到3元。村中卖核桃收入万元以上的村民，占了大部分。刘村长说，河村村还将扩大核桃种植面积，因为洛南的气候与土地，核桃非常容易生长，三年就开始挂果。

离开寺坡乡之后，向导杨敏说，她家像这样几百年的核桃古树比比皆是，就这样散落在山沟里，还有成片成片的板栗、野生橡子树。于是，我和摄影师去了小杨的老家高耀乡狮醒村。这是一个十分偏僻的小山村，如果不是亲眼所见，怎么也不会相信，可与核桃王相媲美的百年古核桃树在这个村中十分常见。光是小杨一家，就有十多棵。另外还有大量的野生板栗树，有的与核桃树一样粗。我第一次看见村民爬上高高的板栗树，用长竹竿敲打栗子的情景。一竿下去，绿色的板栗雨点一样地落下来。

小杨告诉我，狮醒村的百姓对于这些古老的核桃树、板栗树十分爱护，他们把这些几百年的老树当作神物来尊敬。每次用竹竿打果前，都要焚香祈祷。把树当作神物，村中才有了那么多的老树。老树护佑着全村的百姓，每年带给他们不菲的收入。

后来，我们在狮醒村的山沟里，看到了成片成片的板栗树和野生的橡子树。特别是那么多野生的橡子树，随处可见，无人问津。而这些野生的坚果，成了松鼠们的美食。小杨说，松鼠很多，几乎成灾，它们与人争食核桃。我在狮醒村，看到核桃树上有许多松鼠跳来跳去地搬运核桃，它们很机灵，也不怕人。被恼怒的村民们只好在树下用烟雾驱赶它们。

◎ 大巴山：巫山的烤烟与红辣椒

东经110°上的最高处是秦岭。20多年来，我从西安去陕南，翻越秦岭无数次。山高谷深，最初是坐火车，从宝鸡向南，经阳平关向西，绕秦岭一天一夜，走了一个"C"字。后来觉得时间长，坐汽车过秦岭，要走一整天的"S"型山路，从早上到晚上，直搅得你心里翻江倒海吐得你昏天黑地。直到后来，秦岭隧道打通，这才高山变通途。

⊖ 遍地金黄色的烟草

⊖ 正在烘干的烟叶

2010年9月23日，我选择了一条从未走过的线路翻越秦岭，前往大巴山。我从商洛向南进入山阳县，沿着东经110°的大致方向继续南下，经过漫川古关、上津古城至郧西县，经羊尾镇到达陕西白河县。再由白河经镇坪、巫溪县，最后抵达重庆巫山县。从秦岭到大巴山，秋天的气息总还是模糊不清，山上的红叶还未着色。但我看见了一种非常漂亮的植物——栾树，当地百姓称之为灯笼树。与枫树不同的是，它不是满树红色，而是两片色彩，红绿相间。一片是绿叶，另一片是红色的果实，两种色彩清晰分明。栾树的果实成紫红色，形似灯笼。入秋后，丹果盈树，灿烂如霞，只觉得人世的华丽，原在这锦绣山川里。

来到巫山，总让人想起"巫山云雨"和"高峡出平湖"的壮观景象。"巫山云雨"虽是个暧昧词，但仅从字面上可理解为巫山的特殊地理环境。这样的地理环境，非常适合烟草、辣椒等植物的生长。从20世纪80年代开始，古城巫山就开始种植烟草。在巫山县骡坪乡，除了满山的栾树挂满红灯笼外，还有遍地金黄色的烟草。我在鸳鸯村，正好看到村民刘军在收割烟草。所谓收割，并不是用刀割，而是用手折、掰断烟叶，然后在自家的烘房里烘干，分出等级，由县烟草公

Θ 成熟后的朝天椒

Θ 重庆奉节辣椒

司收购。刘军家种烟草10亩，今年收入可达两万多元。

巫山县除了发展烟草，村民们还根据特殊的地理特点种了大量辣椒。巫山辣椒与众不同，主要种植在长江巫峡南岸、与神女峰隔江相望的建坪乡柳坪以及铜鼓镇等地。柳坪村70岁的村民龚克平老人告诉我，建坪的辣椒是一种朝天椒，每株椒有半米多高，椒果丛生，尖尖朝天，每丛5至7个。所以，柳坪村的村民多称之为七姊妹。成熟后的朝天椒，色鲜红，巨辣，尖锐的辣，除辣之外，还有特别的椒香。即使是最能吃辣的人，只要听说是建坪辣椒，都不敢多吃，怕受不了。

起初，我不太相信龚老伯把柳坪村的辣椒说得那么神乎。我也是个吃辣的人，便斗胆一试。在龚老伯家，就着一碗面，放了一点辣椒。结果比想象的要辣得多，那几乎是一种要命的感觉。吃了之后，浑身发烫，涕泗滂沱。村人吃辣椒，多吃干椒。采摘鲜椒后，穿成一挂，门框檐下，成串的红辣椒挂满墙壁，大吉大庆，红红火火。我在龚老伯家门口，看到了挂满墙壁的红辣椒，仿佛整个秋天都映红了。原来这样普通的山村人，也可以如诗如画，日光云影里有一页山河风光的明媚。

我到龚老伯家种的辣椒地里去参观，柳坪村的百姓祖祖辈辈都有种辣椒的习惯。龚老伯家五口人的地，共8亩多，其中一半种辣椒。每年白露之后，柳坪的朝天椒就成熟了，开始批量上市。刚摘下的朝天椒，未进入市场前，就被驻守当地的椒商以每市斤10元的价格，一并收购。一亩地的产量，可收获800多斤。如果遇上好的收成，亩产可达千斤。最奇怪的是，建坪乡的辣椒，仅适应此方水土，也有人想把建坪辣椒引到其他地方种植，结果均无成果。

◎ 武陵山：小溪的秋天

2010年10月7日，我来到了小溪。

10多年前的一个秋天，我从乌宿古镇坐船抵达凤滩。我惊异于酉水秋之幽美宁静，只觉为人一世能于此水一游，也不枉此生。只是我没想到，与凤滩隔水相望的小溪，也就是几里的水路，现在已成为国家自然保护区。我真奇怪当年为什么没能再向前走几步呢。一个地方以小溪来命名，多么诗情画意。事实上，翻开

地图你就会发现，在整个酉水流域密密麻麻地布满了以溪命名的乡村，数不胜数。

我从王村坐船抵达小溪码头，已是下午四点多。在酉水里三个多小时的行程，我似乎忘记了现在正是秋天。除了水面微风有些凉意，整个酉水、整个小溪对于秋天的到来浑然不觉，满山遍野依然是青葱欲滴。如果非要找出秋天的一些特点，那些成熟的挂满枝头的野生板栗、野生猕猴桃和柑橘，还有流淌的溪涧偶尔顺水而下的红叶，可算是一点秋天的光景。此外，大片灌木丛的叶尖上都是山川草木的爽气高远。我们只能从肌肤的凉爽中才能感受到秋天的气息，感受到武陵山的秋天已经到来。

离码头不远的是小溪乡毛坪村。我住在村民谢茂官家里，满是灰尘的行装和背囊让谢茂官以为我是个无家可归的漂泊者。他对我一路风尘来到这个异常偏僻的小山村表示惊讶。为了对远道而来的我表示欢迎，老谢特地到酉水里捉了

⊖ 湘西永顺县小溪

两条鲢鱼，和豆腐一起炖。小溪的村民依然过着朴素的生活，一天只吃两顿饭。老谢拿出自家酿的米酒。他反复告诉我这米酒是自己喝的，很纯正，要我放心，多喝无妨。他说秋天到了，自己家里就要酿米酒了，一直喝到过春节。我问老谢，小溪的秋天是什么样子。老谢说，小溪没有秋天，你看这碧溪青山风光，哪里有半点秋天的影子。如果真要说有什么是秋天的话，那就是我们身上加了件长袖衣裳，这就是秋天了。

　　秋天酿米酒，是小溪人流传已久的习俗。老谢的祖祖辈辈都生活在小溪，对这里的山水草木可谓了如指掌。他说以前的小溪，根本不是现在这个样子。那时小溪最大的特点是老树多，磨盘大的树根本不稀奇。现在小溪有一棵杉树王，很多人去看，他说在记忆中，那棵树只能算是小字辈。后来，我在小溪保护区内，见到了那棵在老谢眼里只算小字辈的杉树王。这样一棵巍峨挺拔的杉树王如果只是小字辈的话，那么小溪曾经的那些古树就大得惊人了。我问老谢，你长这么大，见过的最大的树有多粗？老谢比划了下，他和爱人、两个女儿，再加上我，五个人拉成一圈，他说，那棵树就有这么大。我问，那些大树哪去了？老谢说，小溪成立保护区之前，被外地的老板买走了。那么粗的树，每个立方只卖几百块钱，现在想想都觉得可惜。

　　和许多自然保护区一样，小溪有着极其优美的原始自然风光，山上的小溪日夜不息哗哗流淌。老谢当我的向导，带着我在小溪的原始丛林里穿行。置身其中，人实在渺小，甚至觉得人有时候反不如植物深邃。我想起故乡苏中平原，此时颗粒归仓，野草渐枯，田野萧索，唯一鲜活的，只剩下朵朵在秋风中颤动的野菊。我在小溪的几日，都住在老谢家里。他说，你在小溪是找不到秋天的。实在要找，我可以告诉你，秋天的时候，小溪有许多动物活动。如果你不怕危险，我倒是可以带你去山上看看。

　　听说有危险，我心里拒绝了下。可想到有老谢在身边，就又壮了胆。老谢带着我，在小溪毛坪村一带的野山坡里寻找秋天的动物。他说小溪境内最常见的是野猪，还有野山羊、金丝猴。金丝猴在猛洞河、小溪一带成群结队。数量最多的是野猪，常来偷吃庄稼，让当地村民十分恼火。虽然保护区禁止狩猎，但还是有许多人设了圈套捉野猪。在整个下午的寻找过程中，我们没有看到野猪，却看到了许多圈套野猪的捕猎装置。原来，野猪肉到了秋天，味极鲜美，永顺或王村镇的老板来收购，一头百斤野猪，可卖到2000元。老谢说，其实野猪是不主动攻击人的，它见到人会立即遁逃。我们看到了灵活机警的野山羊，色彩斑斓的野山鸡，当然还有数量较多的蛇。

老谢原是捕蛇高手。我亲眼所见，他徒手取蛇，如探囊取物。小溪是蛇的王国，各种毒蛇都有，尤其是五步蛇、乌梢蛇、银环蛇最多。老谢说，秋天一到，蛇开始四处游动，寻找食物准备过冬，此时正是捕蛇的好机会。毒蛇的价格比较高，一斤毒蛇的价格是300元。毛坪村里偷偷捕蛇的人很多，主要是捕捉毒蛇，蟒蛇基本上没人要。一个捕蛇高手，一个秋季下来，也有将近万元的收入。我问老谢，你最多的时候能捕多少蛇？老谢只笑笑，说以前的事不想提。现在私下捕蛇，被政府发现是要罚款的，得不偿失，就歇手不做那事了。

老谢说，一到秋天，小溪的动物就显得特别多。在未成立保护区之前，他常常在秋天捉水獭、穿山甲和刺猬。我说刺猬浑身是刺，怎么捉？老谢说很简单。在山腰只要看到小洞，就用柴火，加上辣椒，在洞口烟熏，有时，一窝刺猬有好几个。洞口备上网，刺猬立马束手就擒。现在政府不让捕捉，刺猬就多了，经常

⊖ 迷人的小溪

能看到。山上还有麝，麝的形状像小山羊。区别麝与小山羊的方法是它们的毛，麝的毛是空心的。母麝没有香囊，雄麝才有。捕到麝后，取出麝的香囊，然后贴近自己的肉体，靠人体的体温烘干麝香，最后的麝香干也只有拇指大。就这么大的麝香，现在可以卖到三四万元。由于捕麝的人多，麝的数量急骤减少，老谢说，已经好几年没见到麝了。

老谢家五口人，大闺女是小溪乡小学教师，老三在外打工。我来到小溪的当天，二女儿正好回娘家探亲，带来了一篓刚打下来的野板栗，这是小溪秋天的馈赠。小溪的板栗都是野生的，没人种。但这种野板栗很香甜，小溪村民基本上都是留着自己吃，亲朋之间亦多以小溪板栗礼尚往来。老谢说，祖辈住在小溪里，以前每年秋天是一年中收获的季节，打不完的野味，收不完的野山果。现在，小溪受国家保护，不能随便进山狩猎。小溪乡的村民开始明白一个道理，小溪保护好，前来旅游的人就多。老谢有了新的计划，自家楼上几间房都空着，现在可以做客房。还有几亩山地，长着野板栗和柑橘，有时间就到酉水里捕鱼。老谢很有信心，他相信风景绝美的小溪风光将会游人如织。他说，到那时，同样是秋天，收入将会比现在多。

◎ 五指山：冬天里的红叶

去海南几次，多数在秋天。不到五指山，不算到海南。五指山市位于海南岛中南部的腹地，是海南省中部少数民族的聚居地。周围群山环抱，森林茂密，被誉为"天然氧吧"、"翡翠山城"，并与南美洲亚马逊河流域、印度尼西亚的热带雨林一起，成为全球保存最完好的三块热带雨林。北方的秋冬季节，在五指山并没有多少感觉。这里冬暖夏凉，一年四季并无多少变化。如果想要知道这里的季节变换，最明显的是五指山的红叶，每年十月底，山上的红叶开始着色，并一直持续到来年的二月份。而此时，北方正是草木凋零、白雪飘飘的隆冬季节。

但是，你不能像欣赏香山红叶一样对五指山的红叶充满"万山红遍，层林尽染"的期待。那种大面积、成片成片的红叶不是五指山红叶的特点。这里四季常绿，所谓的红叶，是万绿丛中一点红，红绿相间，一片绿色中间，有一片红色。

平分秋色，这才是五指山红叶的奇景。

五指山的红叶不仅有枫树，还有山槐树、山海棠等，至少有数十种树木的叶子可以变红。红叶相对集中的地方，是水满乡一带。这里有浓郁的黎族、苗族风情。从五指山市区冲山镇出发，顺着弯曲平坦的乡村公路北行30多公里，途经南圣镇之后，便是五指山脚下的水满乡。

明代海南方志《琼台志》中记载："枫，树似白杨，叶三角，有脂香，今之香枫是也。"可见古代的海南多三角枫。屯昌县西南部与琼中县交界处，有个很美丽的地名：枫木镇。想必从前这一带定然生长着很多枫树。海南的枫树叶多为三角，靠近树身，可以闻到一种奇异的香味，当地村民都习惯于把三角枫叫作"香枫"。香枫树高干直，树冠宽阔，气势伟岸。

水满乡的苗人喜用枫叶泡酒，饮之有祛湿之功效。当地黎族和苗族村民织布时，多从香枫树提取染料，将布染成红色。黎族和苗族的"三月三"节日中，以糯米煮的吉祥饭"三色饭（黑，红，黄）"，其中的黑色即用香枫树叶炮制。

我在十月底到达水满乡。那天的阳光真是出奇的好，山上的香枫叶，仿佛一支妙笔，蘸了丹青，正在点染，一簇一簇。这是明亮的十月，浩浩天地间有着醉人的迷离，江山无限，如同情意无限。香枫叶，它让人想到万丈红尘中好女遍地，却又能记得阳光世界里的平常日月。

东经110°上布满了天地和惠的秋光，如画的风景流淌着天然自由的气息。我只是个匆匆过客，但我看见秋天的大地上充满喜悦。虽然只是一瞬间地走过，却永久印记在了我的心里。

第章

石漠化的山野——『石魔』

狂舞，绝地逢生

◎ 八朵鲜花和牛

2010年7月底的一天午后，烈日当空，我正行走在毕节鸭池镇石桥村和龙滩村交界的连绵山谷中。我们几个人从鸭池村分成三拨儿，各自行走。我走过王家湾村、石格村、大苗寨、烂泥沟村。尽管午后的山野那么寂静，可走过之处，白花花的影子晃动在一层层阳光之下，刺人眼睛，并产生出炽烈波浪，烤得人心焦。四周白色的山石如影随形，压迫得我呼吸紧张，我想匆匆离开。

一群花花绿绿的女孩子隐现在石隙间。我以为产生了错觉，静望良久，才看清那帮女孩正在石头间捉迷藏。农村孩子玩游戏，一般都是依赖于乡村草垛捉迷藏。但是这里没有草垛，这里只有光秃秃的石头。她们的花衣裳在那片石头间很醒目，让人眼花缭乱。我看到女孩们个个长得活泼可爱，很漂亮，最奇怪的是，她们可以在石头中间打闹嬉戏而不怕猛烈的阳光。

见陌生人到来，孩子们一溜烟躲藏在了石头后面。我也加入她们的游戏队伍，进入那些石头中间如同进入迷魂阵，怎么也找不见她们，只听到她们开心的笑声不时出现在前后左右。后来，一个也找不见。

我在那些白花花的石头中间行走。山坡上有一间养牛场。这是一处荒僻的地方，四周并无人家。我很奇怪，刚才那些孩子是从哪里来的？

牛场主人叫徐忠军。他正和爱人一起铡玉米秸，这是牛饲料。我问徐忠军，刚才在山里看到一群女孩，附近又不见什么人家，她们从何而来？

徐忠军不好意思地笑了笑，他说，那些女孩，都是他的闺女——一共生了八个女儿。

我愣了好半天，没有说出话来。夫妻俩生七八个女儿，我见过，但那是上世纪六七十年代的事了。到了21世纪还有人生养这么多子女，有些匪夷所思。

徐忠军说，这个山坡属于石桥村。原来住着十来户人家，靠在石地里种一些苞谷，可以勉强维生。可是，家家户户超生，本来就单薄的石头地再也供养不起了。周围的百姓只好移徙他乡谋生，如今只剩下他们一家，在此养牛为生。

徐忠军原是石格村人。石格村人多地少，白石遍布，人称"石头村"。全村的口粮，靠在石缝里种点苞谷。那些石缝隙，当地人称之为"石旮旯地"，土气本瘠薄，初种一两年，尚可收获，数年之后，再种籽粒，则难以发芽。如遇骤雨瀑流，冲去石窝间仅有的浮土，则石骨显露，如恶魔初醒。

很多年前，徐忠军在石格村待不下去，前往云南打工，给人家养牛，渐渐掌握了养牛技术，就回来单干。又怕超生罚款，不敢回村里，就在这个石桥村的山坡上安家落户，搞养牛场。几年苦心经营，目前已经有几十头牛，在当地已是成功脱贫的了。他说，如果不办养牛场，这八个女娃，真不知道怎么养活。

我说，她们个个长得健康漂亮。徐忠军说，天天喝牛奶吃牛肉，都是高蛋白。

我问徐忠军，你这么多牛，饲料如何解决？徐忠军说，主要是靠收购山下的青苞谷。由于牛越养越多，饲料来源也成了头痛问题。周围都是石头，能种苞谷的地方非常稀少。没有办法，只好到远处烧荒。

烧荒，就是把石旮旯地上的草或灌木烧掉，翻土种地，当地话叫"石头里刨食"。但是，这样烧荒垦地，也有周期性，一两年尚可长些植物。时间一长，雨水冲刷，石骨就会露出来。

徐忠军指着漫山遍野的石头说，这些石旮旯地，原来都是能长苞谷的。现在寸草不生，你们都叫它石漠化，我们当地人，都称之为"石魔"。

2010年7月底的贵州之行，我去了石漠化最严重的几个地方。举目所见，皆是"石魔"猖獗，那些顽石一丛丛、一堆堆蹿出土壤，嶙峋而狰狞。一亩土地里，石头占一半还多，大部分农作物只剩下苞谷。石头与石头的缝隙间，土层薄而贫瘠，庄稼苗稀疏瘦弱。这种植被退化、水土流失，导致岩石大面积裸露或堆积地表，就是石漠化。石漠化严重的地方只剩下石头，寸土不见，少无人烟。

◎ 关于"石魔"

对于多数人而言，石漠化这个词闻所未闻。即使来到南方石漠化比较严重的黔西南山区，你询问当地百姓何谓石漠化，很多人亦无所知。但他们会告诉你，这里的山上住着"石魔"，它的本领强大无比，大面积啃噬山上植物，它攫取大山的丰腴，汲干大地的血液，将嶙峋的石山磨亮，顶入天空，伸入地下，让石头越长越大，越长越白，到最后，山上片土不留，寸草不生，漫山遍野都是白花花的石头，石头中间遗落着一些羊头骨。那些裸露的岩石像落下的片片积雪，在烈日下反射出刺目寒光。

这就是石漠化。如不是亲眼所见，我真无法接受石漠化这样的事实。南方素以山清水秀、草木茂密而著称，这几乎是所有人对于南方的最初印象。可当我来到贵州山区，看到遍地裸露着的白岩石，心中对南方美好的印象瞬间被破坏。打个比方：你正在欣赏一个美女的背影，她身材窈窕，长发飘飘，可当她转过身来，你看见她脸上、颈上、臂上长着一块块的白花斑，那一刻，你心里会有一种崩溃的感觉。

这个比喻有些残酷，对南方的石漠化而言，却又十分恰当。2010年7月26日，在中国南方喀斯特研究院陈永毕老师带领下，我来到石漠化比较严重的关岭县、毕节、清镇等地。贵州是我国唯一没有平原的省份，谚云："天无三日晴，地无三尺平。"走进贵州，就走进了山之国度，八山一水一分田，大山成为贵州人赖以生存的基础。

然而这些赖以生存的大山，就像肌体的免疫力退化一样开始出现变异，"石魔"狂舞，贵州省已经成为石漠化最严重的地区，石漠化面积已达3.31万平方公里。石漠化加剧了当地百姓的贫困，并且威胁到了他们的生存，他们面临着无地可种、人畜饮水艰难、干旱、洪涝灾害加剧等重重困难。在毕节地区，我看到很多石漠化地区茫然的山民，他们坐在光秃秃的岩石上一筹莫展，如同那些石头一样缄默。他们眼前的一切，也曾是芳草漫漫，彤云满天啊。

◎ 五里村

五里村，位于关岭县花江镇南约20里。

来五里村之前，我和陈永毕老师站在一处小山上，向五里村眺望，映入眼帘的是大片石漠化景象。石头中间，还有几户人家，我决定去探访。我们的车在盘山公路上曲折下山，当我站在那片石漠化地带，已是下午两点。忘了吃午饭，谁也没有提起，或许是真的忘了，因为当地人一天只吃两顿，我们入乡随俗，几天下来，饿了也浑然不觉。

五里村的生态环境严重恶化，是强度石漠化地区，无土可留，无林可还。陈永毕老师说，这里植被综合覆盖率仅15%，岩石裸露率高达80%。吃粮靠救济，用钱靠贷款，是五里村最真实的写照。

五里村地处关岭县高寒地区，一到冬日，全村人就闭门烤火足不出户。有首民谣说得很形象：蓬头垢面男子汉，邋遢妇女黑脸蛋；一天两顿苞面饭，肚皮烤

⊖ 漫山遍野都是白花花的石头，当地人称之为"石魔"

起火斑斑。

像五里村这样遍地岩石的地方，石头也有了用处。张冬超家的房子，和其他几户村民一样，都是石头房。石漠化地区什么都缺，就是不缺石头。就地取材，极为省事方便。我走进张冬超的家里，这样的石头房，可为石漠化地区民居之代表。但我很快发现，石头房里家徒四壁，连坐的凳子也没有。我问，你有几个孩子？他说三个，一个在贵阳打工，一个在安顺读高一，一个念完初二就辍学了。我问为什么不接着学？张冬超说实在没钱供他读书，地里不产粮，吃饭都成问题，不去打工，都得饿死。

我问，你家有几亩地？张冬超说有三四亩，都是石旮旯地。那些地是政府分给你的吗？回答不是，是自己开垦的。我问怎么开垦？张冬超说，先找块旮旯地，再放把火，把地里的灌木丛草烧干净，稍微翻一下土，就是块地了。村里的地，多数是这么来的。那有人养牛或者养羊吗？张冬超说以前很多人都养黑山羊。现在政府不让养羊，可以圈养耕牛，养了耕牛，却没得草料，有限的青苞谷，那是留给人吃的。我问平常煮饭用什么生火？他说大部分烧柴火，村里也有个小煤矿，可挖出的煤，谁也买不起，就一直烧柴。过去山上柴很多，又不花钱，很多人家都是烧柴。现在砍柴也不方便了，要走几十里的山路，那是别的村子的，经常为了砍柴的事闹出纠纷。当然，我们理亏，到了人家的地盘砍柴，说不过去。

我问，家里的收入主要靠什么？张冬超说，没出去打工，也就没有收入，家里养了五头猪，前几天又买了五只小猪，这是全家一年的希望。

然而，五里村目前的状况，在很久以前并不完全是这样。张冬超说，至少在20世纪80年代之前，这里还有20多户

干裂的大地和迷茫的女孩

人家。那时全村有不少土地可以种苞谷。后来人多了，为了解决温饱，村民甚至不顾危险，在陡坡上烧荒。哪知陡坡被大量开垦之后，没了植被，一下雨，山上的水就往下冲。石旮旯里仅有的一点土，很快就被洗刷干净，越洗越白，那些白花花的岩石，就是这么露出来的。

　　岩石裸露，无地可种，只好到远处烧荒。越烧越远，有的人，就干脆迁走了。

　　离开张冬超的家，我一直在石漠化最严重的五里村徘徊。村民坐在门框边打盹，整个五里村显出倦怠、无力、睡意昏沉和毫无生机，徒然反抗着一天比一天强烈的衰老光景。一轮烈日，燃在头上，偶见一两棵草叶打卷，岩石发烫。岩石成片裸露，石缝之间，连种植一两棵苞谷的条件也不具备。

　　如此高强度的石漠化让人触目惊心，满山裸露的嶙峋怪石如同一具具面目狰狞的白骨，即使满天骄阳似火，我行走其间，仍感到阴冷森然。

◎ 三家寨：神秘的三色较量

　　【黑】：在前往关岭县板贵乡的途中，我们遇到了一种奇妙的动物——黑山羊。黑山羊是见过的，但如此大规模的黑山羊群还是第一次见到，大约有几百只，浩浩荡荡地在马路上行走。

　　在乡间，尤其是这些偏远的山村，任何禽畜皆有进入乡村公路的权利。黑山羊对往来车辆并不避让，它们占据了整个路面，黑压压一片，远远走过来，黑云压城般的气势。走过一拨，又涌来一拨。只

⊖　水，是这里的人们最渴求的东西

有牧羊的村民扬鞭一声吆喝，黑云中才闪出路来。

除了马路上行走的黑山羊，环顾四周，满山坡都有黑山羊存在。

根据三家寨村长于光品的介绍，这个三家寨村，一直有养黑山羊的传统。黑山羊是当地一宝，因全身羊毛乌黑发亮而得名。其肉质细嫩，味极鲜美，没有膻味，又兼滋阴壮阳的特别功效，一直畅销，三家寨的黑山羊在市场上供不应求。

如此紧俏，极大地刺激了村民们养黑山羊的积极性。那黑山羊的生长很快，投资小，见效快，效益高。养一只母羊，可年产两胎，产仔5只左右，一年可收入1000~1500元。一户家庭养10只母羊，年收入可达万元以上，这对贫困的三家寨村民来说，是一条极其难得的脱贫致富之路。

于是，家家户户大规模养黑山羊。满眼望去，三家寨的大小山坡上，黑浪翻滚，乌云密布。令人惊奇的是，那黑山羊十分机巧灵敏，它还有一种攀崖的绝活，居然能轻而易举地攀登陡峭的崖壁，在人类无法攀登的地方，它们却可以轻而易举地在那里觅草散步。

⊖　狂舞的"石魔"，正在蚕食大地和人们生存的希望

每年春天，黑山羊还有一个奇怪的"跑青"现象。经过一冬，青草渐渐长出地面，黑山羊很性急，总是咬两口，就迫不及待跑向前，再吃前边的青草。咬两口后，又跑到前面，再吃两口。于是，它们不停地吃吃跑跑。山坡上刚刚冒出来的嫩芽青草，还未及生长，就被铺天盖地的黑山羊践踏殆尽，啃个精光。草啃完了，就吃树芽，最后啃树皮。

【白】：黑云飘过，白石裸露。三家寨人养的黑山羊越来越多。因为都是野外放养，三家寨黑山羊越来越受到外地客商青睐。于村长回忆说，有一阵子，前来三家寨收购黑山羊的汽车就停在路边争相收购。

但是，黑山羊把能吃的草都吃尽，树皮啃光，连一点嫩芽都不放过。为了生存，它们在山坡上越爬越高，路途也越走越远。原来遍地长苞谷的三家寨，渐渐白石裸露。三家寨的村民并不知道白石头增多意味着什么。他们只知道放羊越来越难，有时要到很远的地方放牧，早出晚归，有时两天三天才回来。

那时的三家寨，常常可以看到的一幕景象，让所有的村民都不能忘记：太阳下，到处是黑黢黢的羊群，羊群所过之处，又到处都是白花花的石头。黑与白如此分明，又如此醒目刺眼。于村长说，可以肯定，三家寨这一带的生态，完全是被无节制地放养黑山羊破坏了。

白色的石头多了，黑山羊数量就逐渐减少。白石地里长不出庄稼，寸草不生，树芽不发，仅有的一层薄土，遇到下雨天，就被雨水冲到山脚下的北盘江。放养黑山羊也就有了风险，因为无草可食。

地不长草，水又留不住。那些光秃的石头，被太阳晒得像个烤炉，吸收着四面八方的水分。不只是三家寨，整个板贵乡都被烤得滚烫，四处冒烟。当时有首民谣说这里的干旱程度：板贵土薄石头多，山路陡峭尽爬坡；水贵如油冬春苦，十里挑水脚磨破。

如此恶劣的生存环境，没有人会坐以待毙。没有土地怎么办？那就找土地。怎么找，很简单，就是搬石头。在板贵乡，有过一次轰轰烈烈的"搬石造地"运动。由中国扶贫基金会拨出250万元捐赠款，在关岭县实施搬石造地项目。其中就有板贵乡。

所谓搬石造地，就是通常说的"坡改梯"。在坡度25度以下的土石混杂坡地里，炸掉大块顽石，刨出碎石，用搬石垒坎，加深土层，培肥地力，把原来跑土、跑水、跑肥的"三跑地"，变成保土、保水、保肥的"三保地"。

【红】：板贵乡的搬石造地工程，让很多村民得到了宝贵的土地。有了土地种什么？苞谷是要种的，这是口粮。中国南方喀斯特研究专家熊康宁教授经过多年对不同等级石漠化区生态恢复的研究，针对板贵乡特殊地理位置，提出控制黑山羊放养、大规模种植花椒的建议。

如今的三家寨，放眼远望，只见崇山峻岭，千山万壑。一块块梯田层层排列，错落有致；成片的玉米成熟了，在阳光下泛着金黄；一片片花椒林在石旮旯里泛出翠绿，枝繁叶茂，叶间簇簇红果实，饱满欲滴。

坡改梯工程，惠及板贵乡民。三家寨村谭明玉原有8亩坡地，经过搬石造地，土地增加三分之一，粮食已能自足。根据专家意见，谭明玉拿出一亩多地种花椒。一亩地种花椒150株，三年后，150棵花椒树全部结籽，每棵树至少收干花椒两斤，每斤干花椒卖30多元，这笔收入对当地村民来说，非常可观。

石漠化重灾区的板贵乡三家寨，经历了黑、白、红三种色彩不可思议的神奇转化。我很想知道这种转化对于整个石漠化地区的意义，特地向长期与"石魔"进行较量的熊康宁教授请教。熊教授说："近几十年来，越来越多的农村人口挤压在越来越少的耕地上，成了一个难解的死结。没有地，就去烧荒，大量的植被被毁。从目前的研究来看，人为因素是石漠化产生和不断扩展的主要原因。板贵乡一带，是传统黑山羊基地，有限的土地，无节制放养，大面积植被被啃噬，造成白石裸露。搬石造地之后，土地略有增加，这时，就必须严格控制放养。黑山羊是当地村民的重要经济收入，要控制黑山羊，就要找到与之相适应的经济作物来补偿。我们特别推荐种花椒，既可增加收入，又能保持水土。所以，板贵模式很值得借鉴。石漠化，是完全可以治理的。"

◎ 查耳岩村：遍地花椒

我看过一部电视连续剧，叫《绝地逢生》，写的是盘江村人种花椒脱贫致富的故事。故事的原型与背景，以北盘江查耳岩村为主要依据。没想到，我还有机会来到这个故事发生地，北盘江镇的查耳岩村进行采访。

查耳岩村，是石漠化治理最成功的一个示范区。我们一行六人，吃住在村民饶大友家里。饶大友一家是查耳岩村石漠化治理的最大受益者。以前住三间小平屋，现在是漂亮的两层楼房，宛若别墅。这让我大出意外。那天晚上，风雨大作，我和饶大友促膝长谈。

饶大友今年46岁。夫妻俩，一儿两女，儿子在外打工，两女都已出嫁。他很自豪地告诉我，他的两个女儿婚礼办得很风光，嫁妆颇丰，有洗衣机，有摩托车，这在当地很少见。他说，现在手里有钱，日子过得舒畅，生活一天比一天好。他希望我们常来查耳岩村看看，石旮旯里，也有好日子。

我相信他的话发自内心。饶大友的发达，完全是种花椒改变了他的命运。不只他一个人，整个查耳岩村人，通过种花椒，都走上了富裕之路。现在，除了种花椒，他们还种金银花。金银花的经济效益同花椒一样令人鼓舞，这也是熊康宁教授为他们提供的又一条致富途径。

10年前的饶大友，住在山坡下的一处平房里，种苞谷为生。那时全村没有一处地方是平地，都是常见的石旮旯地。当时，饶大友也有10来亩地，按理说是个不小的数，一家五口人，吃饭总能解决吧。可实际情况是，那些地里都是白石头，一年打下的苞谷，不到半年就吃完了。饶大友不得不开垦新坡地，先用火把石缝间的草木烧尽，再种苞谷。这样不停地开垦，也有20多亩。可就是这样不停地开荒种地，仍然食不果腹。全村人均吃粮不到100公斤，年人均收入不足200元，村民要靠政府救济艰难度日。

我曾问及饶大友，那时除了种苞谷，还有别的收入吗？饶大友说了一件事：查耳岩村有一种奇特的石头，特别像太湖石，是园林里极好的山景，当时很多外地人，坐在村里收购。村民们随便到山上挖块石头，就能值几百元，觉得不可思议。一时间，满山都是找园林石的村民。饶大友也不例外，加入寻石行列。他说，最贵的一块园林石，曾卖出一万二的价。

由于园林石多数埋在地下，需要不停地挖掘。查耳岩村的山头，几乎被挖了个遍。园林石挖出之后，地上就是一片狼藉。这里雨水多，稀薄的土壤一冲就流走，留下越来越多的白岩石。有时错过季节，连苞谷都无法种植。园林石是卖了一些钱，但村里的白岩石越长越多，全村人仍然过着贫穷的日子。

一直到石漠化问题专家熊康宁教授到来，查耳岩村才开始发生天翻地覆的变化。从2000年开始，熊教授数次踏入这片白石区，结合当地的特殊地理气候环境，认为在查耳岩村种植花椒，是最理想的选择。他挨家挨户向村民们宣传种花椒可以脱贫致富。一开始很多人不相信，把种下的花椒苗拔了，再种上苞谷。

传统的耕作在短时间里难以改变，需要耐心宣传。陈永毕老师当时还是熊教授的研究生。面对被拔掉的花椒苗，他并不气馁。他自己开着三轮车，前往城里买花椒苗，然后再免费送给村民，免费给他们栽植。一次，陈老师从城里购买花椒苗回来，半途下雨，山路陡滑，三轮车没刹住，一下子翻下山沟。幸好山沟不深，才捡回一条性命。陈老师回忆起当时惊险的一幕，至今仍心有余悸。

查耳岩村的百姓终于同意试种。其中就有饶大友，他把能种树的地方，房前檐后，都种了花椒树。花椒需要两年生长期，才能挂果。一旦挂果，就开始有收益。现在，饶大友家花椒种植面积已超过20亩，今年纯收入达3万多元。他说，村里还有花椒大户，一年收入五六万元的很多。

查耳岩村百姓种植花椒致富的消息，一下子传遍花江附近的几个山寨。顶坛片区，涉及贞丰县平街、北盘江、者相三个乡镇，有14个行政村。村村都种上花椒，顶坛片区花椒种植已超过6万亩。根据南方喀斯特研究院提供的资料，顶坛片区的水土流失防治率达94%，土地石漠化治理率达92%，森林覆盖率从上世纪70年代初的6.7%上升到现在的70%，为喀斯特石漠化治理，创建了一个可借鉴的顶坛模式。

顶坛片区农民通过种植花椒，年人均纯收入已达5000多元，是全省农民年人均纯收入的2.5倍，超过了全国平均水平。如果你从贞丰县城往东北，到达查耳岩村，一路地势峰回路转，烈日炙烤下，可以看见漫山遍野都是绿色的花椒林，空气中散发出奇异的芳香。

第十三章

寻找『阿着底』——水与石间的天堂

◎ 石林：是"阿着底"，还是"石魔窟"

2011年8月下旬，我和摄影师在南方喀斯特山区的石林县行走。一路上，有个问题一直困扰我：石林县遍地顽石，实际上已形成了南方喀斯特最典型的石漠化区——岩石裸露，荒寒贫瘠，蓄水保墒能力差，生态环境十分脆弱。石漠化在其他喀斯特山区，比如贵州，当地百姓称之为"石魔窟"。可是，我在石林县的山村，却听到一个美丽的名字：阿着底。每到一个撒尼村寨，村民无一例外地告诉我，他们的村寨就是"阿着底"。更有趣的是，每个撒尼村寨的姑娘都自称是

⊖ 石林湖

"阿诗玛",她们脸蛋上漾着高原红,唱歌起舞。她们很快乐。

"阿着底"是撒尼语言,意译成汉语,就是"水石天堂"。通俗地说,阿着底是撒尼人心目中的"香格里拉",是他们祖祖辈辈寻找的世外桃源。

这令我很困惑。我实在无法将遍地石漠化的顽石王国与"香格里拉"、"世外桃源"、"水石天堂"诸多美妙、梦幻般的意象联系在一起。但我不是撒尼人,子非鱼焉知鱼之乐?我决定做一回撒尼的鱼,去寻找他们的"阿着底"。

◎ 《诗经》一样的村庄:寻找"阿着底"

那些生活在喀斯特岩石中的撒尼人是谁?他们从何而来?

2011年8月24日。凌晨两点四十分,我坐夜班火车走南昆线,前往滇东古邑路南去寻找一个叫"阿着底"的地方。火车晚点将近三小时,列车员解释说,南方正是雨季,喀斯特地区行驶的火车十有八九要晚点。

"阿着底是个好地方,青松长满山冈,长湖水清又凉……"我知道"阿着底"源于电影《阿诗玛》,那是阿诗玛的故乡。我到达的这个地方,在上个世纪末还称之为路南彝族自治县。在一切以经济为中心的时代,中国许多县治为旅游效益而改姓换名。1998年,沿用了750年的"路南"改成了现在的"石林"。真要改名的话用"阿着底"多好啊。

⊖ 云南石林

为了寻找梦中的"阿着底",撒尼人祖辈筚路蓝缕,历尽磨难,他们从遥远的大西北迁徙而来。史学家方国瑜教授在《彝族史稿》中记载:"彝族渊源出自于古羌人……早期居住在西北河湟一带的就是羌人,分几方面迁移,有一部分向南流动的羌人,是彝族的祖先。"古羌人以游牧为主,其生活方式为逐水草而居。他们从荒凉的大西北先迁到成都平原。那里洪水肆虐,困苦不堪。他们从祖辈那里得知,在遥远的彩云之南,有个叫"阿着底"的地方,水草丰盈,那里才是他们的理想乐土。

若干年后,饱受水患的古羌人不得不再次南迁,满怀希望来到云贵高原寻找祖辈传说中的人间天堂"阿着底"。当时高原上有个强大的部落"尼"。"尼"收留了这些栉风沐雨、迁徙漂泊的古羌人。彝族的许多支系都认为自己是从"尼"部落分支而来的,撒尼人也不例外,他们是由当地土著人"尼"与古羌人不断融合而形成的一个彝族支系。

但是撒尼人从没有放弃过寻找"阿着底"。终于有一天,背井离乡的他们惊奇地发现了一个神秘的世界:地上像森林一样长着高大、奇形怪状的石头,石头边有粗大的古树,猴子成群,有碧清的湖泊,茂盛的水草,蔚蓝的天空有彩云缭绕,这里的一切不正是祖辈世世代代寻找的美丽家园"阿着底"吗?

非常巧的是,在维则乡长湖边,真有个叫"阿着底"的村寨。全村八十多户人家,均为撒尼人。虽不能确定撒尼人寻找的"阿着底"就是此村,但可以肯定的是,这里的地貌与撒尼人所描绘的"阿着底"有着惊人的相似:喀斯特地区罕见的高茂密林,湖边耸立的巨石,还有蓝瓦瓦的天空和平静的湖水,有苍烟渺霭围绕,光色纯天。

在整个喀斯特地区,很少能见到如此清澈的湖泊。长湖并不大,约150亩左右,整个形状像个弯曲的漏勺,四周有茂密的树林。这是喀斯特地区湖林相依的典范。湖泊是个生产力较高的生态系统,尤其在喀斯特地区。有了长湖,才有了周围的森林;森林茂盛,又成为长湖的水源涵养林。

长湖边还有500多亩苹果园和大片甜柿林。向导告诉我,撒尼人很热情,如有客来,他们会邀入果园随便采摘,任意品尝。更让我惊奇的是,阿着底村是个壁画世界,民居墙壁上色彩斑斓,几乎所有墙壁上都画着阿诗玛的故事。

我在村头遇见一位撒尼老人，他坐在一棵巨大的香椿树下独自弹三弦琴，边弹边唱。我问他唱的什么，他说唱《美丽的阿着底》。我说听不懂，老人拿出一个卷曲油污的小本子，翻开一页指给我看。我看到很多字迹模糊的唱词，仔细辨认，我录下了这首歌谣：

> 彩云之南，我之乡邦；石立如林，香草佩裳；
> 烟霞次开，远岫苍苍；三弦铮铮，尼歌晚唱；
> 晓猿野鹤，牛羊麻桑；群木茂植，溪流依傍；
> 山峰相嵚，清沚润芳；远有平田，近有谷仓；
> ……

多么令人神往的地方！我读这些句子的感觉仿佛是在读《诗经》。我不知道走遍整个滇东地区是否还能找到如此美丽的"阿着底"。我看着撒尼老人被高原紫外线照得黝黑的脸庞，他旁若无人地唱，满脸陶醉。

◎ 生活在"石器时代"，人只是石头的奴仆

你当然能够想象，那些散落在岩石中的村庄无可避免地与石头有紧密联系，但是你无法想象这种"紧密联系"到了何等的紧密程度，因为你发现，整个村庄被顽石肆无忌惮地占有，并进行强有力的统治，人只是石头的奴仆。

圭山乡大糯黑村就是其中之一。这是一个纯粹的撒尼人村落，村民拉蒙帕信誓旦旦地告诉我，这个村子就是撒尼人寻找的"阿着底"，是阿诗玛的故乡。拉蒙帕热情地邀请我和摄影师到他家做客，并请出他的夫人与妻妹一起，以撒尼人特有的习俗迎接远道而来的我们。他们穿着漂亮的撒尼人服装，端着米酒，以撒尼语和汉语深情献歌。我们感受着撒尼人的热情，频频喝下他们的美酒。

一般来说，能自称"阿着底"的村寨定然有十足的底气，并且有歌中所唱的"彩云之南，我之乡邦"那样的世外乐园。我并不知道大糯黑村是否就是撒尼人梦中的"阿着底"，可我还是被大糯黑村满目的石头建筑强烈震撼。这是一座被

石头包裹的山村，整个村寨全部由石头构成，是名副其实的"石头寨"。我们常说石头是顽石，坚硬，顽固不化。可人与顽石亲密无间相互依存，在大糯黑村到了如此密不可分的地步，还是引起了我的惊叹。

我们走进村民拉蒙帕的家。不用说整座房子用石头砌成，院子里也是一个石器世界：两丈长的长石板，整块做了他们家的洗漱台，石桌是两米见方的整石板，这两块大石板下面皆由石块支撑，四周有石凳。院子里另外置有石磨、石碓、石臼、石墩、石水缸、石灶、石钵、石槽、石级等。拉蒙帕说，不止他一家，整个大糯黑村的人都生活在"石器时代"。

那些裸露荒原的喀斯特石头在这里找到了家园，它们是鲜活在大糯黑村里的另类生命。石头里面是人，石头外面还是人。房屋为木石结构，多是三间或五间为一幢。房屋中间作堂屋，左右厢房卧室。多数屋基直接砌在岩石上，因屋基较高，需砌石阶进门。立好房架后，砌石墙，石块之间不作黏合，用石块直接堆叠。

⊖ 千奇百怪的石林，让人对大自然的鬼斧神工叹为观止

村中的石屋多为两层楼房，楼上、楼下各三间，梁、柱、椽、楼均为木料，山墙、背墙和周围垒砌石块，不用说，地面、院落、村中的道路皆为石板铺成。村子周围有许多山头，皆由丰富的页岩构成，这种石头层层叠叠，无需费力即能剥离成一块块石板。这是大糯黑村成为石头寨的主要原因。

喀斯特地貌留给世人的印象多数是贫穷与蛮荒。想不到的是，在喀斯特地区还有如此宁静和谐的大糯黑村。拉蒙帕说，"糯黑"是彝语，"糯"是猴子，"黑"是水塘，糯黑的意思就是"猴子戏水的地方"。村中果真有块大水塘，整座石头寨的房子皆面水而建。在很多年前，这里林木森森，有成群的猴子，人口也不多，是撒尼人心中真正的"阿着底"。

在石林县境内，几乎每个撒尼村落都有一个水塘，当地人称为"门前塘子"。大糯黑村的水塘有专人看管，以保持水质清碧不受污染。他们知道这个水塘对于全村人的重要性。除非特殊情况，一般不轻易使用，因为水塘的水，主要来自雨水，十分珍贵。虽然国家修建了三角水库和圭山水库，村里安装了自来水，解决了饮水问题，可村民们一如既往守护着水塘。他们知道，喀斯特山区，干旱恶魔会随时降临。

云南2009~2010年的特大旱灾，许多村庄的水库、水井都已干涸，而撒尼人的村庄没有发生一例村民或牲畜渴死的惨剧，这要归功于各个撒尼村寨门前的塘子。在特大干旱的日子里，对于撒尼人来说，门前塘子里的每一滴水都像甘露。

在喀斯特地区，美丽的"阿着底"总会吸引四面八方的撒尼人。前来大糯黑村生活的人多了，村中林木和戏水的猴子却越来越少。这就是喀斯特地理环境的特殊性：一个村落只能容纳那么多人家。大糯黑村人意识到人口增加开始影响到他们的生活，于是毅然做出决定：将一部分人迁移到几里外的地方重建村落。这就有了现在的大糯黑村与小糯黑村。

人口多了就要迁移。这种情况在我后来的采访中时有遇见，比如我去过的老海宜村、新海宜村等。这是一种朴素而又明智的生存理念。可现在，全国许多城市却在热衷扩大，不断膨胀，越来越像个怪物，中国的许多市长都在计划着将他们脚下的城市变成东京或巴黎。

◎ 绕着石头种地

我和摄影师来到大糯黑村的时候，正是烟叶收获的季节。我们看到全村人都在忙碌：拖拉机不断地把采摘的烟叶成捆成捆从地里拉回来；大部分人正在檐前屋后忙着把烟叶分扎成小把，一串串挂在木杆上，再送进烘房。村中家家户户都有石头砌成的烘房，它们有两层楼高，四四方方像个小碉堡，这也是村中一景。

喀斯特地区的撒尼人主要以种植玉米和烟草为主。地里的石头太多，有些深埋土中，搬也搬不开，只好绕着种，他们称之为"绕着石头种地"。那些参差不齐的尖石圆石布满田间。拉蒙帕家六口人，有效耕地只有十多亩，其余土地都是开荒所得。所谓开荒，就是在石头缝里刨出土地，种上烟草或玉米。这样的土地是很奇特的，比如玉米地，玉米就长在几乎相同高度的石头之间，你分不清是石头地里长玉米，还是玉米地里长着石头。

玉米是喀斯特地区最低贱而生命力最旺盛的植物。我甚至想，如果喀斯特山区没有玉米这种植物，这里的撒尼人是否还能够在此延续下去。玉米的生长不需要太多的田间管理，只要有适量的水分，它就能够结出棒子。

玉米收获的季节到了。家家户户掰下棒子，剥出玉米箬，露出金黄色的玉米棒子。然后把这些棒子一只只穿起来，挂到檐前屋后的树上晾干。一时间，阳光洒满世上人家，整个村子又成了玉米的世界，你会发现成捆的玉米一摞一摞长在树上，那是和美的风光，盛开在人世的温暖与喜悦。

大糯黑村的人也不全是吃玉米，他们的主食仍是米饭。喀斯特地区很少产水稻，米从何而来？交换。他们到镇上以玉米换大米，直接交换，中间省了货币流通。只是玉米价廉，目前的行情是：1公斤大米，需玉米2.8公斤来换。

烟草地里的石头要相对少一些。因为易积水的田块和光照时间短的山坡、山窝地不宜种烟草。大糯黑村属低纬高原山地季风气候，日照充足，昼夜温差大，是理想的烟草生长地。烟草一直是大糯黑村传统的经济作物，也是村里百姓最主要的经济来源。家家户户种植烟草，村里最多的人家可种3万多株。

拉蒙帕家种烟草6亩，一年中的油盐酱醋钱全靠这几亩烟叶。烟叶的管理要复杂得多，拉蒙帕家4月20日开始栽烤烟，之后就一刻不停地忙于田间。先是浇水，今年干旱少雨，水库的水只供应村民的日常饮用，限制灌溉。拉蒙帕家的烟地用水，主要来源于村前的那口水塘，水是用拖拉机装的，先将拖拉机后面的拖斗用塑料膜垫平，水贮在拖斗里，就这样一车车运到烟地。

总的来说，大糯黑村处在喀斯特地区的干旱地带。除了种玉米与烟草之外，还种些土豆。土豆是极耐旱植物，适宜此地生长。这些土豆基本上是自家食用。在喀斯特地区，土豆是一种比玉米还要卑贱的生命，也有人用土豆换大米。我们很难想象，一公斤大米，最多时要用七八公斤土豆来交换，而城里快餐店的一小包土豆条可卖到六七元，想想都觉得难过——为喀斯特的土豆难过。

我们对喀斯特土豆的嘘唏感叹对于大糯黑村的撒尼人来说，或许是自作多情。拉蒙帕说，喜欢吃大米，那就拿去换，亏不亏没那么重要。当然，也有人试图在喀斯特种植水稻，这需要发现稻田。拉蒙帕说，他曾在杜鹃山下找到一处水田，不足半亩，那里时有溪水，主要来自杜鹃山林木的涵养水。这半亩地可产稻谷三百公斤左右。喀斯特地区的一些稻田，基本上都在有树林的山下。拉蒙帕说，树有多高，水就有多高，他发现了这个秘密。

◎ 逃离大糯黑村

在大糯黑村的几日，我奇怪地发现，这里除了遍地岩石，居然还有许多几百年的古树，甚至还有茂盛的山林。一个雨水贵如油的石漠化区，何以有如此奇异风光?

每天早上我都会去村中的池塘边散步。虽然没有看见猴子，但我看见有几十棵古树围绕在池塘周边。百年古树在大糯黑村极常见，不算稀奇，在池塘边，你甚至可以随时看见三四百年的香椿树，此外，你还可以看到不远处的杜鹃山和诡异的密枝林。

杜鹃山是大糯黑村的最高峰。虽不是春天，但山上茂密的灌木丛让我不难想象漫山遍野盛开的杜鹃花，那是一眼望去灿若云霞的盛大气象。杜鹃与糯黑，我惊叹"红与黑"在喀斯特地区如此紧密联系在一起。一个严重缺水的干旱的地区，竟可以把满山的杜鹃照顾得如此周到。由此可见，人与花也需投缘。日色悠悠，山上的花俯视村中人，村中人仰望山上的花，两厢面对，不着一字，不出一声，彼此仰慕，心灵相通，这是何等快慰，也许只有撒尼人才会享有如此的天地风光。

⊖ 像一把悬空的巨大吉他般的石头

杜鹃山上还有一段石垒的城墙。清朝咸丰年间，路南县暴发了赵发领导的彝民起义。当年赵发率领义军即于杜鹃山筑城坚守。城墙已残破，湮没于灌木丛中。

　　我诧异于杜鹃山的茂盛。拉蒙帕告诉我，大糯黑村民自古就有守护山林的习惯，再苦再穷，都不会从山上砍伐一棵树木。早在民国初年，村里就立起了"封山碑"，这让我很惊讶。后来，在拉蒙帕的带领下，我真的找到了那块"封山碑"。这块石碑逃过一次次风波、运动的劫难，最后被好心的村民偷偷嵌入墙体，这才保全至今。

　　"封山碑"高0.85米，宽0.55米，用青石打制，字迹清晰可辨，碑首横刻"封山碑记"四字。由于碑文不长，实录记下，让我们看看民国年间撒尼人是如何保护山林的：

封山碑记

　　盖闻国有法，其国必治；里有规，其里必善。奈世人心

不古，曾有无耻之辈，不顾有伤风水否，径往将公山之石版偷窃打取，一经抓获交公家运用，不是生死磕头，便是邀势估霸。自此以后，本山之石版，除公家之界限经不由人打取尺寸，倘敢自行打取被众人拿获，酌议处罚之时，勿谓言之不先也，兹将罚项界址刻列如左：

计开：偷砍树木者每棵罚银伍圆；偷割草者每挑罚银贰圆；偷打石版者，每丈罚银拾圆，将石版归公；牛马践踏公山，罚银叁圆。

界限：一合公山概齐垠止，其外片含私家者，听其自由。为记。民国三年三月二十九日合村人等公立。

不准牛马践踏公山也就算了，就连割草也要罚银贰圆，如此罕见的惩罚力度让我诧异。撒尼人的这块"封山碑"将近百年历史，现仍静静地嵌在一处鲜为人知的墙体内，上面每个字都足以让人心存敬意。

在大糯黑村，我还见到了具有神秘色彩的密枝林，并且，在拉蒙帕的带领下，我和摄影师悄悄地进入了密枝林深处。如果杜鹃山可以任意进出的话，密枝林则是完全禁止的。在喀斯特地区，只要有撒尼人的地方，就会有一片密枝林存在。

密枝林是撒尼人心中的圣地，这片林地从祖辈一代代传下来。林子四周有高高的篱笆做围墙，从外面看不出里面的任何情况。因为密枝林里皆是百年古树，平常绝少有人进入，几乎成为原始森林。

关于密枝林，我在撒尼人中间听到过许多不同内容的传说。有些传说很离奇，但共同的主题是人与森林，人与动物，森林与动物这三者之间的相互依存。撒尼人对于森林的敬畏要超过任何神灵，他们认为森林中有力量强大的"密枝神"保佑着他们。有森林就有永不干涸的水源，所以，每座密枝林边上，都有一潭水池，他们称之为"龙潭"，常年清碧。

为了表示对密枝神的尊敬，每年农历十二月初十前后，撒尼人还要举行密枝节，祭拜密枝神。此外杜绝任何人进入密枝林。我未能看到神秘的密枝节，但在向导拉蒙帕的带领下，我和三位摄影师斗胆进入了密枝林深处。拉蒙帕神色严肃地告诫说，密枝林里一草一木都富有威严的神力，进入林间切勿随意走动，只能紧紧跟随他，不能掉队，否则会有意外。

我没有意识到拉蒙帕的这番话意味着什么，不就是进入树林吗，心里笑他小题大做。直到后来，我才发现密枝林的恐怖，果真不是谁都可以进去的，而且我也坚信，即使是撒尼人也不敢随便进入密枝林。

整整一个下午，我觉得周身被一种宗教的气息笼罩，林子里古木参天，光线迷离。我们在林中看了象征密枝神的石龛，然后悄悄往回走。突然，我的臂上如同被蜇了一样产生剧烈的刺痛，忍不住叫起来。

大家吃了一惊，都过来看。可我也不知道是怎么回事，臂上瞬间红肿起来，疼痛难忍。大家面面相觑，不像是被什么蜇咬。拉蒙帕也不出声，迅速在地上摘了一些草叶，揉搓几下，将汁液涂在我的臂上。拉蒙帕说，紧跟他走就没事了。

一直到晚上，我臂上的红肿才完全消失。我问拉蒙帕是怎么回事，他不说。这让我很不安。直到离开大糯黑村，拉蒙帕什么也没说。这个秘密后来才揭开：原来，密枝林中到处长着一种当地人称之为"活麻"的植物，也称"蝎子草"，其叶有很强的毒性，与肌肤稍有接触就会刺痛，立即红肿。如果不小心误入"活麻"林，周身如同火上浇油，这还是小事，若处理不及时，则危及性命。拉蒙帕采摘的叶子，很可能是鲜灰菜，可解此毒。

大糯黑村的撒尼人以这种朴素的方式保护着他们的山林，山林也为撒尼人涵养了清碧的水源，任何时候，密枝林边的龙潭永不干涸。这是我在大糯黑村的一次奇特遭遇，被一种植物严厉追问为何闯入神的领地。想到那种恐怖情景，我至今仍心有余悸。带着对密枝林的无比敬畏，我逃也似的离开了大糯黑村。

◎ 万物有灵的村庄：谁在享用撒尼人的盛宴

行走在撒尼人的村落，我注意到一个奇特的现象：很多地方常常堆了一地的碗。古树旁边有无数的碗，一些石头旁边、石洞里面、水塘边、小庙旁边也都堆满了。每当看到遍地白花花的瓷碗，我就有种感觉：一场盛宴刚刚结束，主客醺醺然，醉眼蒙眬离去，留下杯盘狼藉。他们是谁？

老海宜村是藏于深山的撒尼村寨，距县城约30公里，属圭山乡。我和摄影师来到村民何定国家采访。何老60多岁，女儿在外地打工，家中刚盖起小楼房，颇显殷实。他说圭山是他们撒尼人的圣地，旧路南县的撒尼人都是从圭山脚下开枝散叶。圭山才是撒尼人的"阿着底"，而老海宜村，正是阿诗玛的出生之地。

何老所说，自然也是一家之言，但在我后来的采访中，明显感觉到老海宜村在撒尼人心目中的崇高地位。老海宜村是撒尼文化的发祥地，比如撒尼人传唱的《阿诗玛》等多部史诗，就源于老海宜村数位老艺人之口。村里老艺人还藏有10余种彝文手抄本，多数已有300多年历史，均为珍贵古籍。传唱四方的名曲《远方的客人请你留下来》，其词曲即为该村已故艺人金国富原创。我们来到金国富的故居，当年杨丽坤为出演《阿诗玛》，曾在老海宜村体验生活三个多月，即住在这里。

何定国老人说，这一切，皆源于老海宜村中古老的树神保佑。后来我和摄影师找到了被老海宜村人视为神灵的三棵神树。如果要我说出第一眼见到这三棵古树的感受，我只能说是强烈震撼。这三棵树并非同一树种，分别是高山栎、黄连木和高山栲。中间的黄连木已有400年历史。树上的红丝带、遍地的香烛与供品，让我看到老海宜村人对于树神的无比虔诚。我站在三棵古树下仰望，只有面对如此庞大、厚重、巍然的古树才知道，当地的撒尼人何以视之为"神树"。人站在树下，渺小得不值一提。

这三棵古树下的几间旧屋，正是经典故事片《阿诗玛》剧本诞生的地方。"马铃儿响来哟玉鸟儿唱，我和阿诗玛回家乡"，熟悉的旋律在耳边响起，此时此刻苍树无言，它俯视着古老的老海宜村。岁月如歌，阳光正撒满古村人家。

在老海宜村，只要是百年以上的古树，撒尼人都会视之为树神，除了上香之外，在树旁还建有树神庙。何定国带我们去看了另一个山头的黄连木，将近300年树龄，巍然矗立，树旁立有神庙。每年大年初一到初五，都有村民来祭拜树神。他们带来活鸡与碗，于庙前放血置碗内，献给树神。祭拜的人很多，神庙边上遍地都是碗。

从远古时期迁徙到喀斯特的撒尼人，在其漫长的历史变迁过程中，对一些自然现象不能理解，以为自然界的一切事物，都有强大的力量主宰着，那就是神灵。山有山神，树有树神等等，至今，撒尼人仍广泛存在着万物有灵的观念，那些万物之灵，就是他们崇拜的对象。

撒尼人这些朴素的自然崇拜，正是老海宜村古木成群的主要原因。他们以这种特殊方式保护了村中的树木，那些树神也在冥冥之中带给虔诚的村民们以幸福。

老海宜村中，古树周周一般都有大片的核桃树，这是村民们的经济来源之一。山坡上还种有火麻，撒尼人称麻地为"子新"。正是火麻收割季节，我们看到撒尼人的房前屋后，挂着成捆的麻秆，用麻布做衣料是撒尼人的传统。

此外，最奇特的是在那些古老的树神周围，密密地长着一种当地人称为"火草"的植物。它只是一种草，丛生于地面，每株七八片叶，形似尖矛，色翠绿。火草的奇特之处在于，它背面有一层白色的薄膜，这层薄膜很容易剥落，像棉纸，用手一捻，即成火草线。火草纤维具有极强的韧性，捻成线，织布，做成火草衣，是撒尼人心中的神圣之物。由于火草较小，可想而知做一件褂子要付出多少艰辛的劳动。何定国说，有时一件衣服几乎要做一辈子。

幸运的是，我们看到了山坡上的火草，并且亲眼见到撒尼妇女剥火草叶、捻线的过程，也见到了一件真正的火草衣。问之价格，撒尼人说，他们从来不卖火草衣，因为那是树神赐予的圣物，也不穿，只作珍藏。

◎ 漏斗与斗牛

在喀斯特地区的撒尼人村落行走，常常能看到周围的喀斯特峰丛洼地。你站在高处，就会很明显地看到地势的层层变化，先是一块大面积的洼地，然后层层缩小；到最后，就会看到如同圆洞状、漏斗状或盆状的小洼地，大小不一，当地的撒尼人统称之为"漏斗"。

这样的"漏斗"地貌在撒尼人居住区随处可见。撒尼人实际上就生活在无数个漏斗的边缘。撒尼人对于漏斗心存畏惧，因为喀斯特地区严重缺水，与这个漏斗有极大的干系。很多时候，久旱之后会有一场大雨。本以为那些低洼地带可以贮些雨水，实际上却只能眼睁睁看着那些宝贵的雨水像无数条泥鳅钻入漏斗，眨眼之间消失得无影无踪。

关于漏斗，撒尼人与之发生过许多次的较量。大糯黑村的拉蒙帕，给我讲述了这样一个奇异的故事——

　　一场大雨过后，干旱依然得不到缓解，撒尼人注意到了那个怪异的漏斗。大家想出一个办法，既然宝贵的雨水从漏斗溜走，何不把漏斗下面的漏洞堵上呢？

　　拉蒙帕就真的去堵漏洞。他费了九牛二虎之力，先用石头堵塞漏斗，然后再从其他地方取来宝贵的泥土，覆盖在漏斗底部。这样一举两得：一、下雨即可贮水；二、即使不下雨，还可种地。

　　这几年的旱情越来越严重，老天总不下雨。漏斗虽然塞住不漏了，没有雨也就失去贮水的作用，但不妨碍种地。拉蒙帕在漏斗里种上玉米、烟叶、土豆等，怎么着也能有些收成。

　　终于有一天，很远的地方电光闪闪，有沉闷的雷鸣。原来，有一场大暴雨在其他村庄降落。据说落了一天一夜。可左等右盼，那大暴雨只在别的村落下，就是不到小糯黑来，拉蒙帕说他几乎等白了头，也没见半点雨滴。

　　可是，他怎么也没想到，当他用拖拉机装了一拖斗的水，来到漏斗边准备浇地，出现在眼前的诡异场面，几乎让他晕倒——

　　如同变魔术一样，漏斗里奇迹般地装满了水，像个小湖泊。不用说，他苦心种的玉米、烟叶、土豆等，都淹在水底了。

　　原来，几乎所有的漏斗下面都有地下暗河，很难堵塞。别的村落下大暴雨，能通过强大的地下暗河，很快就把堵塞在漏斗底部的石头冲走，漏洞一打开，水就从漏斗底部冒上来了。这与我在2007年3月9日傍晚所遇见的异事一样：一个大面积的湖泊，瞬间消失得无影无踪，这是相同的道理。只不过一个是水漏走了，一个是水冒上来了。那个巨大的湖泊，也就是个巨大的漏斗。这就是喀斯特的神奇和魅力所在。

当然，也有堵漏斗很彻底的。2011年8月27日，我和摄影师来到了非常偏僻的西街口镇小尾都渣村。这个村庄里，到处可以看到漏斗。说此村偏僻，是因为手机都没有信号。我们来这里，看到了一个巨大的漏斗被彻底堵塞了底部，然后在漏斗上面建起了一个斗牛场。

此村虽不能通信号，却是石林县自古有名的斗牛村。石林斗牛发源于1843年，发起人是此村的一位叫毕福宝的老前辈，记录这段历史的碑刻至今依然保存完好。由于漏斗的地形极适合斗牛，方圆几十里的村庄到处可以看到斗牛场。

那一天，漏斗内彩旗招展，人山人海，撒尼人身着民族服饰，从四面八方蜂拥来到小尾都渣村的漏斗斗牛场。这里将举行为期两天的"东彝斗牛场首届斗牛运动会"。

神奇的漏斗成了撒尼人的斗牛场，这对喀斯特地区来说，神奇之处又增加了传奇色彩。整个下午，撒尼人老的少的，在斗牛场上跳着并不整齐的舞蹈，大三弦的欢快让在场所有的人止不住应声而动。然后斗牛才正式开始。斗牛场内摇旗呐喊，尘烟滚滚，这是一个狂欢的世界。一个偏僻的喀斯特村寨，洋溢着世人未知的快乐与幸福。

◎ 五棵树村

"……此外则重山迷望，怪石嶙峋。土夷结篷茅以为居，耕硗确以为食，披麻缕以为衣……然风俗醇厚，矿物丰盈。"（民国六年版《路南县志》卷一）

在石林景观未被发现之前，撒尼人已定居于此。当时条件艰苦，如邑志所载"结篷茅为居、披麻缕为衣"，但撒尼人至今都认为这里就是祖辈们千辛万苦所寻找的"阿着底"。事实上，他们在这里发现了美丽的撒尼女子阿诗玛，最终化作石像，与他们朝夕相伴。撒尼人"耕磝确以为食"，民风醇厚，故能在此安居乐业。志书中所载的"风俗醇厚"是对撒尼人的极好评价。

由于村中有巨树五棵，故此村名为"五棵树村"。2011年8月26日，我和摄影师来到五棵树村，所见已是一片狼藉，大部分撒尼人的住所被夷为平地。但是我能看到村中的那些百年古树，不是5棵，粗略估算，50棵绰绰有余。普国文，55岁，是我随机采访的五棵树村村民。他带领我们来到狼藉的废墟，告诉我们那里是他的家。普国文说，五棵树村的撒尼人历来有爱树护树的习惯，他们的目标是把五棵树变成500棵甚至5000棵。

然而这一切已经化为泡影。五棵树村的村民没想到，他们的命运，竟和"世界遗产"几个字联系得如此紧密。有一天，五棵树村的村民们突然收到搬迁公告，要求全村整体搬迁，理由是：政府在申报世界自然遗产时承诺，核心保护区内的居民须三年内迁出。

政府为了表示魄力和诚意，特地为五棵树村的撒尼人打造了"彝族第一村"。那天下午，我们来到政府为撒尼人准备的"彝族第一村"，如果从外表来看，这里规划整齐，住房单门独院，青砖白墙，清新雅致，如同别墅。

那些生于斯长于斯的撒尼人对如此整洁干净的"第一村"并无兴趣，他们无法舍弃心中的"阿着底"。村民们说，《世界遗产公约》并没有规定要求原住民搬迁。于是双方谈判，分歧大，争论未果。五棵树村43户村民一怒之下状告政府，后被告知法院不予受理。

法院都不受理，那就得搬迁。为此政府制定了奖励措施：第一批搬迁的村民每户奖励1万元，第二批奖5000元，以后不再奖励。

大部分村民搬出了五棵树村。

关于世界自然遗产保护区的原住民是否搬迁问题，目前争议较大。例如，丽江开发后，原住民搬走，纳西文化也随之消失。走了古城的人，少了丽江的魂。为此政府花钱让原住民能够留下来，出钱为他们修缮旧房。还有九寨沟，很好地协调了保护与发展的关系，原住民也得到了利益。

一边要求五棵树村的撒尼人搬迁出石林景区，一边在国土资源部三令五申严格禁止新建高尔夫球场的情况下，一个大规模的、占地总面积达15000亩的高尔夫球场却在石林景区开工，并于2010年8月建成。

目前还有几十户撒尼人坚守在五棵树村，他们的命运叵测。也许，"阿着底"本来就是撒尼人的一个梦，他们还将继续漂泊。

我一直对"旅游开发"表示怀疑。千百年来形成的自然生态有其自己的平衡规律。这些年，我总在思考一个词："地理屏障"，也可称之为"生态屏障"，那是大自然千万年来形成的自身防护体系，比如：青藏高原令人窒息的"高寒缺氧"、岭南地区让人谈之色变的"蛮烟瘴雨"、喀斯特地区大面积的"石魔窟"等等，这些都是当地自然环境的"屏障"，不容外部力量侵入。而生活在屏障里的当地居民，又长期形成了自己独特的生活方式，他们可以在屏障里面自由自在地生活，而我们却畏之如虎。如果强行打开这堵屏障，其自然免疫系统就会遭破坏。最典型的例子：岭南开发之后，蛮烟瘴雨被破坏，大量的鳄鱼、大象、老虎消失，那些有着"凿齿"、"文身"、"花面"、"飞头"、"鼻饮"等等异习的民族也不知所终。随之而来的是一天天加剧的干旱、石漠化。

有的民族把高寒缺氧的雪山视若自己的神圣家园，把无边无际的草原视为天堂。撒尼人呢，把石漠化的顽石王国视若自己的"阿着底"。时至今日，我们对这些民族仍感到困惑、迷茫和一知半解，也许永远无法理解他们。可我越来越清楚地看到，真正快乐的是他们，心力交瘁、疲惫不堪的是我们。

⊖ 云南石林

"行走"文丛让读者期待

  "行走"文丛是海天出版社近年精心策划打造的一套文化散文丛书,它以作者亲身行走寻访为切入点,将沿途所见、所闻、所思及相关的历史文化呈现为优美、深刻的文字,区别于那种走马观花、浮泛浅陋的游记,虽然也是行走,但着眼处不在"走",而是对当地现实及历史文化的再思考、再发现和再认识。作者目光所及,步履所涉,思考幽微,见识独到,对一些习以为见的历史文化景观及人文现象,进行重新认识、梳理和反思。丛书力求做到图文并茂,雅俗共赏。打开本书,必是一次与精彩文字和优美图片的美丽邂逅!

已推出书目: